Umschlag: &Co, www.und-co.at
Satz: AD
Druck: CPI Moravia

ISBN: 978-3-85420-752-8

Von diesem Buch gibt es 10 nummerierte und mit einem Autograph des Autors versehene Vorzugsausgaben, Informationen dazu beim Verlag.

Literaturverlag Droschl Stenggstraße 33 A-8043 Graz
www.droschl.com

Thomas Stangl

Was kommt

Roman

Literaturverlag Droschl

Er kennt diesen Ort, diesen Keller, geht den Korridor entlang, seine Hände stützen sich an der feuchten Mauer ab, er spürt einen dünnen Feuchtigkeitsfilm, der sich zwischen seine Kleider und seine Haut schiebt, etwas Kaltes und Unpersönliches, das ihn mit den Räumen um ihn verbindet. Warum kommt er nie von Wien weg. Aber vielleicht möchte er nichts anderes als sich immer weiter unter diesem Licht der von schwarzen Eisengittern umfassten Lampen bewegen, auf versprochene, immer aufgeschobene Entdeckungen und Begegnungen zu, weiße Kabel laufen die Decke entlang. Er denkt, die Tür links vor ihm kann er öffnen; hinter einer Schicht von Dunkel steht ein Mann mit dünnem, weißem, etwas gesträubtem Haar auf dem hell erleuchteten Parkettboden und hält sich mit einer Hand an einem Schreibtisch fest, der, auf der anderen Seite des Raums, dort, wo die Rückwand sein müsste, schon wieder ins Dunkel gezogen wird. Der Mund des Mannes steht weit offen, die eingefallenen Wangen zeigen, dass keine Kraft in diesem Körper ihn mehr schließen kann. Vielleicht sind leise Atemzüge zu hören, das Klopfen eines Herzens; es kann auch eine Maschine sein, die Töne wie Atemzüge, wie das Klopfen eines Herzens von sich gibt. Kleine Staubkörnchen schwirren durch den Raum. Während er sich möglichst geräuschlos von der Tür entfernt (wenn es nicht er ist, der stillsteht, zurückgelassen von den sich auflösenden Räumen), trifft ihn von der Seite her ein Blick des Mannes mit dem dünnen, weißen, etwas gesträubten Haar und den eingefallenen Wangen. Dieser Blick zeigt das verbliebene Bewusstsein an, darüber hinaus gibt es nichts mehr.

Vielleicht hat er (schläfrig und glücklich) die Verwandlung gar nicht gemerkt, vielleicht will er auch gar nicht mehr zurück, zu dem, was er für sein Eigenes gehalten hat, auf die Seite der Lebenden, nicht in diesem Moment.

»Jedesmal, wenn sie mich fragten, wie ich es denn gemacht hätte, in einer so fernen Zeit zu leben, stieg ein ganz unerträglicher Ärger in mir auf.«

Felisberto Hernández, *Lucrezia*

1.

In dem Film *The Wedding March* von Erich von Stroheim erscheint ein seltsamer ausgeschnittener Ort. Angeblich ist der Schauplatz Nußdorf in Wien, das Tor und der Garten einer Heurigenstube waren eben noch im Hintergrund zu sehen, auf der anderen Seite wird eine Fleischerei Gestalt annehmen, mit weißgetünchten Mauern, an die für ihn schwer lesbare Graffiti in Kurrentschrift gekritzelt sind, dazwischen die Zeichnung eines Gehängten, Schweine und Gänse laufen durch den Schlamm, ein Schäferhund zerrt an seiner Kette. Das Bild kapselt sich ab, als könnte man diese Grenzregionen in ihrer Bedeutsamkeit, ihrer Bedrohlichkeit vergessen, als gäbe es dieses Feindesland nicht. Das Licht zieht im Bildraum kleine Schleier und Netze, die die Apfelblüten in den Bäumen, die Uniformknöpfe, die weißen Gesichter verbinden, verhüllen, halten und löschen. In einem windschiefen, verrottenden Holzkarren schmiegen sich ein Mann und eine Frau aneinander, ein Prinz und Offizier, ein armes Mädchen, Klischeefiguren, die sich in ihren Blicken aus dem Klischee lösen, der Karren, der der Traumort des Mädchens war, eine Hochzeitskutsche oder ein Boot am Fluss (warum nicht am Meer), wird zum gemeinsamen Traumort. Ein Obstgarten mit Apfelblüten aus Wachs, vom detailversessenen Regisseur an den Zweigen angebracht, es sind Apfelblüten und zugleich ist es flirrendes Licht und weiße Leinwand; gleich daneben fließt die Donau, wie ein reißender hochwasserführender Strom, schwemmt Treibgut, Äste mit sich und schickt ihre Gespenster über die Szene (der Traumort wird zum Ort eines Alptraums), den Eisernen Mann, der von der harmlosen Dekorfigur am Wiener Rathaus zum handelnden, unheilbringenden Monster wird (das Mädchen hebt den Kopf, eine Sekunde zu spät), den Fleischhauer und Nachbarn, der vielleicht nichts als sein Stellvertreter in der wirklichen Welt ist. Der Christus am Holzkreuz, der sich ins Bild und zwischen die Liebenden schiebt, ist eines der Gespenster: sein starrer Blick nimmt weder das Licht noch die Menschen wahr; er scheint zu erwarten, dass sie sich in allen ihren Bewegungen vor ihm beugen, so wie sich die Stadt vor dem Dom in ihrer Mitte beugt (es ist nicht einfach, auszuweichen, sich in der Bewegung zurückzuhalten und sich dann gleich hinter sich zu lassen). Während der Zuschauer sich im Kinosessel zurücklehnt, mit einem warmen winzigen Schmerz im Rücken, breitet sich eine Idee vom Glück und von der Vollendung in seinem Kopf aus, der dunkle Raum pulsiert um seinen Körper, und das Vorher und das Nachher sind ihm egal; als wäre die Außenwelt wegzuschließen; sie ist es im Moment, in der Lüge, für die Dauer der Vorstellung, in der die Liebenden im Bild durch das Netz aus Licht miteinander verbunden sind und die bedrohlichen Zeichen fast unsichtbar (Lüge und Vollendung, und gleich auch schon die Bedrohung, gehören für ihn zusammen). Er lernt sich zu bewegen, erinnert sich, der Moment, die Lüge des Moments wird zur Wahrheit und saugt ganze Leben in sich auf, er spürt seinen Körper, sieht, so klar wie Schatten, die Körper. Wenn er den Blick auf die Fensterscheiben richtet, erscheinen hinter den Gardinen oder dem nackten Glas Gesichter, im Licht der Schreibtischlampen, der Nachtkästchenlampen, der Lüster, im Sonnenlicht, Körper in ihren Wohnungen, in den Korridoren, den Klassenzimmern, in die Bankreihen gebeugt, mit einer Zigarette zwischen den Fingern an einem Kaffeehaustisch, am Küchentisch, vielleicht spüren sie, als ein winziges Zucken, den Übergang (sie hebt den Kopf, eine Sekunde zu spät).

Emilia Degen taucht an einem Tag im Frühling 1937 auf, der Geruch in ihrem Zimmer unterscheidet sich von den Gerüchen der Stadt; die Dinge teilen ihren Duft mit, man kann es genießen, fremd in seinem eigenen Körper zu sein. Alles um sie verliert an diesem Tag seine Selbstverständlichkeit. Später, noch am Leben und doch schon lange tot, wird sie davon träumen, plötzlich in einer Schublade des Schranks (nein, eigentlich gleich auf dem Küchentisch – wie konnte sie sie bisher übersehen) Schwarzweißfotos von der Wohnung aus dieser früheren Zeit zu finden. Menschenleere, leicht körnige Fotos, die aus einem anderen Universum zu stammen scheinen: als etwas vage Körperliches, eine in ihrem Innern ständig den Ort wechselnde kleine Pein und nicht als klarer Gedanke, nagt dann die Idee an ihr, sie würde gleichzeitig noch und für immer in diesem anderen Universum leben, eine schwarzweiße Figur, im leichten Nebel zwischen den Dingen gefangen. Sie weiß, wo sie vor vielen Jahrzehnten geschlafen hat, in einem alten Nachthemd, zwischen Möbeln und Tapeten aus der Kaiserzeit, sie erinnert sich an die Blicke, die sich selbstverständlich jeden Morgen auf sie richteten, sobald sie, im Schlafrock oder schon voll bekleidet, in den langen Röcken, die sie damals trug, aus ihrem Zimmer kam, ihr Bild in diesen Blicken hat sich längst verloren. Seit alles zwecklos und bedeutungslos geworden ist, kann sie (zunächst nur im Traum einer Nacht, im Schrecken eines nächtlichen Erwachens) meinen, sich selbst zu begreifen. Sie zuckt noch einmal zurück und tut als würde sie weiterleben; der Schmerz verschiebt sich an den Rand ihres Bewusstseins: ein Ort, wo die Toten zwischen den Möbelstücken und den Tapeten, auf den weichen Teppichen, den Parkettböden ihre langsamen Bewegungen vollführen und ihre sinnlosen Selbstgespräche weiterlaufen lassen, auf sie warten, auf ihre Rückkehr, nach und nach gleitet ihr eigenes Denken an den Rand ihres Bewusstseins, gleicht sich diesen Selbstgesprächen an.

Am Ende wird der Geruch nach Kohle, nach Karfiol, der durch die Fenster hereindringt, das Bild der Linoleumböden auf den Gängen, der weichen Wände mit ihrem fahlen Blümchenverputz, die im Nachhinein wie aus Butter scheinen, der Geruch nach Essig, nach Karfiol, nach Urin, der durch die Wohnungstür dringt, stärker sein als das, was sie für das eigene Leben gehalten hat, ihre Handlungen, ihre Überzeugungen, die Spuren, die sie hinterlassen würde, falls sie Spuren hinterlassen würde, sie oder irgendjemand. Dann wird ihr Körper durch die faltige Haut einen Geruch nach Kohle, nach Karfiol, nach Butter, Essig und Urin ausdünsten, nichts kann den Geruch überdecken, nichts kann ihm widerstehen, es ist der Geruch der Erinnerung, der Geruch dieser Stadt; die Gestalten der Nachbarn, die Gestalten an der Schule, an der Universität, denen sie immer ausgewichen war, kommen ihr nah, sie kann ihren Atem riechen, beinahe schmecken.

Sie taucht an einem Tag im Frühling 1937 auf, vor der Zeit der Betäubung, der Geruch in ihrem Zimmer unterscheidet sich von den Gerüchen der Stadt; die Dinge teilen ihren Duft mit, man kann es genießen, fremd in seinem eigenen Körper zu sein. Alles um sie verliert an diesem Tag seine Selbstverständlichkeit, jeder Schritt, vom Aufstehen am Morgen an, jeder Punkt des Tagesablaufes, die Kleider, in die sie sich hüllt, die Abfolge von Gesten im Badezimmer (ein eigenes Badezimmer, mit Wanne und Wasserklosett, eine Vielfalt von Zimmern, für zwei Frauen, die nicht arbeiten, oder eine alte Frau und ein Mädchen, die nicht arbeiten), der Kaffee zum Frühstück, echter Bohnenkaffee, sie hat keine Ahnung, wie viel er kostet, das Dienstmädchen kauft für sie ein: sie spürt die Leere in diesen Räumen, die Leere zwischen ihnen, wachsende Entfernungen,

Jahrzehnte von Leere, ein leichter Nebel, der die Dinge auseinanderzieht und sie, jede von ihnen, in sich gefangensetzt. Sie stellt sich vor, das Dienstmädchen (der einzige Mensch, der sie seit ihrer frühen Kindheit bis jetzt, bis zu dem einzigen Sommer ihrer Jugend je nackt gesehen hat) auf den Mund zu küssen, die Zunge dieser anderen Frau mit ihrer Zunge zu liebkosen, ihren Speichel einzusaugen, ich bin so froh, dass ich bei Ihnen (bei Eahna) bin und nicht bei Juden (und ned bei an Jud), wird das Dienstmädchen zur Großmutter sagen, Emilia schaut aus dem Fenster, schaut auf die gut geputzte Scheibe des geschlossenen Fensters, der Satz wird in ihrem Körper steckenbleiben, ein verrostender Nagel, sie trägt verrostende Nägel in ihrem Körper.

Ihr Bett steht in dem Zimmer links von der Eingangstür, in dem einmal, in vielen Jahrzehnten, ihre Tochter schlafen wird, an der Seitenwand, der Kopfteil (eine walnussbraune Holzplatte mit geschwungenem Giebel und Säulchen mit Kapitell, an der sie das Kissen hochrichten, an der sie, auf dem Rücken liegend, den Nacken geknickt, den Hinterkopf abstützen kann) neben dem von gestreiften Gardinen verhängten Fenster; in die Leintücher sind die Initialen der Großmutter, ihres Mädchennamens gestickt (sie selbst wird von der Geburt bis zum Tod den gleichen Namen tragen: die anderen Leben, die in dem ihren aufgehoben sind – keines, das darüber hinausreicht –, ändern nichts daran). Sie schläft in Seitenlage, Strähnen ihres langen Haars umspielen und umschlingen wie Seetang ihre Wangen, ihren Nacken, ihren Hals, legen sich wie gestrandet, aus der Bewegung gerissen in zufälligen Mustern am Kissen und am Leintuch ab. Unter der Bettdecke ist ihr weißes Nachthemd über die Knie hochgerutscht; ein Zucken durchläuft ihre Beine; sie kann sich im Traum so daliegen und schlafen sehen, im Schwindel eines Traums immer wieder in den Schlaf, in ihren Körper, als wäre er unverwandelbar ihrer, hinabstürzen (alle ihre Leben sind ihr eigenes, keines, das darüber hinausreicht, es gibt keine Zukunft, so sehr sie, von dem einen Moment an, an den sie sich erinnert, von dieser Nacht, diesem Morgen, diesem Tag an lange Zeit an die Zukunft glauben, auf sie setzen wird, auf eine andere Zukunft, aufs Unmögliche, auf die anderen, sie stürzt immer wieder in den selben Punkt hinab, wann ist die Gier gestillt, wann wird sie glauben, dass die Gier gestillt ist). Die Matratze biegt sich körperweich unter ihr durch, ein Gitter aus in Karoform ineinander verflochtenen Drähten hält die Matratze, bei abgezogenem Bett (sie kniet als Kind auf dem Boden, schaut der Arbeit des Dienstmädchens, eines anderen, längst verschwundenen Dienstmädchens, zu) kann sie mit der Hand auf dieses Gitter drücken, es ganz leicht durchschwingen lassen, sie möchte darauf hüpfen, immer höher, Oben und Unten vergessen, zur Decke hochgejagt werden, auf der Decke spazieren, sich im Flug drehen und dann fallen lassen. Der Parkettboden unter dem Drahtgitter, heller als sonstwo im Zimmer, im Morgenlicht beinah durchscheinend, wird sichtbar, eine dünne Staubschicht, wie schwebend über den Holzplanken, sie weiß sie unter sich, weiß das Holz, auf den Stein geklebt, unter sich, kann im Erwachen die Hand ausstrecken und an der tapetenverkleideten Wand abstützen (das Zimmer dreht sich um sie, bis die Welt zu einem festen Bild wird), mit der Haut an ihren Handflächen die Mauer unter ihrer Textilhaut atmen spüren. Sie hört die Schritte im Vorraum, das Knarren der Parketten (wie oft in den nächsten Jahrzehnten von Handwerkern, die wie freundlich empfangene Eindringlinge sind, abgeschliffen und erneuert), das leicht quietschende Öffnen ihrer Zimmertür, noch bevor sie die Hand an ihrer Schulter spürt, die sanfte Mädchenstimme hört, Guten Morgen, Fräulein Emilia, öffnet noch länger die Augen nicht, überbrückt und zerdehnt mit ihrem Daliegen den Zeitraum, in dem die Gardinen beiseite geschoben werden, fast ohne dass es heller wird, nur eine lichtere Grauschicht füllt, mit dem Geruch ihres Körpers vermischt, das Zimmer an, fast wartet sie, dass ihr jemand anderer, das Mädchen, irgendjemand die Decke vom Körper zieht, sie wartet, bis sie selbst zu jemand anderem, irgendjemandem wird, der ihr die Decke vom Körper zieht; sie streckt die Hand aus, stützt sie an der Wand ab, alle Bilder verschwinden.

Sie hebt den Kopf, eine Sekunde zu spät, zu spät für wen.

Er ist nicht dieses Kind: breite Kragenaufschläge, eine große Brille, Seitenscheitel, ein Haarflaum, der im zu grellen Licht auf seinen weißen Wangen erscheint und ihn beinah zu einem Erwachsenen macht, der oberste Hemdknopf ist geschlossen, er trägt einen Blazer, schaut ernst und zugleich vollkommen gedankenlos drein, verloren in seinem Ernst und seiner Gedankenlosigkeit. Jetzt erkennt er den verschlagenen Blick unter der scheinbaren Leere und Gedankenlosigkeit, jetzt erkennt er aber auch, wie dünn die Schicht war, die das Bewusstsein und die Person ausgemacht haben, wie leicht seine Geschichte verschwinden konnte, so leicht, wie er andere Geschichten auslöschen konnte. (Er schließt die Augen, der Blick trifft ihn von der Seite, zeigt das verbliebene Bewusstsein an, darüber hinaus gibt es nichts mehr. Er öffnet die Augen, ist ein anderer.)
Er sieht die Fotografie, sieht den Kinderkörper in der Schulbank sitzen, acht, dann gleich zwölf, dreizehn Jahre alt, auf dem Pult ein offenes Federpennal, mit schwarzen Bändern, die die Füllfedern und die Bleistifte eng umschließen, zwischen seinen Fingern ein Radiergummi, ein körperwarmes Ding, dessen Abrieb (winzige weiche Körnchen) auf seiner verschwitzten Haut haften bleibt, in seiner Nase, an seinem Gaumen haftet der Holzgeruch, der Geschmack der Bleistifte,

die seine Zahnabdrücke tragen, blasse Tintenflecken zeichnen die Rillen auf seinen Fingerkuppen nach. Er gräbt die Spitze seiner Füllfeder ins Papier, bis ein Tintenfleck sich ausbreitet, eine Faust schließt sich um sein Geschlecht, seine Nase ist verstopft. So als wollte er (oder eine Instanz in seinem Inneren) den Geruch nach Kreide, Holz und Gummi, den Geruch nach Schweiß, den Geruch der anderen Kinder abwehren: der Druck steigt nur, er spürt das Insichkreisen, das Stocken der Körperflüssigkeit. Die Bilder gehen auf unter seinen tastenden Fingern, lassen ihn hindurchschlüpfen, Zone für Zone in die kleinen Kammern hinein, die dieses Kind verborgen halten will, er ist ein anderer. Wenn er schlaflos daliegt, zwölf, dreizehn Jahre alt, reibt er mit einem Finger an der Tapete, bohrt Nacht für Nacht an einem kleinen Loch in der Wand neben seinem Bett, ruhige tiefe Atemzüge aus dem Nebenzimmer, spürt den trockenen, weichen Sand (winzige Körnchen), in den sich die Mauern auflösen.

Alle Speisen ekeln ihn an: es beginnt beim Frühstück mit der dünnen Haut, die sich gleich auf dem Kakao bildet, dem Butterbrot, das in seinem Mund verklumpt und Bissen für Bissen an Masse gewinnt, geht weiter mit dem Pausenbrot, das er ausniesen möchte, dem gekochten Rindfleisch mit dem schwabbelnden weißen Fettrand, das mittags auf dem Küchentisch auf ihn wartet (er schneidet winzige zerfasernde Stückchen von dem Fleischlappen auf seinem Teller und wartet, bis die Großmutter ihm den Rücken zuwendet, wartet, bis das Fleisch kalt wird und auch noch das Versprechen und der Trost der zungenversengenden Hitze verlorengeht), und endet mit dem Emmentaler- oder Wienerwurstbrot am Abend, er will sein Cola eiskalt dazu trinken, ein Schauer soll durch seine Kehle laufen und sich bis zu den Zehenspitzen ausbreiten. Er glaubt, dass er kein Gesicht hat, er hat keine Stimme, er gräbt die Spitze der Füllfeder ins Papier, bis der Tintenfleck sich ausbreitet, eine Faust schließt sich um sein Geschlecht, er bohrt, auf dem

Bauch liegend, durch den Mund atmend, mit dem Fingernagel in der Wand, spürt für Momente eine Wärme, ein Kitzeln, eine Blase von Wohlgefühl, die sich, von einer Stelle in seinem Unterleib aus, die er gar nicht genau bestimmen kann, von einem Geschlecht unterhalb seines Geschlechts aus, unterhalb von allem, was er oder ein anderer berühren, festhalten, reiben oder schlagen kann, ausbreitet: er schwebt im Inneren der Wand wie unter Wasser, er ist hier aufgehoben.

Georg sitzt auf ihrer Bettkante, das Gesicht abgewandt, sie hält den Atem an, um ihn nicht zu verjagen, den Moment auszudehnen, sieht Georg aufstehen und langsam, mit herabhängenden Armen zum Schrank gehen, wie sie sich selbst, später am Morgen, mit fremden Augen von ihrem Bett aufstehen und langsam zum Schrank gehen sieht; seine Haut glänzt, die Muskeln an seinem Rücken wölben sich. Sie weiß, dass es er ist, aber sie erkennt ihn nicht in seinen Bewegungen; und wenn er in ihre Richtung schaut, an ihr vorbei, sagen seine Gesichtszüge ihr nichts (sie versucht ruhig zu atmen); so als hätten die Jahre, die ihn nicht älter machen konnten, diesen Mann auf andere Weise verwandelt; dort, auf seiner Seite; wo sie ihn nie erreichen wird, nicht einmal im Traum. Sie weiß auch, sogar im Traum (und vielleicht ist das jetzt der Vorwurf an sie), dass er diese Wohnung gar nie betreten hat. Sie bemerkt den fleischigen Wulst, der von seiner nackten linken Schulter ausgeht, so als wäre er nicht zu Ende gezeichnet oder schon dabei sich aus der Form zu lösen, sie hat Angst, er könnte beginnen zu sprechen, mit seiner sicher ganz fremden Stimme, er würde sie anschauen, sie würde warten, worauf, auf seinen Hass.
Er hat diese Wohnung nie betreten, nicht einmal an der Tür geläutet oder geklopft, um sie abzuholen (sie wird sich vorstellen, die Luft wäre eine andere, wenn sie von ihm ein- und ausgeatmet worden wäre, das Knistern zwischen seiner und

ihrer Haut hätte alle Spannungen umschlagen lassen), er hat die Großmutter nie gesehen, nie die vorsichtigen, höflichen, abtastenden Gespräche bei einem Kaffee im Salon mit ihr geführt, von denen sie sich vorstellt, dass sie zur Situation passen würden; und vor allem hat ihre Großmutter ihn nie gesehen, sie stellt sich vor, wie die alte Frau an der Tür zu ihrem Zimmer horchen würde, wenn sie den Mann in ihr Zimmer mitnähme, sein Mund nah an ihrem, seine Schenkel an den ihren, seine Arme, seine glänzende Haut, das Flüstern, im Bewusstsein, dass sie nie leise genug flüstern kann, um zu verhindern, dass die Großmutter mithört, seine leisen Sätze, anderswo ausgesprochen, dröhnen in ihren Ohren; jeden Moment kann die Tür sich öffnen, der Traum sich in den Alptraum verwandeln, sie gebeugt und gebrochen werden, alles zerstört sein: immer im Präsens: alles ist anders gewesen, es war immer unmöglich, sich von ihm besuchen zu lassen, aber das Präsens schneidet das wirkliche Bild aus dem Unmöglichen, so wie es die Wohnung immer wieder aus der Stadt ausschneidet und in sich zurücksaugt, eine zitternde Hautschicht, die sich zart über ihre Greisinnenhaut legen wird und sie zurückverwandeln, ohne ihr den Schmerz, den alten, den ältesten, den neuen, zu nehmen. Sie versucht, den Ton der Türklingel zu hören, nicht das schrille Surren aus der Zukunft (Männer in grauen Uniformen starren sie an, ein bleicher Junge mit Zöpfchen), sondern das Klingeln in diesem Frühling 1937, die Stille legt sich über den Augenblick, zerdehnt ihn zu Minuten, Stunden, Jahrzehnten, diese Stille träumt sie in jeder Nacht.
Es gäbe natürlich auch die anderen Wohnungen, die Wohnungen (die Fenster, die Betten, ihre Körper in den Betten) des nächsten Winters, aber davon ist nichts mehr sichtbar. Und hier wäre Platz gewesen.

Er wartet in der Finsternis, den Kopf ins Kissen vergraben, auf das Zeichen vom Nebenraum her. Die Straßengeräusche zählen nicht; er möchte eigentlich nur einschlafen, nichts sonst: aber ein kleines Ziehen in seinem Hinterkopf sagt ihm, dass es zu spät ist, dass gleich das Knarren des alten Bettes unter dem dicken in ein rosafarbenes Nachthemd gehüllten Körper zu hören sein wird, ein Ächzen und Klagen, das aus der Kehle der alten Frau (ein auf alles und nichts bezogenes Auwehauwehauweh), während sie sich langsam aufrichtet, beantwortet wird, dann Schritte und ein langsames Schweigen, er rührt sich nicht, weiß, es ist fünf Uhr früh, er könnte noch zwei Stunden schlafen, die Großmutter glaubt, er schläft friedlich und glücklich, er ist ihr friedliches und glückliches Enkelkind und weiß gar nicht, wie gut es ihm geht, irgendwann, viel zu spät, während in der Küche schon seine Kakaotasse auf ihn wartet, wird er noch einschlafen und gleich wieder vom sich einschaltenden Radiowecker fröhlich zerschnitten und wie ein Fetzen in den Tag hineingeschmissen werden. *You're the one that I want, Needles and Pins* (er möchte weinen), *I don't like Mondays* (er möchte töten). Im Dunkel hinter ihm hängt ein Christus elfenbeinweiß am hölzernen Kreuz, jeder Schritt aus dem Nebenraum wird von ihm eine sein Herz stillstehenlassende Sekunde lang erwartet, mit Ungeduld und Zweifel vernommen, fast achtlos, weil er gleich wieder ins Loch vor dem nächsten Schritt stürzt; Schritte wie von einer fremdgesteuerten, von ihm (aber gegen seinen eigenen Willen, aus der todmüden Überwachheit heraus) gesteuerten Figur. Er sieht die nackten geschwollenen Füße vor sich, die grauschwarzen rissigen kurzgeschnittenen Zehennägel, die gekrümmten und in alle Richtungen zerbogenen Zehen; sie tritt auf den Fersen auf, er hört das Aufziehen der Vorhänge, ein Riss in seinem Bewusstsein, kann durch die Wand hindurch ihren Atem in seinem Gesicht spüren, ihn riechen, beinah schmecken. Die fremden Kleider (breite Schlüpfer, beige Büstenhalter, Unterhemden, rosa Pullover, Schürzen) reiben an der fremden faltiggelben Haut; er hört das Wasser im Badezimmer (ein Gurgeln, ein Ausspucken, das Schaben einer Bürste an der Kopfhaut), in der Küche (ein sich anfüllender Kessel) laufen, fühlt eisiges Wasser an seiner Haut und genießt den Schmerz, schläft beinahe wieder, hört das Öffnen der Kühlschranktür, das Anspringen der Flamme am Gasherd, hört jeden ihrer Schritte, mit dem kleinen Ungleichgewicht zwischen linkem und rechtem Fuß, der kleinen Verzögerung; jetzt setzt sich die Großmutter auf den Küchenstuhl, um zu rasten, und er möchte auch das leise Knarren des Stuhls hören, er hat Angst vor der Stille, Angst, sie könnte gestürzt, vom Schlag getroffen sein (ach, wenn ihm ein Hammer den Brustkorb zerschmettern würde). Sein Herz pumpt Blut durch seinen Körper: eine Bewegung, die nur das Abbild fremder Bewegungen ist; in seinem Körper bildet sich die Wohnung ab, die Strömungslinien, die winzigen Veränderungen der Kraftverhältnisse. Die Tassen, die Untertassen und Teller werden auf dem Küchentisch abgestellt, ein Löffelchen fällt zu Boden, trifft klirrend auf den Kacheln auf, er freut sich, zunächst über den Klang (für einen Moment zerspringt seine Angst), dann stellt er sich vor, es könnte dem Löffel gelingen, sich zu verstecken, unter dem Tisch (vor der Großmutter, die sich nicht bücken soll, dann dem Staubsauger, dem Wischtuch), später nach unmerklichen Rutschbewegungen, oder indem er zärtlich mit dem Fuß nachhilft, hinter dem Heizkörper, wo er von Staubfäden, langsam wachsenden Netzen, wie von hohem Gras, überwuchert würde. Er zieht die Knie an, sein Ohr auf den Oberarm gedrückt, die Finger ineinander verschränkt, den Kopf zur Wand gerichtet. Er will in ein knollenförmiges loses Gebilde aus Drähten verwandelt werden, an der dünnsten Stelle durch zwei Drähte mit einem Auswuchs verbunden, seinem Bruder, einem knollenförmigen losen Gebilde aus Drähten. Er will von Menschenhänden gepackt und zusammen mit seinem Bruder, den es nicht gibt, in eine kleine

Kiste gesperrt werden. Der Deckel schließt schlecht, weil der Auswuchs sich nicht in ihn hineinbiegen will: er spürt das Emporschnellen als eine Art von gemeinsamem Lachen (es gibt ihn als wirklichen Menschen nicht mehr, so wie es seinen Bruder nicht gibt, er schläft für Sekunden, taucht für Sekunden unter in der vollkommenen Leere). Der Radiowecker schaltet sich ein, *Tell me why*, singt eine verschnupfte Männerstimme wie die seine es einmal sein wird, *I don't like Mondays. I wanna shoot the whole day down.* Er muss aus dem Schlaf steigen, aus dem Bild, wie aus dem Wasser heraus, die Tropfen von sich abgleiten lassen, ohne Bewusstsein und Gesicht, unter einem metallenen Visier verborgen durch den Tag pflügen (aber das ist nicht mehr, das ist nie er selbst).

Sie hat keine Ahnung, wie die Türklingel geklungen hat (und weiß doch, dass sie es weiß, wiederträumen kann, wissen muss), so wie sie nicht mehr weiß, wie er ausgesehen hat, kein klares Bild von seiner Augenfarbe, seiner Statur hat, für die Polizei oder für eine Behörde (für welche Behörde) nützliche Angaben, und doch jede Nacht von ihm träumt, jetzt erst wieder, am Ende, und sich an keinem Morgen an den Traum erinnern kann, nur an die Stille, die ihm vorausgeht oder folgt, sie sieht ihn an, und es gibt den einen Moment der Klarheit, den Moment, an dem sie sich verliert, alles von seinem Gesicht und seinem Körper in sich aufsaugt, in einem endlosen Ineinanderübergehen, und zugleich weiß, sie wird sich nicht erinnern. Mit einem Schritt kann sie auf die andere Seite treten, jetzt, sie müsste sich nur aufrichten, zu gehen beginnen, eine schwarzweiße Figur, die durch den Nebel zwischen den Dingen gleitet. Zuerst ist nur der Raum da, mit immer deutlicheren Konturen: und ihre Bewegung schneidet über die Oberflächen, wie scharfe Messer über eine Leinwand, so dass hinter den Räumen neue Räume sichtbar werden, fast die gleiche Stadt wie immer und doch etwas völlig Neues, gerade erst Entstandenes, nur das wäre die Befreiung. Sie könnte dortbleiben, drüben, auf der anderen Seite; sie ist schon dort gewesen, für kurze Zeit: wann immer sie aus dem Haus geht, gehören die Straßen ihr, es gibt diesen Tag, es gibt dieses freie Bewegungsfeld. Sie sieht die Straße vor Georgs Schule, das Sonnenlicht, das die Räder eines Fuhrwerks, die glänzende Karosserie eines Automobils, seinen unbedeckten Kopf, den graubraunen Stein hinter ihm ausschneidet, sieht die Stufen am Vorkai, spürt die Berührung des Steins, sieht das spiegelnde, glitzernde Wasser vor sich, den Blick eines Passanten von der Brücke, Oberarme, die einander streifen, eine zurückgestrichene Haarsträhne, ein Wenden des Kopfes, dem der Blick wie eine Tänzerin folgt. Die Vergangenheit verschmilzt mit der Zukunft. Der Moment zerteilt sich, eine Verzögerung, die sich endlos ausdehnen lässt, Georgs Mimik verändert sich, je nach dem Blickwinkel, und ergibt ganz verschiedene Gesichter, die eins nach dem anderen in ihr erscheinen können, über der Leerstelle. Sie erinnert sich an eine traumwandlerische Gleichzeitigkeit, ein traumwandlerisches Übergehen von Georgs Gedanken in die ihren und ihren Gedanken in die seinen (jedes Wort kann ausgesprochen werden und ist an seinem Platz), und wartet zugleich darauf, wartet erst auf einen Moment, der die Stille zerreißt, die Räume aufschneidet, auf ein Verschwimmen von Innen und Außen (warm, weich, glitschig), ein Gemurmel wie das Gemurmel von Wellen.

Die Sehnen um ihre Knie spannen sich, ihre Schulterblätter schneiden in die Muskeln. Sie weiß, dass seit zwei Stunden Leben in der Wohnung ist (sie will es nicht Leben nennen), während die Traumbilder erst langsam von ihr wegtreiben, fühlt beinah, nagend wie eine täglich erneuerte Schuld, die kleinen Bewegungen, die sich, während sie im Schlaf Zuflucht fand, in der Wohnung abgespielt haben; eine graue Öffnung auf einen grauen Tag, sinnlose Bewegungen, die für Arbeit gehalten wurden oder Arbeit waren, um fünf ist die Großmutter aufgestanden, so wie an jedem Tag; aufgestanden, um nichts zu tun, aber so als bedeutete das eine ungeheure Aufgabe: langsamer als nötig in Strümpfen über den weichen Teppich ihres Schlafzimmers zu gehen, Kleider aus dem Schrank zu suchen, in der Küche zu sitzen und aus dem Fenster oder einfach auf die Gardinen zu schauen, ihre Füße in samtblauen Pantoffeln, die Hände im Schoß; Motorengeräusche, Hufgetrappel, die Rufe der Händler vom Markt, wienerische, jiddische, polnische, das Rasseln von Rollläden, das Ausladen von Holzkisten dringen durch die Mauern, setzen sich (wie für alle Zeit) in der Atmosphäre fest, ein Geruch nach Kohlen, ein Geruch nach gekochtem Gemüse, vom frühen Morgen an, den das Glas der Fenster, der Lack der Flügeltüren, der Marmor und der Stuck des Treppenhauses nicht abwehren können. Vielleicht besteht die Verpflichtung, der die Großmutter folgt, nur darin, der Enkelin voraus zu sein; sie von den ersten Momenten des Tages an strafend anblicken zu können. Sie legt Wert auf Pünktlichkeit (wenn sie in sich hineinschimpft und Emilia mithört, geht es, wenn nicht um die Sitten oder um die Roten, um die Unpünktlichkeit; sie schimpft in sich hinein, nicht mit anderen; andere sollen mithören und keine Antwort suchen), zwanzig vor sechs öffnet und schließt sie die knarrende Küchentür und bezieht, schwer atmend, im Korridor Position, wartet auf Geräusche aus dem Treppenhaus, auf die Schritte des Mädchens, die sie von den Schritten anderer Hausbewohner unterscheiden zu können glaubt, ihre Atemzüge sind schleppende, leise Maschinentöne; sie ist ein Gerät, das die Zeit misst und qualvoll verzögert, Minuten vergehen, und sie blickt, während sie, etwas vorgebeugt, im langen dunklen Rock und mit einer grauen Weste im unbeleuchteten morgendlich grauen L-förmigen Korridor steht, so wie durch Türen und

Mauern hindurch das sich auf der Straße nähernde Mädchen auch die Enkelin durch die Tür hindurch, in ihren Schlaf hinein an; immer wird (es beginnt mit winzigen zufälligen Gesten) Emilia aus großer Entfernung getroffen, so als wäre sie gar nicht gemeint, als sollte die Geschichte nichts mit ihr zu tun haben. Das Dienstmädchen trägt flache, braune, klobige Männerschuhe; während ihre Schritte sich nähern, Stufe für Stufe lauter werden, dann das Klirren des Schlüsselbundes und das Scharren auf der Fußmatte hörbar werden, macht die Großmutter ein paar Schritte zurück zur Küchentür, sie hat nicht gelauscht, warum sollte sie auch gelauscht haben, warum sollte sie gefürchtet haben, die lange Reihe der einander gleichen Tage wäre (durch die Schuld des Mädchens, als Stellvertreterin, schuldige Stellvertreterin eines weit größeren Verhängnisses) durchbrochen; während das Mädchen behutsam, um niemanden zu wecken, die Tür aufsperrt, heute so wie jeden Tag, und mit ihren flachen, braunen klobigen Männerschuhen leise aufzutreten versucht, steht die Großmutter, heute so wie jeden Tag, zufällig eben in der Küchentür, Guten Morgen, sagt das Mädchen, mit dem gedehnten und gequetschten wienerischen O, plötzlich laut und fröhlich (aber Emilia schläft tief und alles, was sie mithören mag, versickert in ihrem Schlaf, verbirgt sich), Oh, guten Morgen, Fräulein, sagt die Großmutter nasal und mit einem Ton von Überraschung; vielleicht ist sie auch wirklich überrascht, dass die lange Reihe der einander gleichen Tage wieder nicht durchbrochen worden ist; sie kann nun, innerlich gespannt und zugleich dem Anschein nach beiläufig, immer heimlich über sich selbst erstaunt, beginnen Aufträge zu geben und Anweisungen zu erteilen und Stunden in dieser angespannten Beiläufigkeit, diesem Nichtstun, das ihre elende Arbeit ist, verbringen; erst nach ihrem Tod, Jahre später, begreift es Emilia: die alte Frau ist, als die Enkelin noch ein Kind war, von ihrem kleinen Häuschen am Stadtrand her selbst wie ein Dienstmädchen, nur ihretwegen, als Behüterin (aber für sie nichts als ein finsteres Zeichen der Verlassenheit, des Alleingelassenseins) in die viel zu große, ihr geradezu unheimlich große Wohnung gekommen, die die zu Geld gekommenen, ihre Geschäfte besorgenden Abwesenden verlassen haben, diese Abwesenden, von denen sie manchmal träumt wie von tröstlich lange Verstorbenen. Manchmal, abends, kommt es über sie, diese Träume zu erzählen, und Emilia möchte ihre Ohren verschließen. Sie sieht das nackte Gesicht unter der leichten Schminke, die nackten faltigen Hände, die sich um Messer und Gabel krümmen, sie streckt den Nacken, ihre Schulterblätter schneiden in die Muskeln, sie sitzt, die Knie aneinandergelegt, am Esszimmertisch, stellt sich Finger vor, die in ihr Körperinneres greifen, jeden Teil für sich auslegen, in seiner Nacktheit, jedes schleimigfeuchte, zitternde Organ, jeden Nervenstrang, jeden sauber vom Fleisch gereinigten weißen Knochen.

Wenn er bis zweihundertzweiundzwanzig zählt, hat er Zähne geputzt, bei zweihundertsiebenundfünfzig hat er sich auch das Gesicht gewaschen. Er starrt auf seine Hände, auf seine am Rand der Badewanne breitgedrückten Schenkel, am Spiegel vorbei auf die Handtücher an ihren Haken, ein blaues, ein weißes, ein blaues Badehandtuch (der Blick stößt in ihn zurück); er zwingt sich zu zählen, ruht sich in den Zahlen aus. Seine nackten Zehen berühren die Fliesen, die nackten Fliesen berühren seine Zehen, streicheln seine Zehen, können ihn streicheln, aber nicht anschauen, keiner soll ihn anschauen; er starrt auf den senkrecht gestellten silbrig glänzenden Türknauf, auf das Kachelmuster von schwarzen und weißen Amöben, er stellt sich vor, wie sein Fuß bis zum Knöchel versinkt, durchs Amöbenmuster hindurch, hinter dem Spiegel, sichtbar bleibt, knochig, nackt und weiß. Er lässt das Wasser laufen und hört seine Großmutter durch die versperrte Tür hindurch das Geräusch des laufenden Wassers hören, hält manchmal einen Finger unter den Strahl, tupft den feuchten Finger in die Augenwinkel (wenn man ihn auszieht und in Eiswasser taucht, ist es kaum etwas anderes als die Berührung des feuchten Fingers mit den Augenwinkeln, genauso lustvoll, alle schauen ihn an, nackt und weiß hinter dem Spiegel, genauso schmerzhaft, die Grenzen sind verletzt). Er hat Unterhose und Schnürlsamthose mit ins Bad genommen, das ärmellose Unterhemd, das blaue Hemd mit den breiten Kragenaufschlägen; seine breitgedrückten Schenkel, weißes, notdürftig durch die Pyjamahose verdecktes Fleisch, sagen, dass er dick ist, obwohl er nicht dick ist (das sagen in der Schule seine breitgedrückten, notdürftig durch die Schnürlsamthose verdeckten Schenkel), sie sagen, er sieht aus wie eine Frau. Er muss, während er zählt, darauf achten, dass die Ordnung der Töne nicht durcheinanderkommt; in Wirklichkeit braucht er sich nicht zu bewegen und kann er sich nicht bewegen, die Ordnung, das Gleichgewicht in der Wohnung entsteht in seinem Kopf, durch sein Zählen: eigentlich hat er wirklich die Zähne geputzt, eigentlich hat er sich wirklich das Gesicht gewaschen, denn er hat gewünscht, dass die Großmutter durch die versperrte Tür, zufrieden, hört, dass er ein braves Kind ist und dass der Tag ordentlich seinen Anlauf, seinen Fortgang nimmt.

Er dreht den Wasserhahn ab (gleich taucht er blaugefroren, glänzend, mit schmalen Gliedern, aufgerichtetem Schwanz unter der zarten Wölbung seines Bauches wieder auf, wird aufs Eis gelegt, sie beugen sich über ihn, er spürt die süßen, bösen Pfeile ihrer Blicke auf seinem nackten toten Körper), zweihundertachtundfünfzig, er muss aufstehen, muss beginnen sich anzuziehen, hält sich an der Folge der Zahlen fest, die Zahlen kitzeln ihn freundlich, blicklos in der Kehle und halten ihn wach.

Hast du dir auch die Zähne geputzt, trödel nicht, das Frühstück wartet. Er kann sich nicht vorstellen, dass seine Groß-

mutter so müde ist, wie sie klingen möchte, wie er sie in seiner Müdigkeit hört, müder als er.
Von dreihundert an wird es schwieriger, die dünne Haut, die sich gleich auf dem Kakao bildet, faltet sich, legt sich klebrig auf seine Zunge, das Butterbrot in seinem Mund verklumpt und gewinnt Bissen für Bissen an Masse, ein Schrammelbrot, sagt die Großmutter, ist ihm das auch nicht mehr gut genug, ich geh für den Buben zum Schrammel um einen gestaubten Wecken und der Bub meamelt daran herum wie wenns schimplig wäre, vor dem Fenster wird es langsam heller, in den Küchen auf der anderen Seite des Hofes brennt noch Licht und Menschenschatten bewegen sich hinter den Gardinen, er kaut an dem Butterbrot und spürt es in seiner Mundhöhle, an seinem zu engen Schlund verschimmeln, zählt die langsam mahlenden Bewegungen seiner Kiefer, gleich wird er für den Weg zur Schule Regeln für seine Schritte brauchen, um den Gehsteig Stein für Stein begehbar zu machen: drei Schritte auf jeder Betonplatte, drei Schritte an jedem parkenden Auto entlang, höher reicht sein Blick nicht, die Passanten dürfen keine Gesichter haben, in der Greißlerei können Nachbarn lauern, die er erkennt oder nicht erkennt (kannst nicht grüßen, du Gfraßt, sind gestraft mit dir, deine Leut), was wird er tun, wenn die Großmutter nicht mehr für ihn einkauft, er Tag für Tag Nachbarn wiedertreffen muss, Wörter (schwache Waffen) in die Gesichter von Verkäufern hinter ihrer Theke richten, die ihn wie seine Lehrer, seine Mitschüler beim Namen kennen, die ganze Welt schließt sich um ihn: der Geschmack nach Kakao, nach Butterbrot in seiner Kehle, das Grau, das vom Himmel in den Boden, in die Fassaden, in die Kleider der Passanten gesickert ist, er gehört dazu, zu den Elementen, den Stoffen der Welt, ein fader, langsamer, zehrender Schmerz. Er vermisst schon den Geruch der Wohnung, den Geruch der Großmutter, die sterben wird, ihren Geruch nach Milchkaffee; nur die Dinge halten sie fest: die Deckchen auf den Tischen,

in den Ablagen der Kommoden, neben dem Fernseher, die Schälchen auf den gestickten Deckchen, die Fotos der verlorenen Verwandten in ihrem Zimmer, ihr knarrendes Bett, ihre braunen und grünen Töpfe in der Küche, der Geruch hält sie fest, der Milchkaffee im jeden Morgen gefüllten und lauwarm in kleinen Schlucken geleerten, jeden Mittag abgewaschenen Häferl, ihr Geruch nach Milchkaffee, kein Tag darf anders sein als der vorherige, nichts darf sich verändern, kein Ding in der Wohnung verlorengehen, er schlüpft zurück in die Dinge. Er kann mit seinen Gedanken die Sekunden, die Zahlen festhalten, die Leute in den Sekunden, den Zahlen, in ihren Räumen festhalten, hätte er ein Gewehr, könnte er sie, einen nach dem anderen, erschießen, sobald sie aus ihren Häusern rauskommen, er sieht sie in den Boden sickern.

Dieser Körper gehört ihr nicht, immer nur Teile davon: für Momente ahnt sie, dass es möglich ist, sie zusammenzufügen, sie für Momente zusammenzufügen, in einem Vergessen, nach einem Vergessen, im Erinnern nach einem Vergessen. Sie schlägt die Bettdecke zurück, setzt sich auf die Bettkante, ihre nackten Sohlen werden vom Teppich (ein Tier mit dichtem kurzgeschnittenem Fell) gestreichelt, ihr Nachthemd ist über die Knie hinaufgerutscht. Sie zieht sich das Nachthemd über den Kopf; tut als wüsste sie nicht, dass sie nicht alleine ist, bleibt für Momente sitzen, während das Mädchen, sehr langsam, wie ihr scheint, mit den Vorhängen hantiert, nach oben schaut oder nach draußen auf die Straße, den Platz, wo seit Stunden Leben ist (wie muss es für sie sein, von dort draußen hineinzukommen in diese Höhle, in der ihre Dienstgeber hausen, sich durch den leichten Dunst zwischen ihren Dingen zu bewegen, den Möbeln und Vasen, dem Geschirr, die für sie alle Reichtum bedeuten müssen und die zugleich den Geruch ihrer Körper tragen, zwischen ihren Dreck, den sie wegzuput-

zen hat, der gnädigen Frau nahezukommen und dem gnädigen Fräulein, das ein wenig jünger ist als sie und das sie genausogut bei ihrem Vornamen ansprechen könnte). Emilia steht auf, streckt sich, beugt den Kopf in den Nacken, geht, genauso langsam wie das Mädchen zwei Meter von ihr entfernt mit den Vorhängen hantiert, zum Schrank, um ihren Schlafrock zu holen; sieht sich selbst langsam zum Schrank gehen, ihre Haut glänzt, ihre Brust wölbt sich unter ihren Atemzügen, der Parkettboden knarrt unter ihren Schritten; sie öffnet die knarrende Schranktür, wendet dem Mädchen den Rücken zu; spürt die Blicke des Mädchens, das aus dem Fenster schaut, in ihrem Rücken, auf ihrer Haut, jede, denkt sie, vollführt ihre Bewegungen für die andere, die sie nicht ansieht, die Luft ist zugleich voller Blicke, sie spürt sie als einen Lufthauch an ihrer Haut, als ein Kitzeln in der Kehle, spürt ihre eigenen Blicke als einen Lufthauch an ihrer Haut, ein Kitzeln in der Kehle.
Der Schrank ist aus rötlichem, dunklen Holz, sie dreht an einem kleinen Schlüssel, um die Doppeltür zu öffnen, steht einen Moment lang zwischen den Türen, schaut auf die an ihren Kleiderhaken aufgehängten Wäschestücke. Sie glaubt, dass sie, gerade jetzt, in diesen Augenblicken, dieser Szene, mit ihrem leichten nackten Körper, nicht in dieses Zimmer, in diese Wohnung passt, die vor ihrer Zeit eingerichtet wurde; allem Anschein nach von jemandem, der nicht hier wohnen wollte und keinen Gedanken an die Leute verschwendete, die hier wohnen würden, die Fremdheit verstärkt die ganz leichte Scham oder hebt sie auf; sie spürt, Teil für Teil, ihren Körper: ihre Sohlen auf dem Teppich, auf dem Parkettboden, den Lufthauch auf ihrer Haut; die Blicke des Schranks, der Tapeten, der Kommode, der gestreiften Gardinen, der Bilder reichen aus (als wäre nichts Eigenes, kein anderer notwendig). Diese ganze Möblierung ist nicht nur viel zu dunkel und altmodisch, aus einer anderen Zeit als der ihren, sondern seltsam unpersönlich, so als würde niemand hier drin wohnen; als

wäre das Zimmer oder die ganze Wohnung für durchreisende Gäste (aber nicht die Gäste eines Menschen sondern die Gäste einer Institution) gedacht, an keinem der Gegenstände haften Erinnerungen, da ist nichts (ausgenommen das Dutzend ihrer eigenen Bücher, das sie in einem kleinen Regal neben dem Fenster angeordnet hat), woran sie oder irgendjemand hängen könnte. Über ihrem Bett hat jemand einen Stich von Venedig angebracht; sie fragt sich, durch welches Bild sie ihn ersetzen würde, wenn sie entscheiden könnte. Im Sommer, den Kopf an seine Schulter gelehnt, wird sie Georg das Zimmer und die Wohnung beschreiben, und er wird ihr von dem dichten versteinerten Wald unter Wasser erzählen, auf dem diese Stadt mit ihren Plätzen, Gässchen und Palästen aufgebaut ist: die abgeholzten, Stamm für Stamm in die Lagune geschifften Wälder des Veneto, die zwischen den kleinen Inseln ein dichtes Fundament von Pfählen bilden sollen und zugleich ein Souterrain, unsichtbare Katakomben formen, eine zweite Stadt ohne Licht unter der sichtbaren, überall abgebildeten, von müßigen Touristen besuchten. Wird er von einem Rückzugsort geredet haben, von einer Hölle, von einem Traum.

Wenn ihre Großmutter tot ist und alles vorbei, wird sie die Möbel und die Bilder, den alten Schrank, den Stich von Venedig verkaufen, die Bücher, unter vielen neu hinzugekommenen verborgen und bald schon selbst fremd geworden, wird sie behalten, ein paar Bände Hesse, Gedichte und Reisebücher von Heine, Romane von Pearl S. Buck und A.J. Cronin, die ihr von China erzählen, Tolstoi, Flaubert; *Emma* von Jane Austen und die *Sturmhöhe* von Emily Brontë, sie stellt sich die Gefangenschaft im Luxus und den Konversationszwängen auf einem englischen Landgut, den Blick auf eine grüne englische Landschaft, sie stellt sich die Moore von Yorkshire vor, andere Orte, die sie vielleicht niemals in Wirklichkeit sehen wird, auch wenn eigentlich nichts dafür notwendig ist als Geld, das sie doch immer haben wird.

Soll ich das Fenster aufmachen, Emilia, fragt das Mädchen und schaut kurz zu ihr her, Emilia schaut ihr in die Augen, schlüpft in ihren Bademantel, ach ja, lass ein wenig frische Luft herein, während ich unter der Dusche bin. Sie ist sich nicht sicher, ob das Mädchen nicht die ganze Zeit gleichgültig und fröhlich vor sich hin geredet und erzählt hat, während sie nackt im Zimmer herumlief, sie hat jedenfalls nicht zugehört, hört erst jetzt den Satz mit ihrem Vornamen, dem Du. Die Spiralen der Astlöcher im Holz des alten Kastens drehen sich dunkel vor ihren Augen, sie streichelt einen Augenblick lang das Muster.

Der Mann, der ihm auf dem Vorkai entgegenkommt, nahe den Zwiebeltürmen des Heizwerks, ein anderes Mal gleich bei der Urania, ist ein mächtiger Toter, wie aus Stein oder Eisen, mit leerem Blick. Er hat noch nie jemanden gesehen, der so beängstigend und so allein wirkt. Es ist Winter, der Kanal schwemmt Äste mit sich, über die sich ein schwarzer modriger Film gelegt hat, das Wasser treibt sie geräuschlos von Nußdorf her in die Freudenau und zum Alberner Hafen, wo sich der Kanal wieder mit dem Fluss vereinigt; der Mann trägt keine Schuhe, schreitet mit großen Schritten daher, obwohl er hinkt; Hindernissen würde er nicht ausweichen, sondern sie, beinah bewusstlos, niederrennen. Einer seiner Füße ist nackt, der andere mit Lappen umwickelt, er sieht die klobigen dreckverkrusteten Zehen, grauschwarze Nägel oder nacktes Fleisch; der Mann tritt auf den Fersen auf, seine Stirn, sein Kinn, seine Backen sind blutverschmiert, die farblose Hose mit ihrem weit in die Kniekehlen herabhängenden Hosenboden ist zerrissen und voller Flecken, sein eigenes Blut oder das eines anderen, vermischt mit dem Dreck der Straße, auf der er sich wohl ab und zu, in einem Hauseingang, unter einer Brücke, oder vor einer Kirche, oder wo ihn eben die Kraft verlässt, hinlegt. Sein

Blick nimmt weder das Licht noch die Menschen wahr. Er redet mit rauer Stimme vor sich hin, starrt in die Leere, sein Schädel ist kahlgeschoren, die Kopfhaut voller Schnitte und Wunden: er kann das gleichgültige Zupacken dieser großen, kräftigen Hände auf seinen plötzlich ganz dünnen Oberarmen spüren, den Atem, der ihn (sobald er den Fehler begeht, diesen Blick mit seinem Blick zu suchen) unter unverständlich gekrächzten Verwünschungen treffen würde, riechen und beinahe schmecken, muss beinah seine Hand und seine Lippen auf der zerschorften Kopfhaut spüren, die zarte eigene Kopfhaut, das Rasiermesser an der zarten eigenen Kopfhaut.
Er öffnet die Augen, ist ein anderer.

2.

An diesem Tag im Frühling 1937 berichten die Zeitungen, die unter der Zensur des christlichen Ständestaats stehen, von einem *Kameradschaftsabend der Vaterländischen Front des Postsparkassenamtes* und einer *Eingabe der Gilde des Textilhandels an die Bundespolizeidirektion, in welcher sie darum ersucht, den Wachorganen die Bestimmungen über das Hausierverbot erneut in Erinnerung zu rufen.* Sie berichten von der Beschießung von Almería und der *rotspanischen Küste* durch deutsche Kriegsschiffe, die *Reichspost* voller Sympathie, das *Kleine Blatt* mit unbestimmtem Unbehagen, von der *Einweihung der größten Brücke der Welt, die das Goldene Tor bei San Franzisko überspannt*, dem bevorstehenden Begräbnis der Filmschauspielerin Jean Harlow, wobei *das weiße Kleid, in dem sie aufgebahrt wurde, auf Anordnung der Mutter durch ein rosa Kleid ersetzt worden ist*, da Jean Harlow die Farbe Rosa so sehr geliebt habe, von Autounglücken auf dem Schwarzenbergplatz und in der Aspernbrückenstraße (wo eine Frau vom Sonnenlicht geblendet in ein Auto lief), einer Serie von Markendiebstählen in Tabaktrafiken und der Verhaftung eines Uhrendiebes, von der *Fahnenweihe der Hauptgruppen der Vaterländischen Front Purkersdorf und Tullnerbach*, von dem *tragischen Tod einer Wiener Privatbeamtin* in Tirol nach dem Genuss von Kirschen und warmer Milch, von einem 28-jährigen Sattlergehilfen, der seinem unerwünschten unehelichen Kind Glassplitter zu essen gab, von einer *edlen Tat der Gemahlin des Bundespräsidenten* im Rahmen der *Herma-Schuschnigg-Firmungsaktion*, von einem Referat in London des Polizeivizepräsidenten a.D. Dr. Schulz (Wien) über die *Überwachung der Reisen unbefugter Rauschgifthändler*, sowie von einer *Informations- und Besichtigungsfahrt des Kanzlers durch das Traisental. Nachdem die Bezirksführer der Vaterländischen Front von St. Pölten-Land ihre Wünsche zum Ausdruck gebracht hatten, ergriffen die einzelnen Vertreter der Berufsstände und Bürgermeister nacheinander das Wort. In allen Ausführungen kam das starke Vertrauen der Bevölkerung zur Staatsführung des neuen Österreich und besonders zum Bundeskanzler sowie für das bisher Geleistete zum Ausdruck. Erst seit Dr. Dollfuß der Welt die Mission Österreichs zum Bewußtsein gebracht hat,* sagt ein anonymer kanadischer Politiker im *Neuen Wiener Journal, hat Austria für uns auch die Bedeutung eines Programms erhalten.*

Im Hotel Imperial findet ein Benefizball statt (eine Reihe von schwarzen Wagen fährt auf der Ringstraße vor, die Herren schwitzen unter den Fracks und Uniformen, die Frauen, in Abendkleidern, mit nackten Armen, huschen von den Limousinen (ein Fahrer oder ein Page öffnet die Tür) zum Hotelportal, dem gläsernen Eingangstor hinter der kleinen Treppe, ins grelle Licht. Der Zuschauer, im weiten grauen Anzug, das Gesicht im Schatten seiner Hutkrempe, eine Zigarette im Mund, kommt aus einer Seitengasse, bleibt ein paar Minuten lang stehen, während die Gäste eintreffen. Jemand tippt lange Listen von Namen in die Schreibmaschine): *Ein Jungdamen und –herrenkomitee eröffnete unter der Leitung des Rittmeisters Wilhelm Elmayer-Vestenbrugg den Ball. Es tanzten Gräfin Alice Hoyos=Baron Karl Pereira-Arnstein, Stephanie von Papen=Tassilo v. Darvesy, Freiin Franziska Schleußnig=Siegfried Graf Thun-Hohenstein, Baronesse Pongracz=Baron Kuhn-Kuhnenfeldt, Prinzessin Daria Trubetzkoy=Herr v. Stockert, Isabella v. Ruzicic=Leutnant Baron Gramont, Freiin Elisabeth von Winzor=Graf Heinrich Gudenus, Baronin Sissy Puthon=Herr v. Rossek, Gräfin Madietta Seilern=Altgraf Nikolaus Salm, Gräfin Anna Coreth=Leutnant Biek, Gräfin Madeleine Coreth=Graf Max Thun-Hohenstein.*

Alle Namen, alle Titel und Funktionen sind ausgeleert und bedeuten nichts mehr, in dieser Zwischenzeit, dem über Jahre ausgedehnten Zwischenraum, in dem die hohle Erinnerung mit einer tödlichen Erwartung zusammenspielt, alle tun nur mehr so, als wären sie die, als die man sie kennt (Prinzessinnen und Prinzen, so etwas wollte Jahrzehnte früher noch etwas heißen), sie tun so, als würden sie weiterleben. Das Licht im Innern der Ballsäle zerstäubt am Schmuck, an der Haut der Tänzer, an den kleinen Schweißperlen an ihren Hälsen, löst die Figuren in immer kleinere Einzelteile auf. Alle Gebäude verwandeln sich in Kulissen, nur die Treppenhäuser und Korridore im Innern der Bauten sind wirklich, die Gänge, die nach Karfiol und Essig, Kohle und Urin riechen, mit Wänden wie aus Butter, hier wiederholen an der Wasserstelle, vor der Klotür die Armgebliebenen und Armgewordenen ihre alten Streitereien und Gerüchte über abwesende Nachbarn, der Beobachter drückt sich mit dem Rücken an die Wand, die Hände weggestreckt, sinkt halb in die Wand ein. Die Stadt duckt sich unter dem Dom in ihrer Mitte; im leeren Zentrum schaut Christus düster und drohend von seinem Kreuz: man kann zumindest an die Drohung und an die Düsternis, an die Gewalt an Stelle des Erlösers glauben. An ein leeres Ich (das leere Ich eines Führers) an seiner Stelle. Der Kardinal von Wien, Theodor Innitzer, verkündet, dass *die göttliche Vorsehung der Umgestaltung der Welt aus demokratischen Formen zu autoritärer Führung in Papst Pius XI., mit seinem stahlharten Willen und seinem diamantenen Verstand den religiösen Meister gegeben. Das Führerprinzip bricht sich in der Alten und in der Neuen Welt seine Bahn. In der Kirche herrscht es seit jeher.*

Die herrschende Ordnung erschöpft sich in der Gewalt, eine Ordnung vorzutäuschen, die Täuschung aufrechtzuerhalten. Wirklich sind die Treppenhäuser und die Korridore im Inneren der Bauten, wirklich sind die Rufe, die von der Straße hereindringen, kleine zurückbleibende Gesten (der über die Schulter geworfene Zopf eines Mädchens in der Schulbank, der Haarschopf eines Jungen, der auf einer Stufe am Donaukanal sitzt, eine Zigarette anzündet und weiterreicht), wirklich sind auch die Kaffeehäuser, die Katakomben unter den Kaffeehäusern, ein geheimes Leben, Sätze, die es nicht in die Zeitungen schaffen (kleine ausgeschnittene Kreise, als gäbe es das Feindesland nicht, die lauernden Nachbarn).

Der Kuss, den ihr die Großmutter jeden Morgen auf die Stirn gibt, erscheint ihr lächerlich, ein Abschied für wenige Stunden, der sich als Abschied für immer tarnt, die falsche Art von Berührung, sie beugt den Kopf, das von den trockenen Lippen der Großmutter berührte Stück Haut gehört nicht zu ihr und ist nicht mehr als ein Stück Leinwand (so wird sie sich, als ganzes, später unter der Berührung des Vaters ihrer Tochter fühlen). Drei hohe Stockwerke, ein Mezzanin, die Spirale des Treppenhauses, die marmorne Wandverkleidung im Eingangsbereich, Stuckverzierungen an der Decke; fast immer begegnet ihr jemand in einem der Stockwerke, je früher sie rausgeht, desto öfter, meistens ist es die Hausmeisterin, die (wie die anderen Hausbewohner sagen) aber gar keine richtige Hausmeisterin ist, sie grüßt Emilia mit einem Gemurmel und versucht nicht, ein Gespräch anzuknüpfen, während sie am Treppengeländer herumwischt und einen Geruch nach Essig verbreitet. Sie hat nur wenige Schritte zu gehen, der Tag wird so heiß sein wie die letzten und die folgenden Tage, sie merkt, wie die Wärme ihre Schritte beschwingt, wie sie ihr Gesicht beinah lächeln lässt, bereit macht Blicke zu erwidern, die meisten Figuren, die ihr begegnen, begegnen ihr jeden Tag oder gleichen anderen Figuren, die ihr jeden Tag begegnen; sie spürt heute, dass sie genausogut in irgendeine Gasse einbiegen könnte und in einem fremden Stadtviertel landen, dass sie, anstatt den gleichen Weg wie immer zu gehen, einfach in eine Straßenbahn einsteigen könnte und vor einem Café, in dem sie noch nie gewesen ist, besser, an einem Bahnhof, wieder aussteigen, den erstbesten Zug nehmen, niemand wird wissen, wo sie ist,

niemand wird sie halten. Ab und zu sind Motorengeräusche von einem vorbeifahrenden Auto zu hören, Hufgetrappel von einem Bierwagen, die Rufe der Händler vom Markt, wienerische, jiddische, polnische fließen zusammen, formen einen endlosen Gesang. Diesen Bäckerjungen mit großem Brotkorb auf dem Rücken, der die Leopoldsgasse überquert, hat sie noch nie gesehen, er dreht sich schief zu ihr hin und starrt sie an, sie lässt ein Lächeln in ihrem Gesicht erscheinen, hat Lust an ihrem Lächeln, sie weiß nicht, ob aus Verachtung. Ihre Haare sind zu einem strengen Knoten zusammengebunden, ihr Rock ist länger als die Röcke der anderen Schülerinnen und passt nicht recht zur sommerlichen Hitze dieses Tages, der Stoff kratzt an ihren Schenkeln, eine alte Frau vor ihr mit breitem Hintern und einem riesigen, über ihren Kopf hinaufreichenden Bündel auf dem Rücken setzt Schritt für Schritt, als würde sie einen steilen Felspfad hinaufsteigen, und hält Emilia auf; sie biegt in die Krummbaumgasse ein, wie jeden Morgen grüßt sie dort mit einem dünnen melancholischen Lächeln der dünne alte Schneider mit den großen Tränensäcken, der mit einer Zigarette im Mund im Hauseingang steht und auf Kunden wartet, oder auf Leute, mit denen er plaudern kann. Klement Hrazdil, steht in Großbuchstaben auf einem Emailschild. Hinter jedem der Tore öffnet sich ein Gewirr von Hinterhöfen und Hinterhäusern, mit Werkstätten, Ställen, Kellerwohnungen, Klopfstangen, an grauen Wänden klebenden Bäumchen mit verdrehten Wurzeln, Fenstern auf Kniehöhe hinter wannenartigen Vertiefungen des Bodens.
Überall gibt es Eingänge in die wirkliche Welt, Verstecke, ausgeschnittene Räume, aber sie verlässt ihre Bahn nicht, geht auf das Tor zu, das sie wie ihr ganz eigenes Gefängnistor erwartet, am Eingang der Knabenschule stehen Burschen, manche in Kniehosen, aus kleinen Gruppen von Burschen und Mädchen dringt Gelächter, sie geht an allen vorbei, manchmal öffnet sie die Lippen zu einem Lächeln, nickt jemandem zu, sie steigt

die breite Treppe ins erste Stockwerk hoch, in den Raum, der sie wie ihre ganz eigene Zelle erwartet, findet ihren Platz in einer der letzten Bankreihen. Dort sitzen die Mädchen, die für hässlich oder für dumm gelten und wenige Freundinnen haben, sie ist weder hässlich noch dumm. Der Raum füllt sich mit den Körpern, den Gesichtern, die sie von allen anderen Tagen her kennt; wenn der Lehrer den Raum betritt, werden sie alle aufstehen, wie eine einzige Masse, und im Chor *Österreich* rufen, der Lehrer wird abwinken, sie setzen sich wieder hin, das Holz der vier mal vierundzwanzig Stuhlbeine rumpelt auf dem Parkettboden, macht einer Stille Platz, die von dem Räuspern in der Kehle des Lehrers durchbrochen wird, einem gleich müde oder scharf vor sich hergesagten, in ihre zwei mal vierundzwanzig Ohren gesagten Satz, dem beinah eine Stunde lang Satz für Satz folgen wird.

Er liegt schlaflos da, sinkt zurück in seine Stuhllehne, blasse Tintenflecken, klebrig wie Schweiß, zeichnen die Rillen auf seinen Fingern nach: das Muster auf seiner Haut, das ihn bezeichnet und niemals loszuwerden ist; jeder kann seine nackten Finger sehen, kann sich über seine nackten Finger, jede nackte Stelle an seinem Körper in sein Inneres schleichen, seine breitgedrückten Schenkel unter der Schnürlsamthose sind wie nackt und sagen, dass er dick ist und ausschaut wie eine Frau. Vorne im Klassenzimmer sitzt der Lehrer lässig auf dem Pult, redet so leise und so langsam, mit so vielen Pausen, dass keiner ihm zuhört, zeigt von Zeit zu Zeit auf die Tafel, wo Buchstaben und Zahlen Gleichungen formen, ganz hinten im Klassenzimmer sitzt er, lehnt beinah schon an der Rückwand, zwischen Adamek, Berger, Kernberger, Tröstl, er kann die Reihe von Namen wie ein Alphabet hersagen, ab und zu spürt er die Faust Adameks, die Finger Tröstls auf seinen Eiern; Tröstl grinst, Adamek bewahrt den Ernst und schlägt zu; er versucht, den Arm Adameks oder Tröstls zu packen und von sich wegzuschieben, versucht zurückzuschlagen, auf die Eier Tröstls, die ihn nicht im geringsten interessieren; Tröstl lacht und flüstert Adamek über ihn hinweg etwas zu, er wird rot. Er liegt schlaflos da, spürt die Schläge, zeichnet Schleifen und Schlingen rund um die von der Tafel abgemalten Buchstaben und die Ziffern der Bruchrechnungen in sein Schulheft. Träumst du da hinten, Bichler, sagt der Lehrer und steht plötzlich vor ihm, der Bichler ist verliebt, sagt Berger, ach, Bichler, du bist verliebt, sagt der Lehrer, na dann, alle drehen sich nach ihm um, er spürt die Blicke auf seinem Gesicht, was lacht ihr, sagt der Lehrer, da gibt's nix zu lachen, eine Jeansjacke hängt über der Stuhllehne zwei Bänke vor ihm, schwarze Haarsträhnen, hinter ein Ohr geschoben, schwarze Stirnfransen, ein Lächeln (dunkle Augen). Er zieht unter der zu warmen Decke die Knie an, sein Ohr auf den Oberarm gedrückt, die Finger ineinander verschränkt, spürt die Schläge, die Blicke, die Worte, das Lachen, hört aus der Küche die schlurfenden Schritte, den schweren Atem, Tassen, die verschoben werden, das Gluckern der Milch und das Zischen des Wasserkessels. Das Federpennal, mit den dicht in kleine Schlaufen gefügten Patronen, Bleistiften und Radiergummis liegt vor ihm, er dreht die Füllfeder zwischen den Fingern, schiebt einen Finger hoch und lässt ihn am Metall der Spitze ruhen, sich mit Tinte tränken; er gleitet in seiner Nacht (ein kleiner, ausgeschnittener Ort) mit der Fingerkuppe Drähten entlang; ein nackter und bedeutungsloser, wortloser und blickloser, ganz für sich stehender Körper, wie ein verdrehter Kleiderbügel, sein Bruder, in einer engen Kiste mit ihm eingeschlossen, er verdreht sich, ganz leicht, von selbst, schnellt hervor: sie sind einander gleich, in seinem Wesen ist er wie er. Für einen Moment fühlt er sich schläfrig und glücklich: wenn ihm die Luft zu dicht und undurchdringlich wird, kann er im Innern der Mauern weiterlaufen, er kann unter dem Fußboden, unter Wasser weiterlaufen.

In der großen Pause gehen die anderen auf den Gang oder in den Hof, ein stilles Mädchen sitzt in einer anderen Ecke des Raums, mit dem Rücken zum Fenster, und starrt vor sich hin, zwei wälzen sich raufend am Boden, er schaukelt auf seinem Stuhl, lehnt seinen Hinterkopf an die Rückwand des Klassenzimmers, stützt die Füße an der Bank ab, packt das Wurstbrot aus der Zellophanhülle; wenn man die Folie zusammenknüllt, wechselt sie ihre Natur, man kann sie den Leuten in den vorderen Bänken an den Kopf oder in den Nacken werfen, sie durch den Raum kicken, in irgendeiner späteren Pause, wenn ein paar dieser Kugeln in den Ecken liegen, damit weiterspielen, sie an den Füßen eines Feindes, Adamek, Berger, Kernberger, Tröstl, vorbeidribbeln, dann fliegt sie ganz leicht durch den Raum, aber das Klassenzimmer füllt sich jetzt wieder, die Tür wird geschlossen, er sitzt auf seinem Platz, versucht, vor der Faust Adameks, den Fingern Tröstls, den Fragen des Lehrers auf der Lauer zu sein, versinkt in seinem Stuhl, kratzt mit der Füllfeder an der Kunststoffbeschichtung der Bank (welches Zeichen soll er malen?). Es wird Tag für Tag so weitergehen, Jahrzehnte lang, Jahrhunderte lang, er wiederholt seit Jahrzehnten und Jahrhunderten den immer gleichen Tag, er kann die Reihe von Namen wie ein Alphabet hersagen, Adamek, Berger, Kernberger, Adamek, Berger, Bichler, Kernberger, Bichler, Kernberger, Tröstl, Berger, Bichler, Fleißner, Eisler, Kernberger, Sirinov, Tröstl, wie ein Idiot bei jedem Namen *Hier* rufen, den Kreis von Wörtern nachzeichnen, der ihn umschließt, und was im einzelnen und im Augenblick widerlich ist oder Angst macht, wird in der Aufzählung, in der täglichen Wiederholung gleichgültig und fest, gibt Halt wie eine beliebige feste andere Reihe, gibt ihm Halt. Er kehrt aus jeder Schlaflosigkeit an seinen Platz zurück, zuckt wie ein steckengebliebener Uhrzeiger. Wie seine Großmutter lebt, so leben die alten Leute seit Jahrzehnten und Jahrhunderten, wie die Leute in dieser Stadt leben und miteinander umgehen, so leben sie (von Kriegen, Terroranschlägen, kleinen Hungersnöten unterbrochen) seit Jahrzehnten und Jahrhunderten, so wie er in der Schule sitzt, so sitzen die Kinder seit Jahrzehnten und Jahrhunderten, in immer gleichen Reihen festgehalten, in der Schule. Er schreibt, in seiner weichen Kinderschrift, die er fast nach Belieben variieren kann, mit, was der Lehrer vorne erzählt, Sätze ohne jeden Zusammenhang mit irgendetwas, das er sehen, kennen oder verstehen kann, über Gelände- und Siedlungsformen, Bodenschätze und Vegetationen (die Sätze selbst aber kann er bewusstlos ordnen und wiedergeben); an den Rändern der Heftseite, auf den Innenseiten der Deckel aus orangefarbenem Karton formen sich die Schleifen zu kleinen Zeichnungen, die eine Form suchen: er will seine Sprache, sein Gesicht, seine ganze Person durch eine feste Form ersetzen, plötzlich erkennbar sein, auf der anderen Seite, anderswo als alle anderen Menschen, durch eine Tat oder ein lesbares Zeichen (ein wildes Zeichen, wie ein tiefer Schnitt in die eigene Haut).

Jemand tippt gleichförmige Meldungen in eine Schreibmaschine, die kleine Variation, gleich am Beginn, bildet der Bericht über den *mißglückten Todessprung der 15jährigen Realgymnasiastin Erika P., die in Wien Leopoldstadt bei ihren Eltern wohnt.* Aber *gegen 11:30 wurde die 43jährige Private Leopoldine Altmann in ihrer mit Leuchtgas gefüllten Wohnung 20, Pasettistraße Nr. 44 tot aufgefunden.* Und *auf dem Dachboden seiner Wohnung 4, Mittersteig 15 hat sich gestern der 66jährige Portier Peter Marschall erhängt.* Und *in den Donauauen wurde die Leiche des Feldwebels a. D. Josef Buchinger an einem Baum hängend aufgefunden, Buchinger, der in letzter Zeit trübsinnig geworden war, war seit Samstag aus seiner Wohnung abgängig.* Und *die 60jährige befürsorgte Adelheid Groß hat sich gestern in ihrer Wohnung, 18, Währinger Straße 188 mit Leuchtgas vergiftet, die Ursache ihrer Tat war Notlage.* Und *die Private Rosa Ehrlich, 19, Döblinger Hauptstraße 57, hat sich in einem Zustand momentaner Sinnesverwirrung aus dem Fenster ihrer Wohnung in den Lichthof gestürzt und erlitt einen Schädelgrundbruch, die Frau war auf der Stelle tot.* Und *der 43jährige Koch Adolf Prechtel wurde in seiner mit Kohlendunst erfüllten Wohnung 13., Siebeneichengasse 16, tot aufgefunden, Furcht vor Entlassung dürfte das Motiv seiner Tat gewesen sein.* Und *gestern gegen 11 Uhr 45 hat sich im Stadtpark bei der Johannesgasse der 64jährige Tischlermeister Max Mörtel, Faßziehergasse 5, aus unbekannter Ursache mit einem Trommelrevolver eine Kugel in den Kopf gejagt.* Und *die Leichen der 37-jährigen Frau Katharina Prettschuh und des 46-jährigen Hochofenarbeiters Max Reiter aus Eisenerz, die sich etwa acht Meter vom Ufer entfernt unter Wasser befanden, wurden im Leopoldsteiner See gesichtet. Sie hatten sich mit einem Hosenträger die Hände zusammengeschnürt und sich so vereint vom Entenstein in den See gestürzt. Wie die Erhebungen ergaben, haben die beiden vor der Tat im Seerestaurant noch in animiertester Stimmung gezecht.*

Eine *arbeitslose Mutter mit einem Kind* bittet um Kleider und Schuhe. Eine *mittellose Frau* bittet um *alte Flecke für Krippenkleider. Schnürerin (Endlerin), auf Charmeusewäsche eingearbeitet, sucht Ulka, I., Hoher Markt 1. Hausangestellte, wendet euch bei Stellenlosigkeit sofort an den Verein Christlicher Hausgehilfinnen. Christlicher Altwarenhändler kauft Pianino, Teppiche, Büro= und Biedermeiermöbel, VII., Burggasse 117. Wie ein Bad den Körper, so erfrischt und reinigt die schäumende Chlorodont-Zahnpasta Mund und Zähne. Chlorodont-Zahnpasta in der blau-grünen Packung.*

Der Wiener Dombauverein richtet an alle Österreicherinnen und Österreicher folgenden Aufruf: Als kraftvoller Ausdruck des christlich-deutschen Geistes unserer österreichischen Vorfahren ragt seit einem halben Jahrtausend der ehrwürdige Stephansdom über die Häuser der Stadt Wien. Diesen Wunderbau zu erhalten bemüht sich seit Jahren der Wiener Dombauverein. Österreichs monumentalstes Nationalheiligtum der Nachwelt zu erhalten, wie unsere Vorfahren es uns gegeben haben, ist Ehrenpflicht aller! Jeder gebe, was er kann.

Es muss einen Punkt geben, an dem ein Loch unter ihrem Wissen entsteht und alles für einen Moment in Schwebe gerät, gleich wird auch der Boden brüchig, auf dem sie gegangen ist, aber erst jetzt beginnt sie zu denken, erst jetzt brauchen und bekommen die Sätze eine Bedeutung, zum Beispiel gibt es den einen Lehrer: Wie kommt eigentlich die Geschichte zu ihrem Gegenstand, fragt Dr. Steinitz in die Klasse hinein, und Emilia beginnt zuzuhören, statt mitzuschreiben und zugleich im Kopf in andere Länder zu flüchten, der Blick des Lehrers, der über die Aufmerksamkeit heuchelnden Gesichter schwenkt (oder spricht er nur zum Fenster hinaus), wird auf ihrem Gesicht noch kein besonderes Interesse erkannt haben (hat sie wirklich schon jetzt, noch bevor sie Georg kannte, bei diesen Sätzen aufgehorcht?). Was wir vom Vergangenen wissen, sagt Dr. Steinitz, ist nicht einfach das wahre Abbild von dem, was gewesen ist, so vieles ist vergessen worden, so vieles auch absichtlich vergessen, aus dem weitergegebenen Wissen verdrängt, immer hat eine Zeit, nach ihren eigenen Interessen, ausgewählt, was in den Schulen gelehrt und gelernt werden soll, darunter sind ganze Schichten von verborgenen, nicht weniger wertvollen Erfahrungen vergraben, die Menschen einst machten und vielleicht auch festzuhalten versuchten (später, als er ihr vertraut, weiß sie, dass er seine Begriffe sorgsam wählt, dass er gerade so viel sagt, wie es erlaubt ist; manchmal eine Spur zu viel, vielleicht wird es gerade die Spur zuviel sein, die alles ausmacht, die jeden Satz und mit den Sätzen ein ganzes ansonsten irgendwo klanglos ausgelaufenes Leben würdigt und rechtfertigt). Aber kann uns nicht gerade das einen Ansporn geben, uns mit der Geschichte zu befassen, sagt Dr. Steinitz. Wir wollen ja nicht versuchen, die Toten aufzuwecken. Doch selbst wenn es uns nicht möglich ist, zu diesen vergrabenen Schichten vorzudringen, können wir versuchen, unter all den Fakten und Daten und all den ruhmvollen Ereignissen, die wir zu würdigen wissen, etwas Ungesagtes mitzulesen. Jedes große geschichtliche Ereignis fordert seine Opfer, und es braucht nicht einmal besondere Ereignisse, es genügt, sagen wir einmal, der normale Zeitverlauf.

Aber spricht er wirklich in einem Zug, an diesem einen Tag, in einer beliebigen Geschichtsstunde zwischen neun und zehn Uhr vormittags, oder streut er die Sätze einer Rede, wie gedankenverloren, in den Unterricht ein, in einem Kopfwenden, einer Folge von Übergängen, leise, fast murmelnd, sie weiß es später nicht mehr zu sagen. So vieles, sagt Dr. Steinitz (sie sieht sich in der Bank sitzen, neben einem Mädchen, das sich zurücklehnt, im Zurücklehnen den Zopf über die Schulter wirft, versucht sich an den Namen dieses Mädchens zu erinnern), so vieles von dem, was für wichtig und für entscheidend gilt, beruht auf dem Zufall und der Herkunft. Wenn man geschickt ist, kann man den Zufall überlisten; die eigenen Interessen kritisch befragen; vielleicht kann es auch Ihnen einmal nützlich sein, meine Damen, zu wissen, wie Sie zu Ihrem Wissen und zu ihren Standpunkten kommen, sofern Sie sich den gefährlichen Luxus eines Standpunktes erlauben wollen.

Die Momente schneiden sich aus, fügen sich zusammen, eine Folge von Übergängen: mit auf dem Rücken gefalteten Händen steht Dr. Steinitz fast regungslos da, während er spricht, Jahrzehnte später, als er längst ohne Hoffnungen und ohne Überzeugungen in einem anderen Land gestorben ist, sieht ihn Emilia so dastehen, sie weiß, dass sich die meisten anderen über die Abschweifung wundern, über die Ruhepause froh sind, in der sie nichts mitzuschreiben haben, ihren eigenen Gedanken nachhängen können, sie selbst schweift mit den

Gedanken ab, denkt, sie wird erst wirklich zu denken und zu leben beginnen, sobald sie draußen ist, aus der Schule, aus der Wohnung, vielleicht der Stadt und dem Land; wenn ihr niemand mehr sagen wird, wie ihr Tag abzulaufen hat und was sie wissen muss: wenn sie die offene Tür, die sie, in dieser einen Stunde des Schultags, gezeigt bekommt, wirklich durchschreiten kann. Sie sitzt gerade aufgerichtet da, senkt schräg den Kopf, zieht mit einem Finger kleine Kreise über die Bank vor ihr, den Rand ihres geschlossenen Heftes entlang, auf dessen aufgeklebtem Etikett mit blauer Füllfeder in gezwungener Schönschrift ihr Name gemalt ist, Emilia Degen, ihre Klasse, die 7. Klasse der Bundesrealschule, das Schuljahr, 1936/37. Die Sonne zeichnet ein Muster auf dem staubigen Parkettboden, der Juni, das zu Ende gehende Schuljahr gibt dem Licht, den Straßen draußen einen Anschein von Leichtigkeit, der Duft der Stadt scheint sich zu verändern (etwas Pflanzliches, Würziges, Frisches, das durch die dichten und dumpfen gewohnten Gerüche hindurchdringt und das sie in Gedanken in sich einsaugt); sie erinnert sich an einen Blick, draußen vor dem Schuleingang, ein Muttermal über der Augenbraue eines Jungen. Sie sucht nach einem Namen. Sie sieht die großporige gebräunte Haut der Wangen von Dr. Steinitz vor sich, seine braunen Augen hinter runden Brillengläsern, die schlaffe Haut unter seinem Kinn. Es wird Jahrzehnte dauern, bis sie die halb geträumte, nachgeträumte Rede von Dr. Steinitz nicht mehr als einen Ansporn sieht, sondern sie wie eine Abschiedsrede, in sich hineingesprochen, wiederhört, sie war nichts als eine Zeugin, von diesem Moment an, vielleicht von diesem Moment an, hat nur ein Bild aufgenommen, keinen Kampf weitergeführt.

Er lehnt an der Mauer des Doms, an dem weichen Sandstein, in den Wandnischen hinter ihm Grabplatten mit verlöschenden Inschriften, an den Pfeilern und über den Torbögen Figuren und Geschichten, die niemand beachtet; schmiedeeiserne Gitter, ein grauer Nebel, er dreht sich langsam um sich selbst, geht hinaus in die Stadt: hinter den Barockfassaden, den Fassaden der Gründerzeitgebäude am Neuen Markt, am Fleischmarkt, mit den Giebeln, Erkern und Fensterkreuzen verzweigt sich das Netz von Gängen, mit ihren Linoleum-, ihren Kachelböden, den weichen Wänden wie aus Butter, von Treppen und Treppenhäusern, Aufzugsschächten und Rohren, von grob verputzten Kellerkorridoren, mit von schwarzen Eisengittern umfassten Lampen, von Zimmern und Salons; die Erweiterung könnte befreien, sie könnte Angst machen, beinah ins Unendliche hin weitergehen. Nicht dass er überall wäre, aber er ist auch nicht mehr dort, wo er ist. Er geht durch den Nieselregen, kann für Momente durch die Wände, in die Wohnungen, Keller, die leerstehenden Büros hineinsehen, es ist Nacht. Er könnte den Nacken durchstrecken, mit aufgerissenen Augen, aufhören zu atmen; die Luft ist ihm fremd. Die Abbilder aller Räume, mit jeder Einzelheit, allen Ecken, Kurven und Schwellen und der Bewegung rund um alle Ecken und Kurven, über alle Schwellen können seinen Kopf zersprengen. Dann hocken auch die längst gestorbenen, unter den Gründerzeitbauten vergrabenen niedrigen verwinkelten Häuser wieder still vor seinen Augen, die schwarzweißen Räume öffnen sich; weite graue Flächen, wie unbekannte Gewässer, breiten sich auf den Plätzen aus: Löcher in der Wirklichkeit, Unzugängliches. Hinter den Gardinen oder dem nackten Glas der Fenster erscheinen Gesichter, im Lichtkegel elektrischer Lampen, eine Frau am Küchentisch, eine Zigarette zwischen den Fingern, ein Kind, das auf dem Bett liegt, Musik hört, liest, eine alte Frau, die an der Abwasch steht und mit Töpfen, Pfannen, Spülmitteln hantiert, kleine Spiralen aus Rauch schweben von der Zigarettenspitze zur Fensterscheibe, werden durch den offenen Mund der Frau ausgeblasen, blaue,

sich verdichtende, in einen kalten Nebel verwandelnde Wolken. Er blickt auf eine Grenze, alles hinter dieser Grenze ist vergessen, dort bewegen sich Figuren durch die schwarzweißen Räume, den leichten Nebel zwischen den Dingen. Er dreht eine Runde zwischen dem Dom und dem Fluss; lange steht er vor den dunklen Fensterscheiben eines verlassenen Lokals, die Stühle sind auf die Tische gekippt, er konzentriert sich (sie hebt den Kopf, blickt auf, ihre Jacke über der Stuhllehne, ihre schwarzen Haarsträhnen über einem weißen Rollkragenpullover, dunkle Augen. Wein- und Biergläser auf den Tischen, eine Zigarette zwischen ihren Fingern, der Ärmel des Pullovers ist zum Ellbogen hinuntergerutscht).
Nicht dass er sie berühren könnte.

Sie erinnert sich an einen Blick, draußen vor dem Schuleingang, nicht dass sie der Bursche vorhin besonders angeschaut hätte, nicht dass sie ihn besonders angeschaut hätte, sein Bild ist da, während ihre Gedanken wandern und der Katechet mit seinem langen Bart langsam durch die Gänge zwischen den zur Hälfte leeren Bankreihen geht und ab und zu das in seiner rechten Hand wippende Lineal in der Handfläche seiner linken Hand aufklatschen lässt, in den unteren Klassen und vor allem in der Bubenschule lässt er es gern auf die brav auf die Bank gelegten Finger hinabsausen. Man weiß nicht im Voraus, wen er nach welchen Kriterien für diese Strafe auswählen wird, die Schüler sitzen angespannt da, während er seine drohende Beschwörung murmelt: *ich kenn mein Freunderl und mein Freunderl kennt mich*, es ist eine Art von Gebet, er verkörpert den Zorn des Herrn. Sie ist sich nicht sicher, ob die anderen ihn so hassen wie sie. Er erzählt vom Erlöser, der für sie gestorben ist, und vom halt- und heimatlosen Volk der Gottesmörder, von ihrer Rolle als Frau und Mutter, die von der Vorsehung für sie bestimmt ist, sie versucht sich vorzustellen, wie er lebt, alleine, mit einer Köchin oder mit seiner uralten Mutter, in einer Wohnung voller Kreuze und kitschiger Bilder; sie kann sich nicht vorstellen, dass er je alleine ist, sie kann sich seine Wohnung nicht vorstellen, sein Bett, sein Badezimmer, wo er den Bart zurechtstutzt und seinen haarigen Körper wäscht; dass er alleine in seinem Bett liegt, in einem Pyjama oder Nachthemd, in einem Raum, der nach ihm riecht: sein rasselnder Atem; seine geschlossenen Lider zucken; er kämpft gegen die Bilder eines Traums, in dem er ein anderer ist (er muss im Traum ein anderer sein: ein Kind in einer trostlosen Leere, dessen Finger sich unter Linealschlägen röten und brennen, ein junger Geliebter einer fremden Frau, ein Kardinal oder Papst, der aber ganz plötzlich in eine seltsame Umgebung gerät, in eine Wüste unter verschleierte Wilde, einen Urwald, eine Unterwasserwelt, er kriecht durch Keller und weiß nicht, wer er ist, er steht vor einer Schulklasse und weiß nicht, was er ihr erzählen soll, weil sich die Worte in seinem Mund umdrehen, er ist jemand, den jeder Schritt in falsche Räume führt, alle Räume sind falsch, vor allem die eigene Wohnung, er ist jemand, den jeder Schritt in Schuld und Schande verstrickt, so wie er im Wachen alle anderen in Schuld und Schande verstrickt sieht). Sie gibt, wenn sie gefragt wird, die Antworten, die erwartet werden, spürt die Muskeln ihrer Schenkel auf dem Sitz, die Falten des Rocks und die engen Strümpfe, das Blut, das die Haut ihrer Wangen und ihres Halses durchpumpt, spürt, dass ihr Blick andere Räume, eine Weite wahrnehmen könnte (sie könnte aufstehen und gehen, man könnte immer einfach aufstehen und gehen). Sie zieht mit dem Finger kleine Kreise auf der Bank vor ihr, die Sonne zeichnet ein Muster auf dem staubigen Parkettboden.

In der Pause hat sie keine Lust, auf den Gang hinauszugehen und sich zu einem der Grüppchen von Schülerinnen zu stellen oder den Neuigkeiten und Geheimnissen zuzuhören, die ihr ihre Banknachbarin ab und zu mitteilt, Geschichten von einer Tanzveranstaltung, einem Kinofilm, einem Nachmittag im Gänsehäufel, in der der eine oder andere schicke, liebe oder kuriose Bekannte eine Rolle spielt, Emilia geht nicht schwimmen und geht nicht tanzen (manchmal möchten ihre Beine, ihr Hüften tanzen, manchmal wollen ihre Arme, ihre Brust durchs Wasser gleiten, ihre Augen sind geschlossen, ihr Haar klebt an ihrem Rücken, ihre Haut glänzt); sie schlägt die Beine übereinander, stützt den Ellbogen auf der Bank auf und beginnt im Schulatlas zu blättern, fühlt sich, als würde sie im Kaffeehaus eine Zeitung lesen, eine Zeitung voller Versprechen und ohne Lügen, mit den blauen Linien der Flüsse, den schwarzen Doppellinien der Hauptstraßen, den dicken roten Linien der Fernschnellzugslinien (wie die Kartenlegende sie nennt); sich über den ganzen Kontinent schlängelnde, sich verzweigende Wege, die sich an den großen Städten zu Netzen verknoten; die Städte sind schwarze Flecken in den Ländern wie Muttermale auf der Haut, über die sie mit der Fingerkuppe streicheln kann, sie liest die Namen: Paris, Bukarest, Moskau, London, Neapel; sie sieht breite Straßen, die Glasfronten von Cafés, Blicke, die nichts Gehetztes und Geducktes haben, hört Worte einer anderen Sprache, einer richtigen, einer fremden Sprache, keiner in eine verlautbarte verlogene Hochsprache und einen gepressten verlogenen Dialekt zerteilten fremden eigenen Sprache; sie könnte überall sein, sie ist nicht dort, wo sie ist. Es kann Gespräche geben, in denen die Sätze dahinfließen. Ein Reden ohne sichtbare und unsichtbare Grenzen und Verbote in jedem Satz.

Es klingelt, ihre Banknachbarin grinst sie an, während sie aufstehen, sie muss seinen Namen schon einmal aufgeschnappt haben. Wie oft wird sie das *Guten Morgen, meine Damen* noch hören, von jedem der Lehrer etwas anders ausgesprochen, mit vorgetäuschter Strenge, vorgetäuschter Gemütlichkeit, ehrlicher Gleichgültigkeit, sie setzt sich und streicht sich eine Haarsträhne aus der Stirn; gleichzeitig wirft die Banknachbarin ihren Zopf über die Schulter, einmal wird sie auch nach dem Namen der Banknachbarin suchen, der dann in ihrem Gedächtnis begraben ist so wie der andere Name. Warum soll sie eigentlich nicht leben wie andere Menschen. Wie die Menschen, die tanzen gehen und auf ihre eigene Sprache vertrauen. Das von der Sonne gezeichnete Muster wandert über den Parkettboden, zieht Streifen über leinengebundene Schulbücher, Holztische, Wachstuchhefte, Haare, Gesichter, nur ganz dünne Fäden halten sie in dem, was für sie die wirkliche Welt ist. Ihre Füllfeder gleitet übers Papier ihres Heftes, Degen, schreit der Lehrer, schauen Sie keine Löcher in die Luft, wiederholen Sie, was ich eben erklärt habe. Jawohl, Herr Professor, sie schaut auf das Abzeichen der Vaterländischen Front an seinem Revers und seinen pulsierenden Adamsapfel über der Krawatte, sie weiß, er ist ein Wicht, schaut auf ihre Mitschrift, wiederholt, was er eben erklärt hat, ohne sich darum zu kümmern, was es bedeuten mag; wahrscheinlich würde es sie interessieren, wenn sie es nicht hier hören würde, in dieser Form, unbezweifelbar und ausgeleert, von diesem Lehrer, der nun enttäuscht ist, dass er sie nicht in ihrem Abwesendsein erwischen hat können. Zwei oder drei Gesichter haben sich ihr zugewandt, mit einem Lächeln und einem Blitzen in den Augen, was gibt es hier zu schauen, ruft der Lehrer, es gibt hier nichts zu schauen, schaut auf die Tafel und haltet den Mund. Emilia lacht in sich hinein, die Luft im Klassenzimmer scheint ihr jetzt weniger dicht, so als könnte man wirklich Löcher in die Luft schauen; und es ist alles egal; sie spürt auf ihrer Haut, dass Blicke noch auf ihr ruhen, die Blicke vom Morgen ruhen noch auf ihrer Haut, ihre Haut ist wärmer als sonst. Sie spürt ein Kribbeln in ihrem Bauch, spürt, dass ihre Brüste die Bluse spannen, sie kann sich nicht vorstellen, dass sie mittags gleich wieder nach Hause gehen wird, draußen wartet etwas auf sie, nichts Bestimmtes, nichts, das sie kennt, vielleicht nichts, das schon da ist, bevor sie es nicht entdeckt hat, bevor sie sich nicht entschlossen hat, es zu entdecken (und vielleicht wünscht sie sich, mehr als jede Entdeckung, sie könnte die dünnen Fäden, die sie halten, einfach kappen).

Die Bänke sind in U-Form im Klassenzimmer angeordnet, die Schüler sollen einander anschauen, Kommunikationslinien sollen entstehen, zugleich steht der Lehrer nicht mehr einfach Front gegen Front der Klasse gegenüber, sondern kann tief in die Reihen der Schüler hineinstoßen und sich unter ihnen bewegen, als wäre er kein Fremder. Er hat nur eine Bankreihe vor sich, um sich zu verstecken und vor diesem Netz und den Vorstößen und Fragen des Lehrers zu bewahren. Jeder Satz, den er sagt, kann ihm ein Gesicht geben, das er nie mehr los wird, eine feste Form, aber unter den Menschen, auf ihrer Seite; kann in den Augen derer, die immer Wörter haben, ungeheuer lächerlich sein und ihn zu einer Form entstellen. Er hat keine Wörter, er ist biegsam, etwas, das man zusammenquetschen, das man zerquetschen kann; er ist anderswo. Wenn ihn jemand freundlich anredet, so wie seinesgleichen, dann möchte er die Fingernägel ausfahren und ihm die Wangen zerkratzen, die eigenen Wangen zerkratzen, vor Scham vergehen, manchmal sagt selbst Adamek, selbst Tröstl nicht *Missgeburt* oder *Gestörter, Andischwein* oder *Bichler* zu ihm, dringt in den kleinen ausgeschnittenen Ort zwischen den Kommunikationslinien ein, den er besetzt hält; was hörst du eigentlich für Musik, Andi, fragt ihn Adamek in der Pause vor der letzten Stunde, während er auf seinem Stuhl schaukelt, sich die Nase putzt, das Taschentuch zusammenknüllt und in die Hosentasche steckt; als Andi wäre er ein pelzig weiches Wesen, als *Andreas* (so kann irgendjemand in einem Gespräch, das er mithört, ihn nennen, jemand wie Sirinov oder Cora Eisler) ein ernsthafter, beinah erwachsener Mensch oder ein ernsthaftes, beinah nettes Kind mit einem kleinen Problem; er hört morgens den Ö3-Wecker, nachmittags aus der Küche das Wunschkonzert von Radio Burgenland, abends, solang bis seine Großmutter an die Wand klopft oder in der Tür steht und ihn fragt, ob er narrisch geworden ist und ob er will, dass die Nachbarn die Polizei rufen (er dreht sich zur Wand, krümmt sich zusammen), *Harte Währung, Pop für Fans*: Hammerschläge, die ihm das Gehirn zerschmettern, dazwischen lange konfuse Gitarrensolos, die quer durch seinen Körper sägen, er malt mit seinem Bleistift an den Abenden, an denen diese Sendung läuft, eine lange Liste mit den Musikernamen, die der Moderator ansagt, die zumeist aber schwer zu verstehen sind, auf die letzte Seite eines Schulhefts. All das kann er unmöglich jemandem erzählen. Adamek zeigt eine Platte von einem gewissen Ted Nugent vor, die er ihm borgen könnte, er hat keinen Plattenspieler, nichtmal einen Kassettenrecorder. Er versucht sich vorzustellen, wie Adamek, während seine Mutter bügelt oder staubsaugt, durch sein Zimmer hüpft, diesen Ted Nugent hört, den Kopf im Takt der Musik herumschleudert und auf einer imaginären Gitarre spielt: aber eigentlich glaubt er nicht an dieses Bild, er glaubt, dass Adamek, so wie Kernberger, wie Berger, wie Tröstl, wie Sirinov, wie Cora Eisler, Mona Maier, Sarah Prohaska in ihren Mädchenkörpern ein ganz anderes, für ihn unvorstellbares Leben führen, sonst könnten sie nicht so miteinander und mit den Lehrern reden, wie sie reden, sonst könnten sie nicht so in ihren Jeans stecken, wie sie in ihren Jeans stecken, könnten sich nicht bewegen, wie sie sich bewegen. Alle sind sie sofort bereit, Erwachsene, Menschen, Männer und Frauen zu werden, glauben dem, was in ihnen vorgeht; spüren nicht die Anziehungskraft; spüren nicht die Abstoßung. Es kann nicht sein, dass sie abends alle in Wohnungen eingeschlossen sind so wie er, mit ihren Eltern vor dem Fernseher sitzen, so wie er mit seiner Großmutter vor dem Fernseher sitzt, oder in ihrem Zimmer liegen und Musik hören oder lesen, so wie er in seinem Zimmer liegt und Radio hört oder liest, dass sie nachts alle allein in ihren Betten liegen und schlafen, Berger, Kernberger, sogar Adamek und Tröstl mit seinem Schwabbelbauch; sogar Sirinov, sogar Cora Eisler (er stellt sich einen Blick durch ihre Fenster vor, einen Blick durch Sirinovs Augen in eines seiner Bücher, einen Blick ins Zimmer, in dem Cora Eisler, Mona Maier, Sarah Prohaska schläft, im Höschen oder in Strumpfhosen herumläuft (ihre Zehen spannen das durchsichtige dunkle Nylon), auf einer Couch, auf dem Bett liegt; er will nicht bei ihr sein, viel eher in ihrem Kopf, in Mona Maiers, Sarah Prohaskas, in Cora Eislers Kopf und Körper, spüren, wie sie vor dem Fernseher sitzt, im Höschen oder in Strumpfhosen herumläuft, wie sie auf einer Couch oder in ihrem Bett liegt und liest; ohne ganz auf ihre Seite zu geraten, ohne aufzuhören, ein anderer zu sein, ein Niemand, er selbst, vielleicht das Bett, in dem sie liegt, vielleicht das Buch, in dem sie liest, vielleicht die Wände). Toll, sagt er, Ted Nudschent, fühlt sich weich und pelzig und will Adameks Wangen zerkratzen, was hast denn für Platten, fragt Adamek, er zuckt mit den Achseln, so halt, sagt er. So halt, so halt, wiederholt Adamek (er will ihm die Augen auskratzen) und greift nach seinen Eiern, Bichler hält sich die Hände vor, Adamek wühlt sich zwischen Bichlers Händen und Armen hindurch und kitzelt ihn, bevor er ihn drückt und quetscht; er stellt sich vor, die nackten Finger Adameks an seiner Bauchdecke und dann gleich im Innern seines Bauches, in seinen Eingeweiden zu spüren; er fragt sich, was wirklich gute, wilde, böse Musik ausmacht, und denkt, es muss ein langes, lautes, konfuses Gitarrensolo sein, das quer durch seinen Körper sägt, er will sich die Wangen zerkratzen, die Augen auskratzen. Du Sau, sagt er leise mit seiner gequetschten Frauenstimme zu Adamek und hört Adameks Lachen, in das gleich, ohne bestimmten Grund, das Lachen der anderen einfallen kann. Wenn ihn jemand freundlich anredet, so wie seinesgleichen, ist das eine Falle, um ihn auf die andere Seite zu ziehen, zum

Verrat zu verlocken, ihm den Rückzug zu verbauen: sowie er es ausspräche, wäre alles, was er weiß, und alles, was er sagen kann, schon falsch geworden, nichts würde zurückbleiben.

Die Sonne brennt vom Himmel; eine Welle aus Licht und Wärme schwappt über sie hinweg, sie muss die Augen schließen, bleibt einen Moment lang am Schultor, unter den Löwenköpfen, stehen und lässt sich zugleich weitertragen. Kommst du heute mal mit ins Gänsehäufel, fragt ihre Banknachbarin mit den Zöpfen, die plötzlich neben ihr steht und die sie als Margret kennt, die Jacke hängt über ihrer Schulter, ihre nackten Arme sind braungebrannt, eine Haarsträhne zeichnet einen Schatten über ihre sonnenglänzende Stirn. Sie schaut sie mit schräggeneigtem Kopf an, ihr kleines Lächeln sagt, dass sie die Antwort schon kennt, auf die sie wartet, ach nein, sagt Emilia, vielleicht nur, um Margret nicht durch ein Ja zu überraschen, sie hätte Lust zu schwimmen, sie hätte sogar Lust, Margret oder wen auch immer mit ihrer Antwort zu überraschen, aber sie stellt sich die Holzpritschen vor, ihren schwarzen Badeanzug, das Gekicher der Mädchen, die Scherze der Burschen mit ihren wasserglänzenden schmalen Oberkörpern und ihrem hinter den Ohren ausgescherten Haar, sie stellt sich die Kinder vor, die von der Brücke aus in die Alte Donau springen, die dicken alten Frauen auf ihren Klappstühlen unter einem Sonnenschirm (als hätten sie ihre Wohnungen, die Gerüche ihrer Wohnungen, das Dunkel ihrer Wohnungen mit ins Freie genommen), all das ist ihr zu viel und zu wenig. Sie sieht Margret beschwingt davongehen, in ihrem Sommerkleid, im Gegenlicht, fast nur noch ein Umriss, fast als wäre es das letzte Bild, das von ihr bleibt (wofür gäbe es sonst auch Bilder, hier, auf der anderen Seite). Ein paar Grüppchen von Schülern stehen noch auf der Straße herum, sie schaut sich um, sieht nicht, was sie sucht, die Gestalt und den Blick, die sie eigentlich erwartet und auf die sie zu antworten bereit ist. Sie könnte das Fahrrad aus dem Keller holen und alleine in die Au fahren, oder dem Fluss entlang nach Nußdorf, vielleicht in die Kuchelau, dort gäbe es auch ein Schwimmbad, oder weiter nach Kritzendorf, zwischen den Geleisen der Franz-Josephs-Bahn und dem Fluss, sie sieht den dunklen steilen Berghang hinter den stillen Weinbergen, an dessen Fuß sich ein paar Villen klammern, sieht die Türme des Stifts in der Ferne, das Wehr am Eingang des Donaukanals, den breiten Fluss und die kleinen Buchten, sieht die Lastwagen, die sie überholen, hört die Soldaten und die Bauarbeiter, die ihr nachpfeifen; es scheint ihr das Bild eines verlorenen Tages, eines Tages, der wunderbar hätte sein können, aber vergeudet ist und nie mehr zurückzuholen. Dieser Schmerz (als wäre es der einzige Tag, auf den es ankommt; als würde dieser Tag für ihr ganzes zukünftiges oder vergangenes Leben stehen) ist im Vorhinein so gut zu spüren wie danach. Und sie will nicht zwischendurch heimgehen, um Kellerschlüssel und Fahrrad zu holen: Fragen nach ihrem Tag beantworten müssen, ein vom Dienstmädchen vorbereitetes Mittagessen, gekochtes Rindfleisch oder irgendetwas mit Knödeln, abwehren oder in sich hineinstopfen, auch wenn sie weiß, dass die Großmutter sie erwartet, dass die Blicke der Großmutter, durch die Wände und Mauern hindurch, sie schon auf der Straße einzufangen suchen, in die Wohnung zurückzuziehen, auch wenn sie weiß, dass mit den Minuten und Stunden ihrer Abwesenheit die Unruhe der Großmutter wächst, sich zur Angst steigert, weiß, dass es ihr wehtun wird, die Erwartung der Großmutter enttäuscht und sie in Unruhe und Angst versetzt zu haben; dass sie diese Unruhe, diese Angst selbst kennen, selbst übernehmen wird (als wäre diese Verletzung das Entscheidende: sie hätte nur die Wahl zwischen der einen und der anderen Verletzung), sie ist jetzt draußen. Sieht sich zugleich schon, wie durch den Stadtplan selbst, durch die Straßen gleiten, ein grenzenloses Netz, spürt ein

Kribbeln in ihrem Bauch und in ihren Beinen, sie läuft ziellos durch die engen Gassen, überquert die Taborstraße, schaut in der Zirkusgasse in die Auslage der kleinen Buchhandlung, sieht keinen Menschen drinnen im Dunkel zwischen den vollgeräumten Verkaufstischen und Regalen, auf der Höhe der Kirche biegt sie wieder in die Taborstraße. Die Sonne blendet sie auf dem Weg zur Brücke, das graugrüne Wasser im Kanal glitzert, wenn sie die Lider zusammenkneift, schwarz. Unterhalb der Sandsteinmauern, des Spazierwegs führen Stufen hinab ins Wasser. Ein Autobus braust an ihr vorbei, mit einem Zigaretten-Werbeschild auf dem Dach, *High Life,* sie genießt den Benzingeruch in ihrer Nase. Eine alte Frau mit kurzgeschnittenem weißem Haar, wächsernem Gesicht geht von der Innenstadt her über die Brücke, setzt langsam Schritt vor Schritt, vermeidet Emilias Blick; hinter ihr eine Gruppe von lachenden jungen Männern im Kaftan, mit schwarzen Bärten und Hüten, sie ziehen links und rechts an der alten Frau vorbei, ohne dass sie den Blick hebt. Eine fette Frau mit dicken Brillen und vorgeschobenem Kinn, die bei jedem Schritt ihr ganzes Gewicht mühsam in ihrem Körper verschieben muss, scheint Emilia anzusehen, als sie ihr entgegenkommt, und zugleich scheint sie anderswo zu sein, ihre Augen treiben durch das Glasmeer. All das ist wiederzufinden, wann und von wem, die Stadtbahnbögen unter dem Kai, am Schwedenplatz oben die Menschen an den Tischchen im Vorgarten des Café Siller, vor ihren Kaffeetassen, ihren Biergläsern, sie mit ihrem langen Rock, ihrem langen Haar, die lachenden jungen Männer, die fette Frau mit den dicken Brillen, die kurzhaarige Alte mit den Rückenschmerzen, der Benzingeruch, der Sonnenschein, ihr Weg durch die Gassen, die Kulissen der Inneren Stadt: bis sie durch die Tür eines Kaffeehauses tritt, sich einen Platz sucht, einen Blick auffängt, eine Welle aus Licht und Wärme schwappt über sie hinweg, überall, in den Kulissen dieser

Stadt, gibt es Eingänge in die wirkliche Welt, Verstecke, ausgeschnittene Räume.

Es ist Sommer, der Kanal schwemmt Äste mit sich, über die sich ein schwarzer modriger Film gelegt hat, das Wasser treibt sie geräuschlos von Nußdorf her in die Freudenau und zum Alberner Hafen, wo sich der Kanal wieder mit dem Fluss vereinigt; hinter den Brücken, der Biegung des Flusses, den Bergen färbt sich der Himmel rot; geschmeidig, widerstandslos drehen und winden sich die Holzstückchen in der Strömung (er schließt die Augen und verwandelt sich in das tote Holz). Er möchte sich nicht entscheiden, schaut auf die Hochhäuser am zerbombten Ufer der Leopoldstadt, die längst wiederaufgebauten Brücken, hinter ihm braust die U-Bahn silbrig den Kanal entlang durch ihren Schacht, er könnte die Passagiere im Licht hinter den Fenstern erkennen, in diesem Bruchteil einer Sekunde, hinter den Gittern, zwischen den Betonpfeilern erscheinen sie wie auf einem Bildschirm. Beim Gehen muss er den Punkt erreichen, an dem er aufhört, seine Beine zu spüren, vergisst, dass es ein Zuhause gibt, dass er noch zurückkehren kann. Die Zusammenhänge lösen sich auf: das menschenleere dunkle Viertel, von dem aus er die Treppen zum Vorkai hinabgestiegen ist, hat nichts mit dem lauten, belebten Viertel zu tun, in das er wieder hochsteigen wird, ein feiner warmer Regen setzt ein, er sieht sich mit tropfenden Kleidern aus dem Wasser steigen, während er die Treppen hochgeht, seine Hand, sein Mantel scheuern an der Mauer, Schritt für Schritt, er spürt hinter sich das Wasser des Kanals, das die Gewitter dieser Tage anschwellen haben lassen: spürt eine Schwere, ein Hinken, als würde er zurückgezogen; hohe Pappeln, die in den kleinen Grünflächen unten am Vorkai wachsen, schauen mit ihren Wipfeln übers Geländer neben dem Radweg und der Autostraße. Kleine Gruppen von jungen Burschen, von Mädchen in kurzen Röcken, engen Jeans, mit nackten Bäuchen treiben zwischen den Lokalen und dem orangenen Pilz der U-Bahnstation mit ihren Rolltreppen hin und her, er saugt ihre Lust auf, würden sie ihn wahrnehmen, könnten sie sich in kleinen Kreisen um ihn zusammenscharen, ihn bespucken, schlagen und treten, er geht zwischen den Grüppchen hindurch, zündet sich eine Zigarette an, schaut auf die hellerleuchteten Fensterscheiben der vollgestopften Lokale, stellt sich vor, an der Theke ein Bier oder einen Wodka zu bestellen, lehnt an der Wand, beim Tor einer alten Kirche, das Gesicht im Schatten, die Zigarette im Mund, trotz der Wärme trägt er einen Mantel. Er möchte sich nicht entscheiden, sichtbar werden, ein anderer. Das Kopfsteinpflaster der steil ansteigenden Gasse hinter ihm, das weiße Straßenschild mit der verschnörkelten Aufschrift, *Judengasse*, soll das Alter der Gasse, das Alter des Viertels sichtbar machen und die Gegenwart ins Vergangene hineinfließen lassen, als wäre das Vergangene immer wieder neu herzustellen. Woher soll er wissen, in welcher Gegenwart er sich befindet, er hat nichts mit dem Kopfsteinpflaster, der Straße, den Häusern zu tun. Sobald sein Blick nur noch sein eigener ist, ihm nicht von anderswoher zukommt, geht sein Blick verloren; würde er ein Foto von der leeren kopfsteingepflasterten Straße sehen, sich im Film durch die Straßen, an den Lokalen vorbei und in die Lokale hinein bewegen, könnte er glauben, was er sieht, auf Sätze statt auf Schläge warten; das Licht würde mit ihm sprechen, Gegenstände hervorbringen. Die Wirklichkeit ist Lüge. Er muss auf die Verwandlung warten, weitergehen, bis zu dem Punkt, an dem er aufhört, seine Beine zu spüren, vergisst, dass er noch zurückkehren kann (dann schießen die Bilder zusammen, er bekommt einen Körper, nicht nur er, die Dinge, die Stadt, aus der Lüge des Moments heraus).

Kommunikationslinien sollen entstehen, zwischen den in U-Form angeordneten Bänken und rund um den durchs Innere des U herumwandernden Lehrer: es scheint Regeln zu geben, nach denen Sätze aufeinander folgen, Beweisführungen, Behauptungen und Gegenbehauptungen fügen sich aneinander und zueinander; wie die Erwachsenen glauben die Kinder an das, was sie sagen, die Reihe verformt sich zu einem Netz, der bloße Name reicht nicht mehr, um zu bestimmen, wer er ist. Er sieht in der Bank vor ihm das dunkle Haar Cora Eislers, er sieht Sirinovs Augen hinter den runden Brillen aufblitzen, Strahlen schießen durch den Raum, er sieht giftige Pfeile, glaubt an etwas anderes, niemals an das, was er sagt. Der Lehrer ist ein junger Mann in ausgebleichten Jeans, der warmherzige und gescheite Blicke aussendet, man muss durch den wörtlichen Sinn hindurch die eigentliche Wahrheit entdecken, sagt er in den Religionsstunden, in den Deutschstunden trägt er ein anderes Sakko und einen anderen Namen und tut so, als würde er glauben und ernstnehmen, was Eisler, Sirinov, Kernberger sagen, und als würde ihre Meinung so zählen wie die Meinung eines Erwachsenen, Kernberger ist für die Todesstrafe für Terroristen und glaubt, dass Tiere keine Seele haben. Man kann Tote nicht wirklich aus dem Grab holen, man kann Blinde nicht wirklich sehend machen, nicht einmal, wenn man Christus ist. Jahrmillionen vor den Menschen gab es die Tiere, Jahrmillionen davor die Steine und das Nichts. Das eigentlich Wichtige geschieht anderswo als in den Sätzen; er sinkt tief in seinen hellen Kunststoffstuhl hinein, das Anderswo ist ganz nah, sein Bett, die Wände an seinem Bett, an die er sich lehnt, in denen er mit den Fingernägeln, durch die Tapete hindurch, ein Loch bohrt, weißer Sand legt sich kratzig zwischen Nagel und Haut, die Wand hinter ihm ist ganz nah. Sirinov und Cora Eisler sind gegen die Todesstrafe und verteidigen das Recht der Tiere auf eine Seele, das also ist das Richtige, das er sagen müsste (möchte er nicht selbst als Tier fortexistieren, als etwas noch Einfacheres als ein Tier: dann aber kann er nicht sagen, dass er auf seiner Seele besteht, muss sich in sein Tiersein verschließen dürfen, sich verbiegen lassen in seiner Einfachheit, hervorschnellen aus seinem Nichts, wenn er an der rechten Stelle berührt wird). Manchmal sitzt er während des Unterrichts und der sogenannten Diskussionen mit einem Buch unter der Bank da, fühlt sich geschützt durch die Reihe vor ihm, den Rücken eines Mitschülers, seinen karogemusterten Pullover, seinen Hinterkopf, seinen glatten Nacken, die Erwartung, dass er ohnehin nichts beizutragen hat und nichts beitragen will; er kann lesen und durch die Sätze in ein Anderswo hinübersteigen, in die Leere des Weltalls, durch die ihn Science-Fiction-Romane tragen, er glaubt jeden Satz, den er liest, das Anderswo in jedem Satz, während er mit halbem Bewusstsein den Klassenkameraden, den Lehrern zuhört. Zuhause, auf seinem Bett, an die Wand gelehnt, wird er im selben Buch, in den gleichen Sätzen weiterleben, während er mit halbem Bewusstsein der Großmutter zuhört, die in der Küche bügelt und das Wunschkonzert von Radio Burgenland laufen lässt oder im Wohnzimmer in ihren Zeitschriften liest oder mit dem Staubsauger oder einem Staubfetzen in sein Zimmer eindringt und ihm Geschichten aus der Nachbarschaft oder aus ihrer Jugend, oder Geschichten von ihrer verlorenen Verwandtschaft, die auch die seine ist, erzählt; Gesichter, die ihm von den gerahmten Fotos entgegenlächeln und die er nicht sehen will; in der Wirklichkeit ist niemand mit ihm verwandt aaußer der Großmutter, alles andere beruht allein auf ihm selbst.

Alles soll auf immer feststehen, die Tiere sterben nicht, niemand wird getötet, kein Mensch und kein Ding, er zeichnet Schleifen und Schlingen rund um die von der Tafel oder der Overheadfolie abgemalten Buchstaben in seinem Heft, rund um die Kästen aus gedruckten Buchstaben in den Schulbüchern, wie um die Zeichen in den Raum zu setzen und dort zu fixieren, blaue Linien legen sich rund um die eng gedruckten blassen lila Zahlen und Buchstaben der Matrizenkopien, die in manchen Stunden ausgeteilt werden, einen chemischen Geruch, einen Benzingeruch ausströmen, der sich in seiner Nase festsetzt. Die Wahrheit riecht nach Matrizenkopien und nach Papier und braucht ihn nicht; manchmal, in Tests oder kleinen Übungen sind allerdings Stellen freigelassen, wo er mit seiner Füllfeder ein Wort oder einen Satz über lila Pünktchen einzutragen hat: er muss sie, wenn (wie in Grammatikübungen) das Gesetz ihm Freiheit lässt, nach Belieben aus dem Himmel der Sätze herunterholen; das ist lähmend und bedrohlich, es gibt unendlich viele Möglichkeiten. Die Sätze, die er, scheinbar zufällig, aussucht, sind niemals harmlos, er kann ihre Bedeutungen und Nebenbedeutungen niemals kontrollieren: mit seiner Hinterlist, seiner versteckten Überlegenheit wird der Lehrer Rückschlüsse auf ihn ziehen; ein Bild von ihm aufbauen, das er selbst vorgezeichnet hat, ohne dass er sich je darin erkennen wird können. Wozu gibt es andere Menschen. Nur seine Großmutter, denkt er, kann ihn ansehen, ohne ihn zu sehen: solange er sich nur nicht bewegt und verändert, solange er sich nicht entblößt. Er kann auch nicht einfach einen ganz konventionellen Beispielsatz auswählen, diese nichtssagenden Sätze stehen ihm gar nicht zur Verfügung und scheinen ihm unendlich komisch, so wie die konventionellen und nichtssagenden Sätze, die erwachsene Leute beim Einkaufen oder wenn sie Nachbarn treffen von sich geben, die Sätze, die seine Großmutter mit den Nachbarinnen, dem Greißler und der Milchfrau austauscht: überall entstehen die Netze, alle Räume werden von den Strahlen, den giftigen Pfeilen durchquert; der Lehrer, der sich hinter seiner roteingefassten Brille und seinen warmherzigen und gescheiten Blicken versteckt, scheint die Regeln zu kennen, nach denen das Netz sich formt, nach denen die Pfeile treffen. Er kann ihn an seinem Platz festsetzen.

Das Netz der Kommunikationslinien kehrt auf einer Matrizenfolie wieder, auf der in einer der Deutschstunden die Klasse ihr eigenes Abbild zu zeichnen hat, das *Klassengefüge*: jetzt sind die eigenen Namen in die Leerstellen einzusetzen, die Pfeile werden aufgemalt, da und dorthin gerichtet, um die Dynamik von Beziehungen, Abneigungen und Freundschaften anzuzeigen, rund um manche Namen bleibt das gelbweiße Papier fast leer. Er lehnt an der Rückwand, das Buch, in dem er gelesen hat, ist in die offene Tischlade geschoben, er legt die Handflächen an die Mauer. Das Blatt, das er selbst ausfüllen hätte sollen, ist leer, niemand kann ihn zu dieser Aufgabe zwingen; seine Freunde, sagen die zusammengestellten anderen Zeichnungen, sind Adamek, Berger, Kernberger und Tröstl, aber die Pfeile sind dünn, von gelblichweißen Flächen umgeben, er ist mit Adamek, Berger, Kernberger, Tröstl nur lose verbunden, jetzt ist das Grinsen Adameks zu spüren, nicht seine Fäuste, ein paar verirrte Linien weisen in andere Richtungen. In einer der Diskussionen wird es um Bücher gehen, Sirinov wird ihn fragen, was er liest, Cora Eisler wird sich umdrehen, um ihn anzuschauen, über ihrer Stuhllehne hängt eine Jeansjacke, ihr dunkles Haar fällt über einen weißen Rollkragenpullover (hat er nicht auf diese eine Frage nur gewartet?).

Sie erkennt ihn gleich, auch wenn er ihr den Rücken zuwendet, er sitzt an einem Ecktisch nah am Eingang, zusammen mit zwei anderen jungen Männern und einem Mädchen; sie jubelt innerlich auf, spricht ihn nicht an, ist gleich verzweifelt, dass er nicht allein dasitzt, muss sich für einen Moment zwingen, das Lokal nicht sofort wieder zu verlassen (wäre das nicht verdächtig, einer der jungen Männer, an die Bank an der Rückwand gelehnt, hinter einer Rauchwolke, mit dicker Brille, schaut schon zu ihr auf), sie geht ein paar Schritte tiefer ins Innere des Cafés. Sie hätte ihn auch nicht angesprochen, wenn er allein

gewesen wäre; vielleicht hätte sie wirklich das Lokal verlassen und wäre dann erst wirklich verzweifelt, es ist schrecklich leer hier drinnen im dunklen Café, alle wollen draußen an der Sonne sein. Sie wählt einen Platz in der anderen Ecke, auf einem Stuhl, nicht auf der Eckbank, mit Blick zum Fenster, das Lokal in ihrem Rücken, schaut lange in die Speisekarte, obwohl sie weiß, dass sie eine Melange bestellen wird; sie spürt ihren über den Tisch gebeugten Rücken, ihre Schenkel im langen, viel zu warmen Rock, die nackte Haut, die am Stoff scheuert, wo die engen Strümpfe enden; alles kratzt und scheuert, die am Sitz breitgedrückten Schenkel scheinen ihr fett, komisch, von dem losgelöst, was sie für ihren eigenen Körper halten würde wollen. In ihrem Bewusstsein formt sich das Bild von einem unsichtbaren, kreuz und quer durch den Raum gezogenen, an manchen Bahnen, gleich hier, an der Fensterfront konzentrierten Wegnetz für Blicke, das so wirklich ist wie die Tische, die Stühle, die Aschenbecher, die Täfelung, die Vorhänge, die Lüster aus der Vorkriegszeit, die Ornamente und Arabesken am Plafond und an den Wänden, die Theke, die Kellner mit ihren Fliegen, wirklicher noch als all dieser Dekor; sie möchte sich zugleich vor diesen Blickbahnen bewahren und sie an sich heranholen, die Blicke herbeirufen, ganz bestimmte Blicke, was aber, wenn sie nicht darauf zu antworten wüsste, gibt es nicht nur eine einzige, ganz bestimmte richtige Antwort und sieht sie sich nicht in einer Unendlichkeit von möglichen Antworten, Blicken, Sätzen verloren?
Sie meint mitzubekommen, dass der junge Mann mit der dicken Brille den anderen etwas zuflüstert, kennt ihr die, glaubt sie zu hören, was macht sie, spioniert sie uns nach. Der Name Georg formt sich in ihr und will über ihre Lippen, sie glaubt, dass er sich nicht zu ihr umdreht und nur die dicken Brillen, die Augen des Mädchens auf sie gerichtet sind, gleichgültig, feindlich oder neugierig, warum spürt Georg nicht dieses Zittern in der Luft. Der Kellner steht vor ihrem Tisch und fragt,

was er dem gnädigen Fräulein bringen darf, eine Melange, bitte, sagt sie, ihr Hochdeutsch klingt immer so, als würde sie eigentlich französisch sprechen. Jetzt hat sie keinen Grund mehr, auf die Speisekarte zu schauen, ihr Ellenbogen ruht auf der Marmorplatte des Tischchens, sie sieht aus dem Fenster auf den Bürgersteig und die Passanten, auf die Alleebäume der Ringstraße, den Ziegelbau des Museums, sie schwitzt ein wenig und spürt ein seltsames Ziehen an den Muskeln ihres Rückens, an ihren Eingeweiden. Dann muss sie den Blick wenden; ihr Blick ändert die Form; sie weiß, dass sie leuchtet; sie weiß, dass sie das Recht hat zu leuchten. Sie hat das Recht zu glühen, sie hat das Recht zu brennen, alles andere ist egal.
Die zehn oder fünfzehn Meter zum anderen Tisch schieben sich, dem unsichtbaren Netz folgend, zusammen. Georg trägt ein graues, bis zu den Ellbogen aufgestricktes Hemd, sein Haar ist nicht hinter den Ohren ausgeschert wie das so vieler Burschen, sie weiß, was ihr an ihm aufgefallen ist, erkennt es an der Art, in der er den Kopf neigt und den Oberkörper zu ihr hinbiegt: er scheint nicht einfach in seinen Kleidern drinzustecken, sondern sich darin zu bewegen wie in einer zweiten Haut, ohne etwas Eckiges oder Schleimiges, ohne ein dazwischengeschobenes schleimiges, hiesiges Als-ob. Sie wundert sich, dass sie die Verzögerung erträgt, die Wirklichkeit, die sich um sie ausdehnt und nicht auflösen will, dass sie nicht rot wird, den Blick nicht abwendet, während Georg sie lange anschaut, dass ihre Körperteile nicht endgültig, komisch und fett, auseinanderfallen. Er nickt ihr zu, in einer Art, auf die notwendig folgen muss, dass sie aufstehen wird, sich durch die im Raum aufgespannten Blicklinien hindurchbewegen, in die Rauchwolke hineinsteigen und sich an den anderen Tisch setzen, auf die Bank neben den jungen Mann mit den dicken Brillen, der nun näher an das andere Mädchen heranrückt, Emilia, Peter, Ruth, Leo, Georg. Sie braucht überhaupt nichts zu denken und nicht einmal etwas zu fühlen; alles ist völlig

selbstverständlich, sogar in die Wachsamkeit, die die Anwesenheit der drei anderen, der misstrauische Blick Peters hinter seinen dicken Brillen hervor von ihr fordert, kann sie sich schlafwandlerisch einfach hineinfinden, sie spricht weich und melodisch, ihr französisch klingendes Hochdeutsch scheint ihr in diesem Moment keine Fremdsprache mehr.
Georg fragt sie, was sie bei dem schönen Wetter hier im finsteren Kaffeehaus macht, ich glaube nicht an das schöne Wetter, sagt sie ohne nachzudenken. In Wahrheit wäre sie ohne das schöne Wetter gar nicht hierhergegangen. Sie fragt nicht, was die anderen bei dem schönen Wetter hier im finsteren Kaffeehaus machen, sie sieht, schlecht unter einer Tasche auf der Sitzbank versteckt, eine Zeitung, von der sie weiß, dass sie verboten ist, sieht, dass die anderen gesehen haben, dass sie die Zeitung gesehen hat, und weiß, dass es jetzt richtig ist, gar nichts dazu zu sagen, weiß, die wirklichere Welt ist die Welt des Verbotenen, kleine Inseln, ausgeschnittene Orte, die sich ausdehnen können, über die Grenzen hinweg ins Feindesland, die Zeichen verändern sich, die vorgeschriebenen Bedeutungen verlöschen.
Ich hab dich öfters vor der Schule gesehen, sagt Georg, heute morgen erst. Und daheim vor der Auslage der Buchhandlung.
Heute?
Nicht heute, immer wenn du mal vorbeigekommen bist und ich am Fenster gestanden bin, ich hab mich gefragt, welche Bücher du dir anschaust. Und ich hab mich gefragt, warum ich so oft am Fenster stehe.
Ach, ein Blick ins Freie kann den Kopf ausräumen und das Hirn lüften, fast wie ein Spaziergang oder ein Buch oder …
Sie spielt mit dem Kaffeelöffel, kann Dinge sagen, die sie nie davor gedacht hat; Sätze, die nur dazu dienen, andere Sätze zu verbergen (sie durchscheinen zu lassen). Er lacht, sie lehnt die angebotene Zigarette ab, sitzt lange Zeit stumm da, während

das unterbrochene Gespräch der anderen weitergeht, es ist von Dingen wie der Verflechtung von Großgrundbesitz und Finanzkapital die Rede, die das Spezielle an der Situation in diesem Land sei, Wörter, die sie zum ersten Mal hört und die ihr bald und noch in den nächsten Jahrzehnten, nach dem Loch in ihrer Zeit, so vertraut sein werden, sie nippt abwechselnd, durch die Schaumschicht hindurch, an ihrem Kaffee und am Wasser, bis in ihrer Tasse nur noch ein dünner hellbrauner Belag aus Kaffeeobers übriggeblieben ist und das Wasserglas leer, ab und zu treffen sie Blicke, während sie von einem zum anderen schaut, sie hat den Eindruck, Ruths Finger wandern auf dem Marmortischchen öfters wie zufällig zu den Händen Leos, es ist egal, während Leo mit groß aufgerissenen Augen und beinah dozierend spricht und beschwört, dass die Stimmung unter den richtigen Bedingungen umkippen kann, so gut wie in die eine Richtung kann sie in die andere Richtung umkippen, es ist beinah so, als würden die Massen, von großen Teilen der Arbeiterklasse bis in die Mittelschichten hinein, schlafen. Sie überlegt, um eine Zigarette zu bitten. Die neuen Wörter sind wie neue Länder, die ihr offenstehen. Sie hat das Recht sich zu nehmen, was sie will (aufzutauchen, sich zu strecken, den Kopf in den Nacken zu legen, den Kopf an eine Brust zu legen, in der ein anderes Herz schlägt).

In der Rubrik *Die gute Hausfrau* des (ehemals sozialdemokratischen, in wenigen Jahren in *Kleine Wiener Kriegszeitung* umbenannten) *Kleinen Blattes* werden, mit Illustrationen und Konstruktionsanleitung, die Verwendungsmöglichkeiten eines Klapptischchens erklärt. *Es soll nicht gesagt sein, daß der einzige Platz für das Klapptischchen nur der Fensterplatz sein könnte. Die junge Hausfrau,* sagt eine Überschrift, *verwendet gern Konserven. Eine Mutter mit fünf Kindern, deren Mann seit acht Jahren arbeitslos ist, bittet um zwei Betten, einen kleinen vierecki-*

gen Ofen und sonstige Gebrauchsgegenstände (Geschirr, Kleider, Wäsche). Rosine T., Wien 21. Eine seltsame Meldung findet sich in allen Zeitungen des Tages. *Auf der Hygiene-Ausstellung im Messepalast der Rotunde* (diesem *Wahrzeichen der Stadt, gleich nach dem Dom,* heißt es im September, wenn das Gebäude innerhalb von wenigen Stunden abgebrannt sein wird) *gelangt im Stand der Semperitwerke in der Halle H ein Grazer Patent zur Ausstellung, das zeigt, wie durch geheimnisvolle Strahlen Menschen und Gegenstände unsichtbar gemacht werden können. Dieser scheinbare Widersinn der Natur*, schreibt das *Neue Wiener Journal, daß die uns vertrauten greifbaren Körper plötzlich zu einer irrealen Vorstellung werden, ist es, der auf die Besucher den tiefsten Eindruck macht.* Alle Begriffe und Gegenstände sind ausgeleert und bedeuten nichts mehr, Christus ist ein Ding aus Stein oder Eisen im Zentrum der Stadt (die nun die Form einer Spirale, einer Schlinge, eines Labyrinths annimmt), er schaut leer und drohend von seinem Kreuz, am Turm des Rathauses (wie in einem Spiegelbild) wartet der Ritter, ein Ding aus Eisen, sein Schwert in den Boden gestemmt. Das *Wahre*, das *Heilige Reich*, das wiederherzustellen *Sendung des österreichischen Stammes* ist, schreibt der Bundeskanzler und Führer der Vaterländischen Front, Dr. Kurt von Schuschnigg, ist *nichts anderes als der erdgebannte Schatten des mystischen Körpers der Kirche.*
Alle Begriffe, alle Gegenstände müssen neu entdeckt, neu erfunden werden (oder alles soll zerstört sein).

Die Schleifen, Schlingen und Spiralen in seinen Schulheften, sein unter den Kleidern nackter Körper, der sich spannt und dehnt und an die Mauern drückt, sich ins Innere der Mauern verkriechen will, die Sätze, die er liest, das Netz von Blicken, das ihn einschließt, die Hand auf seinen Eiern, die Sätze, die er hört, fügen sich ineinander, zu einer vollkommenen Verschränkung von Räumen: er liegt auf dem Bett und liest, spürt seine Schenkel, die weiße nackte ringförmige Stelle, wo sein Schamhaar endet und in den Schaft des Geschlechts übergeht, die Haut, die sich über seinem Brustkorb spannt, hier im Innern, im Innern der Bücher oder im Inneren der Verschränkung von Räumen gibt es einen winzigen Ort, einen Punkt, wo alles selbstverständlich ist, er braucht nichts zu denken, er braucht nicht einmal etwas zu fühlen, alles ist möglich, er ist nackt unter seinen Kleidern und kann tun, was auch immer er möchte.

Jeder kann jedem eine Frage stellen, vor einer Videokamera, die das Gespräch aufzeichnet: welche Bücher lest ihr, soll man Jugendbücher lesen oder schon Bücher für Erwachsene, was bringt das Lesen. Er sitzt in seiner Schulbank, nackt unter seinen Kleidern, mit breitgedrückten Schenkeln, weiß, dass diese Frage nur ihm gilt. Er wünscht sich, angesehen und angesprochen zu werden, von der Kamera festgehalten, und die Angst kriecht in ihn hinein. Kernberger, als irgendeiner von irgendjemandem befragt, liest Robbins und Konsalik, und der Lehrer verzichtet auf einen Kommentar, das Mikrophon wandert weiter, Sirinov zeigt auf, nimmt das Mikrophon, lässt den Blick durch die u-förmig angeordneten Bankreihen wandern, Bichler weiß, dass er ihn heraussuchen wird, hervorkratzen aus der hinteren Bankreihe, warum ihn, was weiß Sirinov. Er steht langsam auf, denkt nichts und hat keine Angst, geht ins Innere des U, stellt sich vor die Kamera, Sirinov fragt ihn, Andreas, freundlich, was er liest, er weiß, dass er Bücher liest, denkt Bichler, weil er ihn in den Pausen öfters dasitzen sieht mit seinem Buch in der Hand, unter der Bank, als wäre das Lesen auch jetzt etwas Heimliches und fast Verbotenes. Man darf Bücher nicht nur lesen, man muss über Bücher auch diskutieren, etwas über Bücher zu sagen haben, muss über das Bücherlesen diskutieren (als würden sie nicht draußen, am Licht der Welt, das Heimliche, die Körperschwere verlieren, zu Staub zerfallen; außer es gäbe jemanden, der die richtigen Wörter kennt, mit denen sich ohne Verlust über die Bücher sprechen lässt, er kann es sich nicht vorstellen). Alle Blicke richten sich auf ihn, vielleicht löscht der Blick der Kamera die anderen Blicke aus, vielleicht entstehen unter diesem Blick die richtigen Wörter. Er könnte Namen aufzählen, die Namen, ohne Begründungen und ohne Sätze, wären vielleicht unschuldig; er sagt mit verschnupfter Stimme, alles Mögliche halt (und er lügt nicht), ja, sagt Sirinov mit fragendem Ton, als sollte er noch ein wenig genauer werden, alle Blicke, der Blick des Deutschlehrers richten sich auf ihn. Vor einigen Tagen erst hat er in der Leihbücherei im Gemeindebau ein rotes Taschenbuch gefunden und in einem Zug ausgelesen, von dem er beim ersten Satz schon gewusst hat, dass es anders ist als alle anderen Bücher, die er kennt, am Ende, als der Erzähler sich zu seiner Hinrichtung eine große Menge von Zuschauern wünscht, die ihn mit Schreien des Hasses empfangen, spürt er das reine Glück. Genauso gern liest er Science-Fiction-Romane, in denen die Amerikaner die Russen in irgendeiner fernen Zukunft im Weltraum besiegen, in einer ferneren Zukunft gibt es keine Amerikaner und Russen mehr, es gibt vom Körper getrennte Gehirne mit endlos weiterlaufendem Bewusstsein, es gibt Roboter, die nicht wissen, ob sie Menschen sind, und Menschen, die nicht wissen, ob sie Roboter sind. Er könnte ganz beiläufig sagen, er liest Lem, Philip K. Dick und Camus und so, Sirinov und der Deutschlehrer kennen sicherlich all diese Namen, aber das wäre nur peinlich; und er würde verschweigen, dass er auch die anderen Science-Fiction-Bücher mit Amerikanern und Russen, dass er die Kronen-Zeitung der Großmutter, mit den nackten Frauenbrüsten auf Seite 5 und der Hasskolumne auf Seite 8, dass er *Fix und Foxi* und Karl May liest; würde er sagen, er liest *Fix und Foxi*, die Kronen-Zeitung mit der Hasskolumne auf Seite 8 und Karl May, würde er gleich ausstreichen, dass er auch Lem oder Camus liest.

Vielleicht hat Sirinov sogar das Buch erkannt, das Bichler in den letzten Tagen während der Stunde oder der Pause unter der Bank gelesen hat, die rote Pappe des Umschlags, die schwarzen Schriftzeichen in einem weißen Kreis, und fragt deshalb gerade ihn und nicht Cora Eisler oder irgendjemand anderen, von dem anzunehmen ist, dass er oder sie Bücher liest, er stellt sich vor, dass Sirinov wie ein Bruder, nackt unter seinen Kleidern, daheim in seinem Zimmer auf dem Bett liegt und liest, auf dem Rücken liegend, auf dem Bauch liegend, weit weg und unberührbar, außer (wenn er dasselbe läse wie er) in den Wörtern und Sätzen; dass Cora Eisler, daheim in ihrem Zimmer, auf dem Bett liegt und liest, in der Strumpfhose oder im Höschen unter der Bettdecke, unberührbar, außer (wenn sie, was sie sicher nicht tut, dasselbe läse wie er) in den Wörtern und Sätzen, sie schwenkt unbewusst ihre an den Knien angewinkelten Beine, die Muskeln ihres Rückens, ihres Nackens strecken und dehnen sich, sie streicht eine Haarsträhne aus der Stirn, er will es sehen und spüren, den Stoff, der sich, eng anliegend, über ihren Schenkeln wölbt, will dabei sein, aber nicht als er selbst, sondern so wie eine Figur aus dem Innern eines Buches.

Warum sollte er antworten, die Antworten stehen in den Büchern, wo ihnen nichts entgegensteht, nicht in den Sätzen, die er sagen würde, andere können an seiner Stelle sprechen. Wenn er auf diese Frage, die er immer erwartet hat, nichts zu sagen hat, dann wird und darf er niemals etwas sagen, er weiß es jetzt, ihm wird niemals erlaubt sein, so zu tun, als wäre er ein anderer, ein Andreas, durch Sirinovs Fragen, den Blick Cora Eislers oder den Blick der Kamera aus seiner Höhle hervorgelockt, fast ein Erwachsener. Jeder Blick ist ein Eingriff: er wäre aufgespießt in seiner Höhle; wie soll er verstecken, was nicht dem Bild entspricht, wenn die Blicke und die Fragen die Mauern, die Grenzen der Schulklasse und des Schulgebäudes durchdringen, bis ins Innerste reichen, bis in sein anderes Le-

ben; oder ganz einfach, über den Schulweg hinweg, auf dem er seine Schritte zählt, bis zu ihm nach Hause, wo er auf dem Bett liegt und liest, auf dem Küchentisch die Kronen-Zeitung durchblättert, mit der Großmutter fernsieht oder Domino spielt, schlaflos daliegt und den Atemzügen aus dem anderen Zimmer zuhört, auf dem Badewannenrand sitzt, wartet. Er will nicht so tun als ob. Er schweigt, sieht sich, mit dem Auge der Kamera, lächeln, sieht sich schief grinsen, der Kreis um ihn ist geschlossen, der Moment bleibt festgehalten.
Ja, nun gut, sagt der Lehrer, nachdem er sich geräuspert hat, die nächsten bitte. Keiner sagt etwas, keiner zeigt auf. Bichler Andi geht langsam, als würde er langsam fallen, zurück aus dem Inneren des U in seine Bank in der hintersten Reihe, super, sagt Berger oder Tröstl zu ihm, das war aufschlussreich. Wie stark muss er werden.

Sie ruft von der Eingangstür her zurück, dass sie heute Mittag nicht heimkommen wird, das Mädchen ist schon mit Besen und Staubtuch in irgendeinem Zimmer verschwunden, die Großmutter schaut sie an, als wollte sie etwas sagen, oder als würde sie sehen, wie sich ihr Kuss, das Zeichen auf Emilias Stirn auflöst (so sieht sie, wie alles sich auflöst), aber Emilia schlägt schon die Tür hinter sich zu, dreht sich das Treppenhaus hinab, der Tag ist so heiß wie die letzten und wie die folgenden. Ihr langer Rock liebkost ihre Beine, sie schämt sich nicht dafür, dass ihr Rock länger ist als die Röcke der anderen Mädchen, bei jedem Schritt liebkost der Stoff ihre Hüften und ihre Schenkel, bei jedem Schritt liebkosen ihre Hüften und ihre Schenkel den Stoff. Der dünne alte Schneider Klement Hrazdil, in Hemd und Hosenträgern, raucht seine Zigarette, grüßt das junge Fräulein mit dünner Stimme und wünscht ihr einen schönen Tag, er grüßt mit dünner Stimme den Rabbi, der aus dem Hof hinter ihm kommt, der Rabbi bleibt bei Klement Hrazdil stehen, macht eine Bemerkung über das Wetter, zündet sich eine Zigarette an. Emilia erwartet nicht, Georg vor dem Schultor zu sehen, die erste Stunde beginnt gleich, die Grüppchen lösen sich schon auf, jeder findet in die richtige Zelle, findet zu seinem Platz; sie ist hier und zugleich anderswo, nimmt, von ihrem Platz in der hintersten Bankreihe, den Raum wahr wie nie sonst, weil sie zugleich anderswo ist: die geweißten Wände mit den Poren im Verputz, das Kreuz und das Bild des Kanzlers an der Stirnseite, dahinter das hölzerne Lehrerpult, auf dem kleine Büchlein aufgelegt werden, in die die Schülerinnen niemals Einblick bekommen; dann die Reihen von Bänken, in die sie eine um die andere eingeschlichtet sind, um stundenlang aufrecht dazusitzen. Sie begreift, was hier mit ihr geschehen sollte, sie begreift, jetzt als einzige, die Idiotie der Nachahmungen; nicht nur die Sätze und das Denken der Lehrer sollte von ihr wie von allen anderen, in der gleichen Ordnung und der gleichen Interpretation wie von allen anderen, nachgeahmt werden, zugleich sollte sie fürs Leben abgerichtet werden, mit dem Körper in den Boden eingeschraubt, auf dem sie steht, alle Mädchen sollten einander nachahmen und zu richtigen Mädchen werden, die einmal richtige Frauen sein werden. Der Katechet vor seiner halbleeren Klasse, hinter ihm das Kreuz und das Bild des Kanzlers, weiß, was ein richtiges Mädchen und was eine richtige Frau ist, alle seine Sätze sind endlos wiederholbar, sie dreht ganz leicht ihren Kopf im Nacken, der Haarknoten dreht sich mit ihr, jeder Ausbruch aus der Wiederholung, jeder Widerspruch würde sie, auch an dieser ohnehin verdächtigen Schule, in Gefahr bringen: aber jeder kleine zitternde, sich spannende Punkt auf ihrer Haut, jeder durchs Fenster dringende Sonnenstrahl, das Muster, das die Sonne im Staub zeichnet, jedes Bild vor ihren Augen, die leeren Bänke, selbst die armselige Gestalt des Katecheten, die dröhnende Stimme, mit der er die Klasse auszufüllen versucht, und die sich zwischen den leeren Bänken und in den unaufmerksamen Köpfen der Mädchen verliert, erzählen ihr einen Gegentext. Es gibt ein Außerhalb, je genauer sie zu schauen lernt, desto deutlicher wird sie es sehen, noch im pompösesten Schauspiel, das man ihr mit allem Anschein der Selbstgewissheit vorsetzt. Sie fragt sich, wie es Margret, wie es Georg in ihren Religionsstunden gehen mag. Sie fragt sich, ob sie wirklich die Einzige ist. Sie schaut in der Pause aus dem Fenster, die Hände auf dem Fensterbrett abgestützt, fühlt sich fast nackt unter ihren Kleidern, sie spürt Margrets Hand auf ihrer Schulter, bist du schon wieder woanders, sagt Margret, nein, möchte sie sagen, ganz im Gegenteil, sie schüttelt nur den Kopf, so etwas sagt sie nicht, das Wichtige muss sie nicht sagen. Sie möchte die Hand auf ihrer Schulter behalten, draußen riecht es nach Sommer, nach nichts anderem, junge Frauen in ärmellosen Kleidern gehen vorbei, ein eleganter Mann mit breiter Krawatte und beigem Hut, ein Strotter mit um die Füße gewickelten Lappen und zerkratzter Kopfhaut, der Katechet ist für Emilia vollkommen aus der Welt verschwunden, ihr Hass interessiert sie kaum noch, sie wartet auf den Nachmittag. Draußen dehnt sich die Welt, das Wasser der Flüsse antwortet auf den Himmel, das Netz verzweigt sich unendlich, für Schwimmer, die unendlich die Welt durchmessen wollen; ihr Körper ist drinnen und zugleich draußen. Immer stand sich ihr Körper, dazu da, einen Mädchenkörper (fast einen Frauenkörper) nachzuahmen, im Weg, ihr Sinn für Idiotie stand ihr im Weg, hat sie beinahe dumm und ungeschickt werden lassen, ihre Stimme und die Sätze, die sie mit ihrer Stimme sagen konnte und zu sagen hatte, ein kleines Repertoire an Sätzen, haben niemals zusammengepasst, selbst wenn sie mit Margret redet, mit einer anderen Freundin, sie verschiebt die Betonungen, ihre Stimme passt nicht zu den Wörtern. Der spinnenhafte junge Deutschlehrer, der das Abzeichen der Vaterländischen Front unter dem Revers versteckt hat, nennt sie Frau Professor, mal sehen, sagt er voll Hohn, was unsere Frau Professor heute zu sagen hat, ich bewundere, wie Sie langsam Ihre Satzgebäude aufbauen; sie macht lange Nachdenkpausen im Inneren der Sätze, setzt weich neu ein, um die zweite Silbe zu betonen, der Deutschlehrer sagt, mit dem Verstand, mit dem bloßen Professorenverstand ist die deutsche Dichtung nicht zu begreifen, es ist wohl zwecklos, es für diese Klasse zu predigen, aber ohne das echte innere Gefühl werden Sie ein Schillerdrama niemals verstehen, Sie haben die Interpretation und Sie haben die Wörter, aber wenn Sie nicht die richtige Stimme, die echt deutsche aus dem Innern kommende Stimme haben, haben Sie nichts, Emilia sieht die Finger Margrets, die über die Tischplatte streichen, ihre weiße Wange, die zurückgebundenen übers Ohr geschwungenen Haarsträhnen. Sie erinnert sich an den Mann mit der breiten Krawatte und dem beigen Hut, sie wird ihn nie mehr sehen, sie wird sich später immer wieder an ihn oder an ihren Blick auf ihn aus dem Fenster ihres Klassenzimmers im zweiten Stock, im Juni 1937, erinnern, draußen dehnt sich die Welt, antwortet auf ihren Blick. Sie schaut zu, wie die Sonne die Muster aus Schatten und Licht durchs Zimmer wandern lässt, ein winziges Stückchen für jede Sekunde, jede Minute, jede Stunde, die endlich vergangen ist; die Spinnengestalt, der Hohn des Lehrers lösen sich vor ihren Augen auf, noch bevor er das Klassenzimmer verlassen hat, wichtiger ist dieses Nichts von Bewegung auf dem Parkettboden.

Vor dem Schultor erwartet sie Georg, sie erkennt ihn im ersten Moment kaum, sein Hemd ist zu groß, sein Lächeln schief, servus, sagt sie leise, er hebt den Kopf zu einem Nicken, aus seinen Augen treffen sie für eine Sekunde kleine warme Blitze. Sie gehen nebeneinander her, sie spürt die Sonne auf ihren Armen, in ihrem Gesicht, ein Brennen und zartes Kitzeln, das ihr Lust macht, aus ihren Kleidern, aus ihrer Haut zu fahren, sie fragt sich, warum Georg vermeidet, sie anzuschauen, und findet es dann gleich wieder richtig, wie es ist: spürt jeden Zentimeter des Abstands zwischen ihren Armen, ihren Körpern, ihren parellel laufenden Blicken. Möchtest du ins Café, fragt Georg, gehen wir einfach zum Wasser, schlägt sie vor, ich brauch heute keine anderen Leute. Schlechter Tag in der Schule, fragt er, ach nein, wie üblich, sagt sie, du kennst die Spinne, er lacht auf, die Spinne, sagt sie, und der Katechet dazu. Die Namen reichen aus; in den Wörtern, im Spott, in der Einigkeit mit Georg ist ihr Vormittag verwandelt, ihr Hass leicht geworden, kaum noch Hass zu nennen (er wird wiederkommen, abgrundtief und (sehr bald schon und dann wieder am Ende, wenn die Wörter versagen) hoffnungslos; so wird sich aber auch dieser Tag wiederholen, mit den Blicken, den Bildern und Figuren, die zu diesem Tag gehören). Ich kann noch froh sein, dass ich nicht im Internat bin, sagt sie beiläufig, bei irgendwelchen Schulschwestern; sie will nicht, dass er nachfragt, schaut ihn an, ach, wechseln wir doch das Thema, sagt er leichthin. Die Straße ist von Lichtflecken geriffelt, wie die Fensterscheiben die Sonne reflektieren, sie bewegt sich, ganz leicht, mit dem Mann an ihrer Seite, über dieses Nichts von einem Muster, durchs flirrende Licht, wie über eine Leinwand.

In seinem Bett, den Kopf zur Wand gedreht, hat er die Kontrolle über die Atemzüge aus dem Nebenzimmer, in manchen Schulstunden, die schleifende monotone Stimme des Geographie- oder Biologielehrers im Ohr, ist er sicher davor, von irgendjemandem, einem Mitschüler, dem Lehrer, angesprochen zu werden, es ist nicht wie schlafen, es ist wie schlaflos daliegen. Ein Nichts, das immer zäher und dichter wird, ihn umschlingt, bis unversehens Beziehungen entstehen: er beginnt zu träumen, ohne jemals einzuschlafen; dann durchstoßen seine Gedanken die Leere; schaffen den winzigen Ort, den Punkt, im Innern der Verschränkung.

Die schleifenden monotonen Sätze erzählen etwas von Gesteinsformationen in den Zentralalpen und tertiären Ablagerungen, von der Ordnung der Weichtiere, Mollusken, Seespinnen, Seegurken, Seescheiden (Gekicher), von Staubfäden und der Verwandlung des Sonnenlichts, an der Wand hinter ihm hängt, von irgendjemandem, Adamek oder Berger, angebracht, das Poster eines blondgelockten Motorradrennfahrers im glänzenden Lederdress, unter dem sich dünne weiße haarige Beine mit vielen Narben und Schrauben verbergen, ein Poster von Sängern mit offenen Hemden und zusammengesteckten lächelnden Köpfen unter dunklen Haarbergen, von irgendeinem Mädchen angebracht, eine Weltkarte. Auf dem Tisch neben dem Bett liegen seine Taschentücher und ein Stoß von Büchern aus der Städtischen Leihbibliothek, wo er einmal in der Woche wortlos durch die Tür tritt, sich zwischen den Regalen verliert, mit gesenktem Kopf und einem Stoß von Büchern in den Armen vor dem Pult wieder auftaucht, um sich einen Stempel in den Ausweis und auf die Vorblätter in den Büchern geben zu lassen; an der Wand hängt ein rosafarbener Schutzengel aus Porzellan, dem er einmal einen Schnurrbart aufgemalt hat, seine Großmutter hat es, auch wenn sie fast täglich hier staubwischt, noch nicht gemerkt; das Loch, in das er nachts mit seinem Finger bohrt, ist tagsüber durch Kissen verdeckt, er möchte mit seinem ganzen Körper ins Innere der Mauern hineinfahren, die Enge soll ihn umschließen: im Inneren der Höhlungen, die erst im allerengsten Raum entstehen, entdeckt er Weiten, die sich nicht ermessen lassen, auf keiner Karte verzeichnet sind außer auf seiner geheimen eigenen Karte. Er muss Höhlungen graben und aufblasen, winzig und unermesslich; keine fremde Stimme darf ihn herausholen. Er liegt lesend auf der Couch, langweilt sich und ist glücklich, bis die Großmutter ihn ruft, um am Wohnzimmertisch ein oder zwei Partien Domino zu spielen, die Großmutter schiebt das gestickte Deckchen und das Schälchen mit den Pralinen zur Seite, holt die Schachtel mit den Dominosteinen aus dem Schrank, mit einem sanften Rumpeln regnen sie aus der Schachtel auf die Tischplatte, die Augen nach unten, seine Finger holen eine Anzahl Steinchen an ihn heran. Ihre beiden Köpfe beugen sich über den Tisch, er langweilt sich und ist glücklich. Er kann sich nicht vorstellen, dass dieser Körper, den er riecht und der seine Steinchen mit den Zahlen an die seinen anschließt (ihre Gesten fügen sich ineinander, sie arbeiten an der gleichen Form, befinden sich in der gleichen Form) eines Tages nicht mehr da ist, dass er zerbrechlich ist, verfaulen kann (die Form ist doch da). Herrgott, wär ich doch schon unter der Erd', hört er die Großmutter jammern, wenn sie bügelt, staubsaugt, sich bücken, sich wieder aufrichten muss, es ist ein Jammer, man sollte nicht alt werden, Jesusmaria Mariaundanna, womit habe ich das verdient, es ist nicht recht, dass die Jungen vor den Alten sterben, Herrgott, wär ich doch schon unter der Erd; er glaubt, dass alte Leute eben so reden, später wird er wissen, dass sie meint, was sie sagt, und spürt, dass sie stirbt. Aber sie hat vollkommen konventionelle und wiederholbare Sätze, die sie über ihre Verzweiflung legen kann. Er möchte nicht jünger sein als sie. Es gibt ein Feld von wiederholbaren Sätzen; die Form ist da; er kann keine eigenen Sätze sagen, aber er könnte Sätze wiederholen; andere Sätze, die er von der Großmutter gehört hat und immer wieder hört, meist, wenn sie Nachrichten schaut oder Zeitung liest, kann er wiederholen. Sie sagt immer die gleichen Sätze, trotzdem wird er diese Sätze vergessen, wenn er sich nicht anstrengt. Er muss, während er noch da ist, gleichzeitig ein anderer sein: die Sätze sind unendlich wiederholbar und nichtssagend, er muss sich anstrengen, um aus sich hinaus und ins Nichtssagende der Sätze hineinzuschlüpfen. Wenn auch die Szene unendlich wiederholbar ist, nichtssagend und wiederholbar, kann er ins Nichtssagende der Szene hineinschlüpfen: er sieht sie von zwei Seiten her, erinnert sich jetzt schon, während er seine Steine

mit der richtigen Augenzahl an die Steine der Großmutter legt und eine Schlange, ein festes Muster, ein Relief auf der Tischplatte entstehen sieht, von irgendeiner gleichgültigen Zukunft her an diese Finger, diesen Geruch, diese Steine, dieses Muster. Es mag lächerlich sein, für Kernberger oder Sirinov oder Cora, Cora Eisler, dass er nichts Besseres zu tun hat als mit seiner Großmutter Domino zu spielen, aber anderswo bekommt die Szene ihren Wert, den er immer festhalten will. Wozu braucht er eine Sprache, ein Gesicht, er braucht eine feste Form, ein lesbares Zeichen, durch die er sich als Person ersetzen kann.
Er horcht auf die Atemzüge aus dem Nebenzimmer, während sein Gesicht immer tiefer in den Kissen versinkt, gleitet durch die Kissen hindurch in die Matratze, presst sich an die Wand und schlüpft ins Innere der Mauer, konzentriert sich, kontrolliert die Atemzüge, kontrolliert, von den Wänden, den Möbeln, allen im Oma-Schlafzimmer auf Anrichten und in Vitrinen ruhenden Vasen, Kristallaschenbechern, Deckchen, Zinnkrügen, Kruzifixen, Fotorahmen her, ihren Herzschlag.
Es läutet zur großen Pause, die Schüler atmen auf und strecken sich, er spürt sich noch durch Höhlungen gleiten, durch Landschaften, die eisig und traumdunkel sind wie das Weltall, ist frei und unberührbar, kennt die Orte, bei ihm zu Hause ist alles, wie es immer war und wie es immer sein soll; er lässt sein Buch in der Lade liegen, holt das Zellophanpäckchen mit dem Wurstbrot aus der Schultasche, steht auf, geht zum Fenster, ein stilles Mädchen starrt, mit dem Rücken zum Fenster, vor sich hin, er vermeidet es streng sie anzuschauen (was hätte er mit ihr auch zu schaffen); auf der Straße ist kein Mensch zu sehen, der Verputz am Haus gegenüber bröckelt von den Mauern, Stoßstange an Stoßstange stehen die Autos am Randstein. Der Asphalt wölbt sich zur Straßenmitte hin auf, kleine Risse öffnen sich darin, wie aufgesprungene Narben, er stellt sich die Berührung an seinen nackten Fingerkuppen vor. Er geht der Wand entlang, um das U der Bänke herum, hinter

den leeren Stühlen und dem stillen Mädchen und an der Tafel vorbei zur Tür und auf den Gang hinaus, packt das Wurstbrot zur Hälfte aus der Zellophanhülle, macht ein paar Schritte in Richtung zur Treppe. Neben der geschlossenen Tür einer siebten Klasse sieht er Rachid Sirinov an der Wand lehnen, einen Fuß abgestützt, Cora Eisler steht bei ihm, ihre Schulter nah an seiner Schulter an die Wand gelegt, er sagt etwas, das Bichler nicht hört, sie antwortet, dann öffnet sich wiederum Sirinovs Mund, mit einem Lächeln, Cora dreht sich weich um ihn herum, stützt beide Hände an der Wand ab, ihre Arme geben nach, sie sinkt zur Wand und zum an der Wand lehnenden Rachid Sirinov hin, legt ihren Körper auf seinen und ihr Gesicht auf seines, so als wollte sie sie beide in der Wand, in der Umarmung versinken, in der Umarmung mit der Wand, der Umgebung verschmelzen lassen, sie verbirgt ihre beiden Gesichter mit dem dunklen Schleier ihres Haares. Bichler beißt in sein Wurstbrot, kaut langsam an den verspeichelten, immer klobiger werdenden Krumen, der immer schärfer und zugleich fader werdenden Wurst herum, minutenlang bleiben Cora Eisler und Rachid Sirinov versunken und sichtbar, tauchen nicht auf aus ihrem Kuss und stellen sich ganz gleichgültig aus. Er weiß nicht, warum keiner lacht, Adamek oder Tröstl, vor ein paar Monaten hätte sicherlich jemand gelacht, er möchte irgendetwas Böses sagen, wenn schon kein anderer etwas Böses sagt. Er weiß nicht, warum er den Schmerz in diesem Moment gar nicht ertragen will (er erträgt ihn), stellt sich vor, sich den Schädel zu rasieren, mit einer scharfen Klinge, mit jedem Schnitt an der Kopfhaut zu schaben, in die Kopfhaut zu schneiden, das könnte er tun, auch wenn er schon lange tot ist, auch wenn er nie mehr aufwachen wird. Er weiß, dass er tot ist, nichts liegt über diesem Wissen, keinerlei Hülle, keine Wörter. Er ist kein anderer und nicht anderswo, ist nur da, wo er ist; er ist weder Rachid Sirinov noch ist er Cora Eisler noch ist er ihre Umarmung noch wird er ihn oder sie je berühren

oder umarmen; keine Wörter, auch nicht die verstecktesten und geheimsten, erreichen den Körper.
Ein lesbares Zeichen soll ihn ersetzen, seine Stelle markieren: ein wildes Zeichen, ein tiefer Schnitt in die eigene Haut.

Die Sonne blendet sie auf dem Weg zur Brücke, Georg hat sein Jackett über den Arm gelegt, sie geht langsamer als sonst, wie um nicht abzuheben und sich im Muster, im Licht aufzulösen, spürt die Verzögerung in ihren Schritten; sie biegen hinter der Karmeliterkirche in die Taborstraße ein, vor ihnen der Klostertrakt, die Apotheke der Barmherzigen Brüder mit den Statuen des leidenden Christus am Kreuz und der in ihrem Schmerz zu ihm aufblickenden Jungfrau an der Fassade, die Kirche, dann die Passage und das Café im Gebäude der Produktenbörse, dann einander fast gegenüber UFA-Kino (*Liebe geht, wohin sie will*) und Schwedenkino. Überall hier laufen deutsche Schmachtfetzen, sagt Georg, sie weiß nicht, ob es Filme gibt, die keine deutschen Schmachtfetzen sind. Das Sonnenlicht schneidet die Räder eines Fuhrwerks, die glänzende Karosserie eines Automobils aus; die schwarzen Ladenschilder der großen Kleiderhandlung Goldstein, der grünspanige riesige Hirsch auf einem Dach neigen sich über ihre Köpfe, ab und zu streift sie mit dem Ellenbogen den Arm Georgs, sie schaut zu ihm hin, wenn er redet, sieht weiß und feucht im offenen Hemdkragen sein zart glänzendes Schlüsselbein (sie wird mit dem Finger ganz langsam über seiner Haut diese sanfte Kurve nachfahren). Es gibt keine Passanten, die Straßenbahnen und die Autobusse kümmern sie nicht, sie steigen unter dem grünen Eisengeländer die Treppe hinab zum Vorkai, flache Stufen führen weiter hinunter ins Wasser, auf dessen Oberfläche die Sonne Schlieren, wie Ölflecke, zeichnet. Ein kleines Boot, eine Rettungszille der Gemeinde, liegt, an einem eisernen Ring angekettet, still im Wasser, sie setzen sich

auf die flachen Stufen, nur ihre Köpfe wären vom Vorkai aus sichtbar. Sie sieht sich ins Boot steigen und davontreiben, mit der langsamen Strömung, den Fluss entlang, warum nicht ins Meer hinein, warum nicht übers Meer. Die Häuser und die Brücken ziehen einen weiten Kreis um sie, lassen den Himmel über ihnen frei, beugen sich unmerklich doch (Zeichen einer fremden Ordnung) zu dem Mann und dem Mädchen hinunter: vor ihnen die Schwedenbrücke, in ihrem Rücken die Marienbrücke mit der geschmückten Jungfrauenfigur, auf der, bald entvölkerten und zerbombten, Leopoldstädter Seite das Restaurant Tonello und das Café Spitzer, wo die Bewegungen und Gesten der Gäste und der Kellner, das Durcheinander von Menschenstimmen scheinbar endlose Netze bilden, auf der anderen Seite, über den Stadtbahnbögen, das Café Siller, die immergleichen Bewegungen und Gesten der Gäste und Kellner, das Durcheinander von Menschenstimmen, scheinbar endlose Netze, weiter hinten am Morzinplatz das Hotel Metropol, in dessen Kellern vom nächsten Frühling an Menschen verschwinden werden.
Bist du oft im Café, Emilia, fragt Georg, ich habe dich dort früher nie gesehen, auch nicht drüben im Stefanie, dort ist er meistens mit den anderen, er spricht sie zum ersten Mal bei ihrem Namen an, sie ist auch selten im Kaffeehaus, sagt sie, und hat kein Stammcafé, sie läuft aber gern durch die Innenstadt und entdeckt neue Ecken, aber sonst ist sie oft einfach daheim und liest, an Sommertagen oder wenn es so schön ist wie heute liest sie auch auf irgendeinem Bänkchen im Augarten oder im Prater, am liebsten aber hier unten, es ist wie ein kleines Versteck. Du liest viel, sagt Georg, sie erzählt von der Enge, die zum Ersticken ist, und den anderen Welten, die sie zwischen zwei Buchdeckeln findet; von den Mooren von Yorkshire, vom Italien vergangener Jahrhunderte, von Indien und vom unvorstellbar großen China, wo alle Gesetze, die hier gelten, ohne Wert sind; sie erzählt, wo sie überall hinmöchte;

dass sie woanders sein möchte. Ja, aber wenn dort nur andere erstickende Gesetze gelten: sobald man sich zwischen den Buchdeckeln hervorwagt. Wenn dann die Weite nur andere alte Gespenster hervorbringt, die Staatsgrenzen im Atlas sind deutlicher als die Geländeformen und Flüsse, in China wüten die Japaner, in Spanien –. Knapp unter ihren Füßen breitet sich der Wasserspiegel aus, wirft einen unbestimmten Glanz auf die Sandsteinmauern, die Steinstufen verschwinden unterm Wasser. Sie schließt die Augen, öffnet sie. Es kann jetzt und hier anders sein; wenn man den Ort umgräbt, an dem man sich befindet, oder ihn umstülpt wie einen Handschuh. Sie stülpt sich in den Ort hinein, an dem sie sich befindet, stülpt den Ort in sich hinein, die Stimme Georgs, die sich mit ihrer Stimme verschränkt, kleine Schleifen formt, die sie umhüllen, bis es egal ist, wer gerade redet, sie kann in seine Wörter und Gedanken hineinfinden, so wie er, denkt sie, in ihre Wörter und ihre Gedanken hineinfinden kann. Sie weiß plötzlich, dass nicht unsinnig und lächerlich ist, was sie denkt; dass man es aussprechen kann, nicht nur als Echo oder Verstärkung in Büchern suchen, sie schaut in die ruhig auf sie gerichteten dunklen Augen, der Moment dehnt sich aus. Die Körper und die Dinge innerhalb des kleinen Kreises antworten aufeinander; sie muss ihren Körper nur in eine Landschaft setzen, dann wird er ganz, so wie sich die Landschaft um ihn herumbiegt, wie sich die Blicke und die Lichtstrahlen um ihn herumbiegen, wie er sich in die Landschaft hinein, zu den Blicken hinbiegt. Sie kann bestimmen, was hier, im Innern, geschieht, durch kleine geschmeidige Bewegungen und Gesten, durch die Wörter, die sie formt. Ihr weiches *Sch*, das einem Klagelaut gleicht, bleibt in der Luft hängen, Georgs Stimme ist leicht belegt, er holt eine Zigarettenschachtel aus seiner Jackentasche und lässt sie in der Hand liegen, ohne eine Zigarette herauszunehmen. Strähnen seines Haares schmiegen sich in seine Stirn, er liest Gedichte und möchte (oder nein, er möchte nicht, aber er denkt, er müsste) eigentlich in Spanien kämpfen, dort entscheidet sich alles, auch was hier passieren wird, hier ist nichts mehr zu tun, die Zeitungen und die Flugblätter, das ist alles nur wie ein Spiel; kann alles zugleich richtig sein, was er denkt, tut und möchte? Seine Finger spielen mit dem weißen Karton der Zigarettenschachtel; sie kann bestimmen, dass alles zugleich richtig ist, was er denkt, tut und möchte, sie kann seine weiche Haut über den Knochen, den Muskeln und Sehnen zugleich mit den Knochen, Muskeln und Sehnen erfassen. Sie schweigt, schaut auf sein Haar, seinen unbedeckten Kopf, den graubraunen Stein hinter ihm, das beige Jackett, auf dem er jetzt lehnt; sie beugt sich vor, spürt die Berührung des Steins, sieht das spiegelnde, glitzernde Wasser vor sich. Ihre Oberarme, ihre Schenkel streifen einander. Er streicht eine Haarsträhne zurück, sie berührt ihn mit ihrem Haar. Sie wendet den Kopf, sein Blick folgt ihrem Kopfwenden wie eine Tänzerin. Er lächelt plötzlich unsicher, sie merkt zugleich die Unsicherheit seines Lächelns und was sich hinter dieser Unsicherheit verbirgt, sie beugt sich zu ihm hin, spürt seine Lippen, öffnet sie mit der Zunge, seine Wangen sind rauh, ein feuchter weicher Geschmack nach Tabak, Speichel und reifen Früchten füllt ihren Mund aus. Der Moment dehnt sich aus, die Kraft, die ihren Körper spannt, und die Kraft, die seinen Körper spannt, antworten aufeinander, sie möchte diesem Mann die Kleider abschälen und ihn mit sich ins Wasser ziehen, ins Meer. Sie spürt den Stein der Stufe, auf der sie sitzt, rau und hart, die Kante der oberen Stufe, die in ihr Kreuz, in ihre Seite schneidet. Auf der Brücke, nah am Geländer, geht sehr langsam ein Mann in einem grauen Anzug, den Hut, wohl gegen die Sonne, tief ins Gesicht gezogen; sie sieht ihn merkwürdig deutlich und hat das Gefühl, er würde sie anschauen und womöglich wiedererkennen, aber er schaut gegen die Sonne, er ist viel zu weit entfernt, sie kann mit einer kleinen Geste (jetzt scheint es ihr so) all den Dreck der wirklichen Welt hinwegfegen. Lange sitzt sie an Georg gelehnt da, er zieht eine Zigarette aus dem weißen Karton, holt Streichhölzer aus seiner Jackentasche, die Menschen auf der Brücke sind nur Schemen, mit einem kleinen Zischen flammt das Streichholz auf. Georg macht einen tiefen Zug an der Zigarette, reicht sie ihr weiter, sie macht einen tiefen Zug an der Zigarette, spürt die Hitze in ihrem ganzen Körper, den Nebel der Hitze. Sag etwas, meint Georg, irgendetwas, du sprichst nicht so wie die anderen, du sprichst, als würdest du singen.

Er kennt diesen Ort, warum kommt er nie von Wien weg. Die Gruppe von Männern in kurzen beigen Hosen, mit haarigen Waden und kurzen Socken, mit Abzeichen auf der Brust, lauten Stimmen, die von der Franzensbrücke her, unter den Sandsteinmauern, den Vorkai entlanggehen, muss von einem Bierlokal im Prater kommen, der Radfahrer, der bald, wo der gepflasterte Weg in der Böschung unter der Schüttelstraße versiegt, umkehren wird und wenige Stunden später wieder umkehren und ihm hier wieder entgegenkommen, ist ein Toter, er erkennt es an seinem leeren Blick, er kennt diese Art von Blicken. Über die Brücke geht mit vorgeschobenem Kinn eine fette Frau mit dicken Brillen, ihre Augen schwimmen im Glasmeer, eine alte Frau mit kurzgeschnittenem Haar und wächsernem Gesicht setzt Schritt vor Schritt und schaut durch alle Passanten hindurch, auf dem OPEC-Gebäude hinter den Hochhäusern stehen zwei Polizisten mit Maschinenpistolen. Eine Gruppe von schwarzgekleideten Männern mit Bärten und Schläfenlocken tritt durch die Tür des Restaurants Tonello, Kochdunst steigt durch die Abzüge auf, er möchte den Männern folgen, sich einen Tisch suchen, ein Bier, einen Wodka bestellen. Er möchte die Augen schließen, sich konzentrieren, Kontrolle über die Atemzüge rundum bekommen. Die Häuser beugen sich über ihn herab, ziehen mit den Kanten ihrer

Dächer einen Kreis über den Himmel, unten bewegen sich die Schatten. Er kennt diesen Ort, ein Feld von wiederholbaren Bewegungen, er ist hier und zugleich woanders, gehört nicht zu den Figuren, deren Bewegungen er nachziehen kann, die Form ist da; wenn er sie erkennt, gehört er ihr nicht an. Aber er kann auch nicht einfach weggehen und sie zurücklassen, seine böse Gegenwart hält ihn fest. Das Muster von Kreuzen und Spiralen im eisernen Gitter der Brüstung ist ungewohnt, die Sonne zeichnet auf der Wasseroberfläche Schlieren wie Ölflecke. Sein Hut verbirgt seine vernarbte Kopfhaut, die Krempe seines Huts verbirgt sein Gesicht; sein Gaumen zieht sich zusammen, der Speichel schmeckt bitter, scharf und fade. Auf dem Spazierweg unter den Sandsteinmauern sonnen sich Männer mit nackten Oberkörpern, Frauen in Bikinis in Liegestühlen auf einer aufgeschütteten Sandfläche, auf einer der Treppen, die ins Wasser hineinführen, sitzt eine Frau und liest; weiter hinten sieht er ein Pärchen, um das sich die Lichter drehen, ein langer Rock und lange Haare, ein dunkel glänzender Hals im Ausschnitt eines weißen Hemds, ein Kuss, der zu weit entfernt ist, um nach einem Kuss auszusehen, ein Moment, der sich in sich dreht, der Schweiß läuft ihm über das Gesicht, fühlt sich an wie Blut.

3.

Dieser Garten, den sie nur im Sommer kennt, scheint ihr in diesem Jahr leer, so üppig das Grün vor dem Fenster auch wuchert, draußen am Zaun kann ein Beobachter meinen, der Garten wäre verwildert, das Haus mit den Giebeln und kleinen Türmchen, von dem da und dort zwischen den Bäumen und Sträuchern ein Ausschnitt zu sehen ist, stünde leer, wäre den Spinnweben, dem Staub und den Gespenstern überlassen. Das Dienstmädchen, natürlich eine Hiesige, nicht ihr Wiener Mädchen, macht jeden Tag sauber, sobald sie aufgestanden und aus dem Haus gegangen ist, sie fühlt sich von Spinnweben umgeben, von Gespenstern angenagt. Sie schläft lange, hört im Halbschlaf den Regen sanft an die Fensterscheibe prasseln, ihr scheint, der Garten dringe langsam ins Innere des Hauses. Es macht ihr nichts aus, dass die Grenzen durchlässig werden, es macht ihr nichts aus, draußen zu liegen, zwischen Sträuchern und hohem feuchtem Gras. Im Zimmer wird es langsam hell, die Bilder lösen sich von ihr, sie schlägt die Augen auf und ist anderswo. Sie dehnt und streckt sich, ihre Sehnen spannen sich, ihre Schulterblätter schneiden in die Muskeln, sie spürt den Körper neben sich, schlägt die Decke zurück, streicht mit den Fingern über seine Haut, die Geste wiederholt sich, wird mit jeder Wiederholung deutlicher und spürbarer. Sie kann im Bett bleiben, solange sie will, niemand wird ins Zimmer kommen. Draußen hört es nicht auf zu regnen, es ist fast zehn, als sie aufsteht, sie schaut aus dem Fenster, hinter dem grau daliegenden See ist der Traunstein, den sie in den letzten Sommern immer schon vom Zug aus lange vor ihrer Ankunft begrüßt hat, in seinen dunklen Wolkenschleiern kaum sichtbar. Es tut weh, dass die Dinge plötzlich nichts mehr bedeuten, die einem wichtig waren. Sie spürt den Tag, die Wochen, die ihr bevorstehen, die Leere des Tages und der Wochen, durch die sie sich zu bewegen hat. Man sieht die Dinge noch, die einem wichtig waren, die Menschen, die einem wichtig waren, wie die Bilder von Toten, die man nicht mehr neu erfassen wird und die immer undeutlicher erscheinen. Sie bewegt sich durch ein Haus, das ihr angeblich einmal gehören wird und ihr nicht mehr gehört, durch eine Landschaft, die ihr nicht mehr gehört. Sie ist anderswo und ist doch hier. Es tut weh, und sie will doch nur weg und alles hinter sich lassen. Sie sieht die Großmutter vor sich, wie sie von fünf Uhr früh an alleine ihre Bahnen durch die Wiener Wohnung zieht, in denselben Bewegungsabläufen wie das Jahr über, aus dem dieser Zeitraum ausgeschnitten ist wie ein Stück Zukunft, sinnlos, immer wieder, als wäre es schon das Danach, Emilia sieht sie, von hier aus, ganz nah. Kind, du machst mir Sorgen, sagt sie beim Abschied und gibt ihr einen Kuss auf die Stirn, den sie unwillkürlich abwischt, sobald sie aus der Tür ist.

Sie hat ihr eigenes Badezimmer und muss nicht erst über den Gang, sie wäscht sich langsam, zieht eine lange weiße Hose und überm Hemd einen dünnen Pullover an, schaut zurück zum Bett, als könnte sie einen Abschiedskuss zu den verdrückten Kissen, den zerwühlten Laken, dem dicken Buch auf ihrem Nachtkästchen hinschicken. Sie steigt eine Hintertreppe hinab, zu einem versteckten Korridor an der Rückseite des Hauses, der für die Dienstboten gedacht ist; die Tür zum kleinen Salon steht offen, das Mädchen kommt gerade mit einem Tablett heraus, im Dirndlkleid, mager, grau im Gesicht, Griaßigoud, gnädigs Fräulein, sagt sie, Emilia sagt Guten Morgen, und spürt schon die Schranke, die sie von jemandem trennt, für den es unvorstellbar ist, um zehn Uhr vormittags noch Guten Morgen zu sagen, wann steht dieses Bauernmädchen jeden Morgen auf, sie wird sie nie danach fragen. Sie setzt sich an den Tisch, die vordere Tür öffnet sich zu einer weiten Eingangshalle mit einem Säulengang und im Zentrum einer Marmorstatue, an deren kalter Haut und in deren Gewandfal-

ten sie früher gern ihre Finger spielen hat lassen, an den Wänden hängen Gemälde mit düsteren Ahnenportraits irgendeiner fremden Familie. Sie hat Hunger, ein Körbchen mit Semmeln steht bereit, das Mädchen bringt Kaffee und Fruchtsaft, Butter und Honig. Die neue Frau ihres Vaters schwirrt durch die Eingangshalle, sieht Emilia im Esszimmer, singt ein schrilles Guten Morgen durch die Tür, Emilia ist am Kauen, die Frau ihres Vaters taucht in der Tür auf, sie trägt ein Negligée, mit übergeworfenem Schlafrock, das Schamhaardreieck ist durch den dünnen Stoff sichtbar, so läuft sie bis zum Abend durchs Haus, Emilia hofft, dass es am Abend keine Gesellschaft gibt, keine schönen Kleider, keine dummen Gespräche, keine Wiener Wirtschaftsleute und Ortsbürgermeister, keine Grafen, Rittmeister, Prinzessinnen, Baroninnen, Barone, keine deutschen Industriellen mit Abzeichen, keinen Champagner, keine dunklen Autos vor dem Gartentor.
Es regnet es regnet es regnet, singt die Frau ihres Vaters, was ist das für ein Land. Was willst du mit deinem Tag anfangen, Kind, Emilia weiß es nicht, hast du dir schon einen kleinen Freund hier unter den Sommerfrischlern gesucht, einen kleinen Freund, diese Frau sagt nur Sätze, die sie irgendwann einmal gelesen oder in Filmen gehört hat, scheint Emilia. In welcher Sprache redet diese Frau mit sich selber, redet sie auch in der Sprache ihres Landes so, wie sie in der Sprache ihrer Vorfahren und ihres neuen Mannes redet, sie sagt, ich muss das nicht haben, ich bin zufrieden, beiläufig und zwischen zwei aufeinanderfolgenden Schlucken aus ihrer Kaffeetasse, du musst das nicht haben, sagt die neue Frau ihres Vaters, steht mittlerweile ganz nah bei ihr und strömt einen süßen und bitteren dichten Duft nach Parfum und nach sich selbst aus (Emilia erkennt den Geruch beinah wieder), du musst das nicht haben, was bist du für ein Mädchen, sie könnte versuchen, Emilia übers Haar zu streicheln, ihr vor wenigen Wochen an den Schultern abgeschnittenes Haar, sie könnte sie berühren. Emilia fragt

sich, wie fremd und komisch dem Mädchen ihre eigene singende Art zu sprechen erscheinen muss, ihr Auftreten vor dem Hintereingang in der langen weißen Hose und dem leichten Pullover, als wollte sie hier Tennis spielen, als wollte sie in den Regen hinaus Tennis spielen gehen. Zwei überspannte Weiber und ein düsterer dünner Mann in Wolken von Zigarrenrauch. Sie schaut, mit dem Buttermesser in der Hand, zur neuen Frau ihres Vaters hoch, auf ihr blondgefärbtes Haar, ihren lächelnden Blick, in ihre plötzlich unsicher zuckenden Augen. Sie denkt an die glatten Bauchmuskel der Statue in der Eingangshalle, ihren Nabel, in den sie, wann, noch vor drei oder vier Jahren, gern ihren Finger bohrte, an ihre steinernen Brüste, zwei Kopf hoch über ihrem Kopf, über den Köpfen der lebenden Menschen, über die sie mit pupillenlosen Augen hinwegschaut, zur Tür, zum Gartentor, zum See, zum Berg, in die Leere.

Sie weiß, dass ihr Vater in seinem Arbeitszimmer ist, die Frau verschwindet mit wehendem Schlafrock, einmal in diesem Monat wird Emilia ins Arbeitszimmer gerufen, das, eine Landschaft für sich, mit getäfelten und gepolsterten Wänden, für Menschen zu groß ist; sonst sieht sie ihren Vater, immer in Anzug und Krawatte und mit einer Zigarre in der Hand, abends bei den Gesellschaften, oder er kommt ihr auf dem Gang, im Treppenhaus, in der Eingangshalle, im Garten entgegen und nickt ihr abwesend zu; oder er sitzt beim Abendessen, ein Fleischstück auf seiner Gabel, und gibt ab und zu eine schneidende oder eine seltsam unpassende Bemerkung von sich. Der Regen prasselt gegen die Fenster, sie sieht sich ins Arbeitszimmer treten, langsam die Wüste des Teppichs überqueren, der dünne Mann mit den eingekerbten Magenfalten sitzt, noch weiter entfernt, als es der Zimmergröße entsprechen würde, in einem weichen Ledersessel am anderen Ende des Raums und kontrolliert mit einem Blick alle Vorgänge in dem Zimmer: einem Blick, der freundlich sein will, in dem aber zu viel Wissen oder das falsche Wissen für Freundlichkeit ist. Je näher sie kommt, desto weiter entfernt er sich: muss sie nicht als kleines Mädchen noch auf seinem Schoß gesessen haben, in der zurückgelassenen Wiener Wohnung, seine Hände auf ihren Knien, ihren Schultern ruhen gespürt, schwere, zu warme oder zu kalte Hände, die sich nicht zu bewegen, die den Körper unter sich nicht zu berühren verstanden und die bald lästig wurden; jetzt nimmt sie über die unsichtbar durch den Raum gezogene Grenze hinweg den Bartschatten auf den gekerbten Wangen wahr, den weißen Hemdkragen, die breite Krawatte, die übereinandergelegten Beine mit den scharfen Bügelfalten, die zu einer Pyramide gefalteten Hände, die Augen in ihren Höhlen, die Erinnerung an einen unbestimmten Männergeruch mischt sich hinein, dringt durch den überständigen Tabakdunst, verdeckt das Bild beinahe. Sie versinkt in ihrem Sessel und schaut zu, wie der Vater sich langsam und umständlich eine neue Zigarre anzündet, das Abklipsen der Spitze, die lächerlichen Paffbewegungen des Mundes beim Anrauchen mit brennendem Zündholz in der Hand, der Regen läuft von den Scheiben ab, am Schreibtisch vor dem Fenster liegen, neben dem Telefon, das sie nicht benützen darf, Stöße von Zeitungen und Papieren, vermutlich voller Tabellen und Kurven, ihr Vater ist ein Mann, der sich alles selbst geschaffen hat, gleich nach dem Krieg, niemand weiß genau wie, er ist ein Mann, der sich alles selbst zu verdanken hat. Sie braucht keine Angst mehr zu haben, dass diese Hände versuchen würden, sie zu halten und zu streicheln. Es sind nur Wörter, die wie ein bösartiges Gekritzel an der unsichtbaren Grenzmauer erscheinen; wie kann man von so weit weg und draußen nach ihrem Leben fragen, mit solcher Ernsthaftigkeit von der Zukunft sprechen. Sie ist ein Stück Fleisch in ihrem Sessel, will nur den kleinen Raum bewahren, den sie bewohnt, auf ihrer Seite der Grenze, fast nur ihr eigener Körper, ihr Gesicht, die Sätze, die sie von sich gibt, ohne zu viel von sich zu geben;

ihr Vater spricht langsam, sie ist beinah eine erwachsene Frau, sagt er, sie fühlt sich, von seinen Fragen und Feststellungen angefasst, wie ein Kind, wie ein Tier. Einzelteile von Gedanken lassen sich zu Sätzen formen; es ist kein Sprechen, sondern eine Abwehr des Sprechens, zu der sie diese Sätze benützt. Am anderen Ende der Telefonleitung könnte, nach kleinen Knacksgeräuschen und den Bemühungen eines Telefonfräuleins, Wien liegen, die Zirkusgasse, die Stimme von Georgs Vater hinter dem Tresen der Buchhandlung, dann Schritte aus dem zweiten Stockwerk, dann die Stimme Georgs. Ihr Vater will auch in Zukunft, wenn die Großmutter nicht mehr sein mag oder das Zusammenleben mit der Großmutter beendet, wenn in jedem Falle die Schule abgeschlossen ist, wissen, was mit seinen Schecks passiert; er kann nur Sätze ohne Einkleidung sagen, Sätze, die genau das bedeuten, was sie bedeuten sollen; sie muss sich winden, um den Angriffen auszuweichen, jede Bestimmung ihrer Zukunft, von dieser Seite, ist eine Verletzung, Wörter sind Waffen. Sie denkt an das Haus in der Zirkusgasse, nur an das Haus, an die Büchertische, die Regale, das altmodische Pult mit dem Telefon, den Katalogen, den Rechnungsbüchern, als wäre es menschenleer, sie denkt an die Stufen in den Donaukanal, die Kaffeehaustische und die versteckten Zeitungen, sie hört die Stimme Georgs, sie hofft auf den Gewaltakt, der alles hinwegfegt, was sie an Lügen und Gemeinheiten, an gemeinen vorgetäuschten Sicherheiten umgibt. Sie möchte eine Zigarette rauchen, um Kontrolle über den Raum hier, das sogenannte Arbeitszimmer, zu bekommen, möchte eine Zigarette essen; sie stellt sich den Vater und seine neue Frau vor, stellt sich vor, wie sich der Männergeruch und der Frauengeruch, süß und bitter und schweißherb vermischen, in einem verschlossenen Zimmer am Ende des langen, leeren, von Gemälden gesäumten Korridors, einem Zimmer unter dem Zwiebeltürmchen mit dem kleinen Fenster, dunkel hinter roten Vorhängen, anderswo im Haus oder im Garten

scheinen die Bahnen, die der Vater und seine neue Frau ziehen, sich niemals zu berühren. Sie will studieren, erklärt Emilia, in Wien, etwas Geisteswissenschaftliches, vielleicht auch Sprachen; sie will ausweichen und sagt doch nur genau das, was sie zu sagen hat, jetzt und hier, Frauen können solche Dinge studieren, Frauen können Lehrerin werden oder heiraten, es regnet, es regnet, es regnet, denkt sie. Sie kann das Fremdwerden eines Männerkörpers über ihr erahnen, sich im Voraus erinnern, der Geruch, der zu diesem Fremdwerden gehört, ist im Voraus da, ihr eigener Geruch, der in diesem Geruch fremd wird. Am Nachmittag wird sie in ihrem Zimmer auf dem Bett liegen, auf dem Bauch, in ihrer weißen Hose, ihrem leichten Pullover, und in dem dicken engbedruckten Buch voller noch enger gedruckter Fußnoten lesen, das ihr Georg gegeben hat, der Regen draußen, das alte Bett unter ihrem Bauch, ihren Schenkeln, das weiße unter dem Buch plattgedrückte Kissen, der Garten mit seinem üppigen Grün, dem regengetränkten Boden, werden zu diesem Lesen dazugehören wie das Wissen um die anderen Leute in dem Haus, anderswo in dem Haus zu dem Lesen gehören wird, es ist ihr Zimmer, niemand kommt herein, außer dem Mädchen, das nicht zählt, niemand kennt ihre Lektüre. Nach dem Abendessen, ohne Gäste und mit einem Glas argentinischen Rotweins, wird sie einen der langen Briefe dieses Sommers schreiben, von denen sie später keinen wiederlesen wird können, dann, am Fensterbrett sitzend und in die Nacht hinausschauend, eine Zigarette rauchen, den Rauch in die Nacht hinausblasen, dann in ihrem Bett liegen, mit schweren Lidern noch etwas weiterlesen, das Buch weglegen, das Licht ausknipsen, sich auf die Seite drehen, den Kopf auf den Arm gebettet, die Augen schließen.
Sie spürt Georg neben sich. Sie schlägt seine Decke zurück, streicht mit den Fingern über seinen Körper, die Schenkel hoch, die Hüften entlang, über die Brust, über den Bauch,

über sein Geschlecht, denkt, du bist mein Mann, denkt, du bist mein Bruder.

Er zieht die Knie an, sein Ohr auf den Oberarm gedrückt, die Finger ineinander verschränkt, den Kopf zur Wand gerichtet. Die Atemzüge aus dem Nebenzimmer dürfen nicht aussetzen. Jedes der Organe in seinem Körper hat ein eigenes Bewusstsein: steht jedem anderen Organ entgegen, ein Krieg, der ihn daran hindert zu schlafen. Sein Kopf muss die Räume ineinandersetzen: er ist hier, unbedingt hier; und er ist anderswo, unbedingt anderswo. Wenn er sich ein Küchenmesser ins Herz rammen würde, oder auf den Dachboden hinaufsteigen, eine Fensterluke öffnen, kopfüber hinunter auf den Asphalt springen, wäre er nirgendwo mehr, alle seine Knochen wären zerschmettert, aber die anderen wären immer noch da, könnten über ihn reden, ihn mit ihren dummen Sätzen und Erklärungen einkreisen, die Ärzte würden seine Leiche ausziehen und zerschneiden, man würde ihn bei einer Feier auf dem Zentralfriedhof eingraben, in der Erde voller Würmer und Maden, im Grab seiner Eltern, zu dem ihn jeden ersten November die Großmutter mit dem 71er hinausfährt, es wäre falsch. Er stellt sich vor, auf dem Asphalt zu schlafen, einfach hinabgeglitten, an die Hauswand gedrückt, den kalten Stein, hier oben schwitzt er unter seiner Decke. Autos fahren vorbei, keiner der Passanten beachtet ihn, er liegt nicht hier wie ein Obdachloser, ein Hindernis, sondern wie eine kranke Taube mit aufgeplusterten Federn, eine überfahrene Taube, ein Teil der Straße, wie eine Ratte mit nassem gesträubtem Fell, ein Bestandteil der Kanäle und damit der Stadt. Er atmet mit dem Bürgersteig unter ihm, der Hausmauer, bohrt einen Finger durchs Gitter des Kellerfensters. Er wird so wach in seinem Daliegen, dass er den Schlaf nicht mehr vermisst, das Daliegen auf der Straße wird zur Wirklichkeit, kann sich verwandeln und ihn zurücklassen, die ganze Stadt um ihn kann sich verwandeln, ohne dass er als Hindernis dastünde, als etwas, das man anschauen oder von dem man wegschauen muss, etwas, das schauen und wegschauen muss. Er atmet ruhig und gleichmäßig, ohne seine Atemzüge zu zählen; draußen, wo er sich zurückgelassen hat, nicht mehr seinen Atemzügen, seinem Herzschlag, einem fremden Herzschlag nachläuft, gibt es eine Art von Frieden.

Die Sonne scheint durch die Vorhänge, sein Schwanz steht in die Höhe, sein Pyjama klebt an seiner Haut. Es ist nach neun. Er wartet, dehnt und streckt sich, hört aus der Küche das Wasser laufen; nichts hat sich verändert, die Wohnung ist immer noch da, so wie gestern, wie letztes Jahr, wie vor zehn Jahren. Nach einer Viertelstunde kommt er im Pyjama aus seinem Zimmer, Ja, Andi, ruft die Großmutter mit hoher Stimme aus der Küche, guten Morgen, so einen Schlaf möchte ich haben, ich möchte noch einmal jung sein, er verschwindet im Badezimmer. Er sitzt auf dem Badewannenrand und zählt die Sekunden; er starrt auf den senkrecht gestellten Türknauf, die schwarzen und weißen Amöben des Fliesenmusters, seine dicken Schenkel, die ihn in eine Frau verwandeln. Er schlüpft aus dem Pyjama, steht nackt vor dem Spiegel, in den er nicht schaut; er dreht sich um sich, als wäre er im Freien, irgendwo, mit leichten Schritten. Er zieht einen weißen Feinrippslip, ein gelbes T-Shirt, eine dunkelblaue Bluejeans mit Bügelfalten, gelbe Socken an, öffnet die Tür, der Vorraum erscheint wie das Innere einer kleinen Schachtel, die Küche schaut auf den dunklen Innenhof, hier ist schon Herbst, hier ist das ganze Jahr Herbst; aber die Luft im Raum scheint zu stehen, es riecht nach Gemüse, nach gekochter Milch, nach Butter.

Seine Großmutter wandert, während sie seinen Kakao kocht und das Geschirr für ihn auf den Tisch stellt, durch den engen Raum, drei Schritt vor, drei Schritt zurück, zwischen Gasherd, Kredenz und Küchentisch, bei jedem Schritt verlagert sie

mühsam das Gewicht von einem Fuß auf den anderen, wackelt hin und her, ihre dicken faltigen Arme, ihre dicken Beine, über die breite blaue Venen wandern, stehen nackt aus dem ärmellosen Schürzenkleid heraus; er zählt ihre Schritte. Auf dem Tisch liegt die Kronen-Zeitung, er wird sie zum Kakao und zum Butterbrot von hinten bis vorne durchblättern; die Seite fünf mit dem Foto einer Frau aus England, die neunzehn oder einundzwanzig Jahre alt ist und Nancy oder Anne heißt, wird er aufblättern, wenn er allein im Raum ist und die Großmutter mit ihrem Staubtuch, einem Poliertuch, einer Batterie von Putzmitteln im Wohnzimmer verschwunden, er liest den Sportteil, die Kleinanzeigen, den Hasskolumnisten und die hasserfüllten Leserbriefe neben der Kolumne des Hasskolumnisten, man kann so denken, Satz für Satz und Wort für Wort, es sind Sätze, die fest dastehen, Tag für Tag und Jahr für Jahr wiederholbar, also sind es Wahrheiten wie die Wahrheiten in den Büchern. *Österreicher stöhnen über Hitzewelle*, sagt die Schlagzeile auf der Titelseite. Seine Großmutter kniet mit einer Sprühflasche und einem Tuch vor der Anrichte, die Oberfläche soll glänzen, der Linoleumboden im Vorzimmer, das wie eine kleine Schachtel ist, muss spiegeln und glatt wie Eis sein, er kaut an seinem Butterbrot. Würde seine Großmutter vergessen, ihre Herztropfen einzunehmen, würde sie tot umfallen. Sie geht in sein Zimmer, in seinen aufgestauten Schlafgeruch, öffnet das Fenster, macht das Bett, merkt nicht, dass er dem Schutzengel aus Porzellan einen Schnurrbart aufgemalt hat (die falschen Zeichen will er zerstören), oder sie merkt es und ignoriert es, wie sie seinen Geruch ignoriert.
Auf dem Nachtkästchen neben seinem Bett liegt ein Stoß von Büchern; J. G. Ballard, Ray Bradbury, Stanislav Lem, eng eingefasst in die glänzenden Plastikhüllen der Büchereibücher, ein kleines Papierstück mit den mit Filzstift aufgemalten Buchstaben SF und einer Zahl ist in den Buchrücken geschoben, er wird den Vormittag über, während in einem Nebenzimmer

der Staubsauger läuft, in dem Buch lesen, das zuoberst auf dem Stoß liegt, wird vor dem Staubsaugergeräusch von seinem Zimmer ins Wohnzimmer, vom Wohnzimmer zurück in sein Zimmer flüchten, die Großmutter schüttelt Deckchen am offenen Fenster aus, er horcht auf ihre Schritte, zählt ihre Schritte; wie viele Herzschläge, wie viele Atemzüge gehören zu jedem Schritt. Seine Fingerkuppen bleiben ganz leicht auf dem Plastik des Buchumschlags kleben, es riecht nach Staub, je öfter hier aufgeräumt wird, desto deutlicher riecht es nach Staub. Seine Nase ist verstopft, das Frühstück klumpt, kurz vor dem Mittagessen, in seiner Kehle, er möchte raus und ist froh, dass er nicht raus muss. Der Geruch eines großen in eine Fettschwarte gehüllten Klumpens Rindfleisch, der in einem Topf voller Wasser und Wurzelgemüse auf dem Herd steht, dringt aus der Küche, verdrängt den Staubgeruch. Er verlässt sein Zimmer nicht mehr, bis er gerufen wird; nach dem Essen, wenn die Großmutter zum langwierigen Geschirrabwaschen ihr Radio aufdreht (er hat ihr verboten, während er in der Küche ist, *Autofahrer Unterwegs* auf Radio Burgenland, mit der Übertragung der Mittagsglocken aus der Pfarrkirche Stegersbach, zu hören), verschwindet er sofort wieder in seinem Zimmer, auf seinem Bett, in seinen Geschichten, mit der Hand zwischen den Beinen. Man kann sich nie sicher sein, ob man ein Mensch ist oder eine Maschine. Die Menschen und die Maschinen sind nicht mehr zu unterscheiden, man kann sich in einer Haut aus Elektronen, Metall und Plastik bewegen wie man sich in einer Haut aus Wörtern und Sätzen bewegen kann, besser als in einer weichen Menschenhaut. Man kann auf dem Mars zuhause sein, im leeren Weltraum, im Inneren von Geschichten, immer wieder an denselben Ort, in dieselbe Geschichte zurückkehren; die Seiten, die er durcheilt, die Sätze, die wie Traumfiguren an ihm vorbeiziehen, kann er immer wieder aufsuchen, sie warten auf ihn. Es gibt einen anderen Körper, der schwerelos und unsterblich ist. Aber würde er sich nicht, wenn er könnte, später gerade an das Daliegen auf seinem Bett erinnern, im Sommer, in seinem winzigen Zimmer im Gemeindebau in Erdberg, die Hand zwischen den Beinen; ohne dieses Daliegen wären die Sätze nichts; aber auch dieses Daliegen wäre ohne die Sätze nichts. Die Kleider kratzen an seiner Haut. Er zieht seine Socken aus und geht aufs Klo. Die Großmutter wartet ihn an der Tür zum Vorzimmer ab, die Kleiderschürze ist locker über ihrem massigen nackten Körper zugeknöpft. Ihre Zehen krümmen sich fleischig übereinander.

Andibub, sagt sie mit ihrer schrillen und jetzt schrecklich wachen Stimme, dazwischen atmet sie schwer und tief, so als wäre sie eine andere Person, die andere Person, mit der er in Verbindung ist, die er spürt, wenn sie nach Luft ringt, die er beim Dominospiel riecht, Andibub, du Zimmerpflanze, tust du nichts als Lesen, wirst noch anwachsen mit deine Büchel an deim Bett. Was du für Büchel liest, ich wills gar nicht wissen. Bist doch schon gescheit genug. Ist doch eine Sünde, bei so einem Wetter im Zimmer zu hocken, warum gehst du nicht baden, fahr doch ins Gänsehäufel, sagt sie, was soll er im Gänsehäufel, da sind Adamek, Kernberger, Tröstl, heute nicht, sagt er und lässt die Tür zufallen. Adamek, Kernberger, Tröstl springen vor dem Eingangstor nacheinander mit Gejohle von der Brücke ins Wasser, stehen mit nackten roten Oberkörpern vor der Kassa an, spielen in ihren engen Badehöschen Tischtennis, versuchen im Wellenbad oder in der Alten Donau bei den großen aneinandergeketteten in den Wellen schwankenden Tonnen mit der aufgemalten Warnung Nicht hinausschwimmen! einander die Badehose herunterzuziehen und kreischen dabei, versuchen Mädchen in Bikinis nasszuspritzen und auszugreifen, die Mädchen kreischen, noch viel schriller als seine Großmutter. Sie schauen einander an und kichern. Sie schauen ihn an und kichern; er spürt die süßen bösen Pfeile ihrer Blicke. Er wäre völlig frei, diese Blicke, die Süße dieser Pfeile zu ertragen, würde er sich nicht selbst mit diesen Blicken sehen. Schön wäre es, wenn er die Wohnung mitnehmen könnte, zwischen den eigenen Wänden durchs kühle Wasser gleiten; stattdessen nimmt er nur seine Blicke auf sich selbst mit, Freiheit gäbe es für ihn erst, wenn er selbst nicht mehr da wäre; als ein anderer, wie in den Büchern, kennt er die Freiheit.

Er liegt auf dem Rücken, das Buch, schwer geworden, auf seiner Brust, er atmet schwer, beinah müssten seine Atemzüge, denkt er, durch die Wand zu hören sein, er weiß, dass nur er selbst seine Atemzüge hört, die Schwere spürt. Er schaut auf die Decke, das Licht formt Schlieren, kleine Wellen im Weiß, er atmet schwer und tief, stellt sich vor, wie Sterbende atmen, während sie langsam wegsacken; wenn keiner sie aufhält, wenn sie sich selbst nicht aufhalten. Er spürt jedes Organ seines Körpers, jedes Organ hat sein eigenes Bewusstsein, sein Rücken liegt auf dem kratzigen Stoff auf, sein Schwanz biegt sich in der engen Unterhose hoch. Er stellt sich vor, ganz leise, barfuß, hinauszugehen, die Vorstellung löst sich, wie ein zartes kleines Gespenst, von seinem daliegenden Körper, die Türen schließen sich hinter ihm, während er vom Zimmer in den Vorraum, hinaus auf den Gang geht, dort ist es dunkel und stickig, die Wände mit ihrem fahlen Blümchenmuster sind aus Butter, können wie Butter zerfließen, es riecht nach Kalk, nach gekochtem Rindfleisch, ein stundenalter, stehengebliebener Geruch, nach gekochtem Gemüse, ein jahrzehntealter, stehenbleibender Geruch. Er stellt sich die Schritte im engen Treppenhaus hoch zum Dachboden vor, die Stufen unter seinen nackten Füßen sind kalt, eine Schicht aus Staub und Schmutz legt sich auf seine Sohlen. Wie ein zartes kleines Gespenst dringt er durch die versperrte Tür zum Dachboden, sie öffnet sich mit einem Klick vor ihm, er kriecht durchs Gerümpel, die alten Möbel, Teppiche, Truhen voller Spielzeug, Puppen und Teddybären, Kübel mit vertrockneter Farbe, öffnet das kleine Fensterchen, die Straße unten ist menschenleer.

Die Luft zittert, er kann durch die Luft schwimmen wie durch kühles Wasser. Im Asphalt öffnen sich Risse, immer weiter, aufgesprungene Narben, er stellt sich die Berührung an seinen nackten Fingerkuppen, an seiner nackten Haut vor.

Es regnet, und der See hinter dem Fenster versinkt bleigrau im Wolkendunst, die Büsche fangen mit sanften Geräuschen das Wasser auf, sie könnte hinausgehen, sich das Haar und die Kleider durchtränken, den Regen über ihr Gesicht, in den Ausschnitt ihrer Bluse laufen lassen. Im großen Salon steht ein Grammophon, und die neue Frau ihres Vaters hat eine Platte aufgelegt, die sie auf die Reise in die Heimat ihres Mannes mitgenommen hat, sie bewegt sich im Schlafrock durch den Raum, langsam und nur für sich, während Emilia in einem Sofa versinkt. Sie merkt, dass sie sich einhüllen kann in eine warme dunkle Stimme, wie in ein weiches Tuch, zwischen den Riffs von harten Gitarrenakkorden hin- und hertreiben lassen. Sie spürt Georgs Hände auf ihrem Körper, sieht, weit entfernt, den Körper der Frau unter dem Hemd, im offenen Schlafrock, die Wölbung des Bauches, das Schamhaardreieck; der Parkettboden knarrt ganz leicht unter den Füßen der Frau, der Teppich verschluckt beinah das Geräusch, über der Musik liegt ein ganz leichtes Kratzen der Nadel. Die Wörter, die sie hört, scheinen ihr seltsam vertraut, sie stellen dasselbe dar wie die Musik, einen Schmerz, der sich verwandelt und zugleich Glück ist; sie schaukelt in den Wellen der Klänge; einmal wird das, was sie jetzt umgibt, vergangen sein, es ist jetzt schon vergangen. *Si arrastré por este mundo la vergüenza de haber sido y el dolor de ya no ser*, singt ein Mann, der schon tot ist, vor zwei Jahren mit einem Flugzeug über irgendeinem Urwald, den sie nie sehen wird, abgestürzt, *si cruzé por los caminos como un paria que el destino se empeñó en deshazer*. Er irrt wie ein Gespenst durch eine Stadt, die sie wahrscheinlich niemals kennen wird, in die sie sich niemals einladen lassen will, die Stadt kann für eine andere Stadt stehen, die Zeit für eine andere Zeit. Die Platte wird umgedreht, die Nadel ausgetauscht, Violinen schleichen sich über eine kleine Treppe aus Pianogeklimper an, ein Akkordeon setzt ein, das nicht Akkordeon heißt, flackernde Lichter verheißen eine Rückkehr, dieselben Lichter wie vor zwanzig Jahren, ein Zeitraum, der ihr unendlich erscheint, sie spürt Georgs Hände auf ihrem Körper und sie fehlen ihr, möchte etwas sagen und weiß nicht den Mund zu öffnen. Zwanzig Jahre sind nichts, singt der Mann, und sie glaubt ihn, mit ihren kaum siebzehn Jahren, zu verstehen; der Sommer macht zwanzig Jahre aus, dieser Nachmittag, dieser Regen ist endlos.

Die Frau setzt sich neben sie, schweigt, legt ihren Arm um ihre Schulter, sie lässt es sich gefallen, weiß nicht, warum sie gerne weinen würde, sie ist glücklich, sie freut sich auf die Rückkehr nach Wien, wie sie sich noch in keinem Sommer auf die Rückkehr nach Wien gefreut hat. Was unterscheidet eigentlich diese Berührung von einer anderen, was unterscheidet diese Hände, diese Arme, diese Hüften, die sie an ihren Hüften spürt, von anderen; der Geruch dieser Frau gehört jetzt zur Musik, sie stellt sich vor, ein Mann zu sein, diese Frau beim Tanzen in den Armen zu halten, durch den süßen, schweren Duft zu schwimmen wie durch die süßen schweren Klänge, all das auf sich wirken zu lassen. Sie hat nichts in den Händen, erinnert sich kaum, bei jeder Rückkehr kann alles zerstört sein. Che, niña, was hast du, sagt die Frau und wuschelt ihr durchs Haar. Emilia möchte ihr nicht auf Deutsch antworten, sie würde lieber in dieser anderen Sprache bleiben, in der die Frau ihres Vaters den Namen *Gardel* mit sehnsüchtig langgezogenem *E*, wie gesungen, ausspricht. Gardel ist ein Gott, sagt die Frau ihres Vaters, und spricht das *O* sehnsüchtig langgezogen, wie gesungen, aus, sie hat einen ganzen Stoß von Schallplatten mitgenommen, fast alle von ihm. Emilia fragt sich, ob sie nicht in jede Sprache hineinschlüpfen könnte, solange sie nur fremd genug ist; sie hat keine eigene Sprache und gehört nicht in dieses Land, aus dem sie noch nie herausgekommen ist; sie könnte genauso gut in dem argentinischen Spanisch der Frau neben ihr reden wie auf Deutsch, genauso gut und genauso fremd; nur will sie an keinen Gott glauben, auch nicht an einen Gott, der Gardel heißt und singt, sie sagt nichts, lehnt sich an die Schulter der anderen Frau, die sie nach diesem Sommer nie mehr sehen wird; in drei oder fünf Jahren, wenn ihr Vater wieder die lange Schiffsreise über den Ozean unternehmen würde, hätte er wahrscheinlich schon eine andere Frau an seiner Seite; in drei oder fünf Jahren würde sie den Sommer nicht mehr in der Villa ihres Vaters verbringen.

Manchmal klart der Himmel ein wenig auf, und sie macht, in ihren Wanderschuhen, eine Jacke um die Schulter geworfen, einen langen Spaziergang, die Uferpromenade entlang, wo sie da und dort ein bekanntes Gesicht wahrnimmt, kurz grüßt und sich in kein Gespräch verwickeln lässt, die steilen Altstadtgässchen hinauf oder über die kleine Brücke an der Flussmündung und weiter aus dem Ort heraus, den Grünberg hoch, zwischen Waldstücken auf einem Teppich aus feuchtem Laub und üppigen, von Obstbäumen gesäumten Wiesen, die sich schräg zum scharf abgeschnittenen Horizont hinziehen; das Grün dieser Wiesen, der leere Raum, den sie hinter dem Horizont öffnen, scheint mehr von ihr zu verlangen als nur ihre Blicke, mehr als nur ein Teilen ihrer Blicke, mehr als irgendwelche Sätze in Briefen, für die sie andere Sätze hat, in einem Tagebuch, das sie nicht führt, in Gedichten, die sie nicht schreiben kann. Tief unten erscheint ab und zu zwischen Bäumen der See, mit dem weißgesprenkelten Muster der kleinen Häuschen, der protzigen Villen rundum; der Felsen vor ihr, der überall in der weiteren Umgebung das Blickfeld bestimmt, ist jetzt für sie unsichtbar. Irgendwann unterhalb des Gipfels dreht sie um; sie beschleunigt ihre Schritte nicht, obwohl sie die dunklen Wolken bemerkt, die in ihrem Rücken, vom Felsen her, über den Himmel ziehen, die gelbliche Färbung des Himmels über ihrem Kopf, das Dunklerwerden des Sees. Auf halbem Weg treffen sie die ersten Tropfen, leicht und beinahe angenehm, sie geht ganz langsam weiter, hört ein leises Grollen, Wolkenschichten schieben sich übereinander; ein Beben über ihr, das sie trifft wie eine andere Musik; lange bevor sie bei den ersten Häusern ist, wird der Regen stärker. Sie wird nicht unsicher, hat gar nicht das Bedürfnis, anderswo zu sein, eher gewinnt jeder Schritt an Festigkeit, alles kann geschehen, sie ist mit jedem Schritt genau an dem Punkt, wo sie ist, die Umgebung hüllt sie ein, sie singt leise vor sich hin. Es scheint ihr, als würde sie das zum ersten Mal tun, gehen, als würde sie zum ersten Mal wissen, was Regen ist; als hätte sie zum ersten Mal Wiesen gesehen, die Farbe Grün, einen See; ihr ganzer Körper gehört zur Landschaft, gehört in diesen Augenblick. Ihre schweren Schuhe sinken im schlammigen Boden ein; das Wasser läuft ihr übers Gesicht; sie hört ein lautes Donnern, und die Welt schließt sich grau um sie; es gibt keine anderen Menschen: oder sie steht für alle anderen Menschen, in diesem Augenblick, in dieser Landschaft, die es ohne sie, die durch den Regen geht, nicht geben würde, das ist ihr ganzer Wert, mehr gibt es auch nicht an Wert. Eine graue, feste, endlose Landschaft, mit der Erinnerung an das Gras, den See, das Licht, mit ihren Schritten, ihrem Körper. Sie wird die Verzögerung in sich tragen, diese lange Viertelstunde, bevor sie die ersten Häuser erreicht hat, wieder über die kleine Brücke gegangen ist, die Promenade am aufgepeitschten See mit den leeren Segel- und Ruderbooten an den Holzhäuschen der Vermieter entlang, immer noch im Gewitterregen, wie ein ganz fremdes Wesen, kaum jemand wird im Ort unterwegs sein, ein paar Leute mit Regenschirmen, ein paar Arbeiter mit schäbigen Anzügen und Hüten; sie wird in ihrem Zimmer die nassen Kleider ausziehen und mit ihrem nassen Körper alleine zurückbleiben, zitternd, der Regen schlägt noch gegen das Fenster, heißes Wasser läuft in die Badewanne ein, in die sie tauchen wird, mit einem Bild an ihrer Seite, von dem beinah egal ist, ob es durch Worte, durch Sätze aus ihren Briefen, zu erreichen ist, das Bild schaut sie an.

Sie zieht nur ein Hemd an und schlüpft unter die winterlich dicke Bettdecke, die Abendessenszeit ist nah, aber sie kann das Essen ausfallen lassen, sich einen Apfel oder ein paar Schnitten Brot aus der Küche holen. Das Buch liegt schwer auf ihrer Brust; in zwei Wochen ist sie gerade hundert Seiten weit vorangekommen, sie spürt den Regen, das heiße Bad noch in den Knochen, wie ein leichtes Fieber. Sie versucht sich zu konzentrieren, spürt, beinah ebenso körperlich, wie diese Lektüre sie von den anderen Leuten im Haus absondert, von dem Mann und der Frau im Esszimmer, dem Mädchen, das ihnen serviert; sie ist ihnen unendlich überlegen; aber nur in dem Bereich, den sie um sich abschließt, ihre Briefe, ihr Nachmittag auf dem Grünberg, ihre Lektüre: wie sinnlos wäre es, hier irgendjemandem irgendetwas davon mitteilen zu wollen. Von selbst wäre sie nie auf die Idee gekommen, ein dickes Propagandabuch über Wirtschaft zu lesen, es ist kein dickes Propagandabuch über Wirtschaft, hat Georg gesagt, es ist etwas ganz anderes; das hat sie schon bei den ersten Sätzen gemerkt, und zugleich befürchtet, dass sie kein Wort von diesem Buch verstehen wird und ihr ganzes Leben nicht ausreicht, um auch nur ans Ende des ersten Bandes zu kommen. Es macht gar nichts, dass sie nie von selbst auf die Idee gekommen wäre, dieses Buch zu lesen: was wäre sie ohne das, was ihr immer gefehlt hat, das Bild, das sie anschaut, was wäre sie, wenn sie sich nicht unter diesem Blick verändern, beinah verwandeln würde, den Zufall und die Herkunft überlisten. Es scheint ihr, als würde sie das zum ersten Mal tun, lesen, sich durch eine neue Denkwelt bewegen, über Widerstände hinweg, sehr langsam und doch mit seltsamer Leichtigkeit; zum ersten Mal begreifen, was das ist, Sprache, Denken: so kann man auch denken, in dieser Art von Bewegung, mit diesem Reichtum, ohne feste, starre Ordnungen und Formen; so dass mit jedem Satz jeder Begriff neu erfunden wird. Hat Steinitz dieses Buch gelesen, hat er es im Hinterkopf, während er unterrichtet, was er zu unterrichten hat; ist es diese Bewegung und dieser Reichtum, die man sonst in der Schule und überall anders ihr und allen anderen zu verbergen versucht: ein Denken, das Gespenster vertreibt und die Welt aufklärt. Aber kann sie sich sicher sein, ob nicht ein zufälliger Einfluss von der anderen Seite, irgendein anderes Buch sie das Gegenteil denken hätte lassen? Und ist es nicht gleichgültig, was sie denkt, solange sie nichts tut und so lebt, wie sie lebt, in dem um sie abgeschlossenen Bereich; nur Zeugin ist; im Innenraum ihres Denkens immerzu mit Georg redet; oder mit Georg und den anderen, Peter, Ruth, Leo, Ruth, Leo, Peter, Leo, Ruth, Peter, Georg, Ruth, Peter, Leo, eine ganz kleine Gruppe von Leuten, zu der sie gar nicht recht dazuzugehören meint und von denen sie eigentlich gar nicht weiß, was sie tun, außer sich im Kaffeehaus zu treffen und verbotene Bücher und Zeitungen zu lesen. Aber kommt es wirklich auf die großen deutlich sichtbaren Aktionen an? Sie gräbt sich durch die engbedruckten Zeilen, im Licht der Nachttischlampe, während es draußen dunkel wird, hat das Gefühl, sich durch eine Unterwelt zu graben, die die Welt trägt, in der sie sich ansonsten bewusstlos bewegt. *Man erinnert sich*, liest sie in einer Fußnote, *daß China und die Tische zu tanzen anfingen, als alle Welt still zu stehn schien.* Ihre Lider werden schwer, sie fällt immer wieder einen halben Satz, einen halben Gedankenschritt zurück, das vernünftige Begreifen setzt nie ganz aus, aber gleichzeitig passiert etwas anderes. Vom See her dringt ein feiner Nebel durchs geschlossene Fenster, streichelt ihren Nacken, schlüpft in ihren Körper, in ihre Knochen, zugleich ins Innere des Buches hinein, durchtränkt die Seiten, löst Zusammenhänge auf und knüpft neue Zusammenhänge. Die Wörter nehmen, während ihr die Augen immer wieder zufallen, eine körperliche Form an, weiche, biegsame Figuren, die nach ganz festen Regeln für sie tanzen; die Regeln und die Freiheit des Tanzes stehen nicht in Widerspruch zueinander, sondern ergänzen sich. Das Gras im Garten wächst, die nassen Halme kitzeln sie an der nackten Haut. Sie sieht die weichen, biegsamen, tanzenden Figuren, denkt noch, diesen Zusammenhang, der ihr jetzt ganz klar ist, müsste sie aufschreiben können, in einem Brief an Georg. Aber sie steckt zu sehr fest in ihrer Zuschauerrolle, ist den Figuren, mit ihren Beinen wie weiche Blitze, zu nah. Dann ist es, als wäre sie als Lesende zugleich die Sprache und würde sich in der Sprache als eine andere Person begegnen. Sie ist nackt unter ihren durchtränkten Kleidern, ihre Knochen sind durchtränkt, die Decke liegt schwer auf ihrem Körper, ihr Kopf liegt schwer auf dem Kissen, es klopft an der Tür.

Wie ein Traum im Hintergrund Zusammenhänge der wachen Welt klären kann, so festigt gerade dieser Moment des Weggleitens ihre Sicherheit; sie glaubt jetzt eine Basis nicht nur für ihr Denken, sondern für ihr ganzes Dasein in der Welt und unter den Menschen zu haben, eine zweite Natur, die sie sich umlegen kann, durch diese Sätze, die doch so gar nichts mit ihrer Person oder irgendeiner einzelnen Person, mit einer sichtbaren Natur zu tun haben, in der sie sich als einzelner Mensch bewegt. Möchten Sie denn nichts essen, Fräulein Emilia, fragt die Stimme des Mädchens durch die Tür hindurch, die Stimme, mit der sie antwortet, ist ihr fremd, nein, sagt sie, ich fühl mich nicht wohl; und sie merkt in diesem Moment, dass sie sich wirklich nicht wohl fühlt und wahrscheinlich Fieber hat. Die Decke kratzt an ihren Beinen; eine Zeile aus einer der Platten, die die neue Frau ihres Vaters an den Nachmittagen im Salon spielt, wiederholt sich in ihrem Kopf. Brauchen Sie etwas, Fräulein Emilia, nein, es geht schon. *Rinconcito arrabalero, con el toldo de estrellas de tu patio que quiero. Todo, todo se ilumina, cuando ella vuelve a verte.* Sie streckt ein Bein aus der

Decke hervor, überlegt, in ihr Badezimmer zu gehen und sich ein Glas Wasser zu holen. Das Briefpapier liegt auf dem kleinen Schreibtisch neben der Tür. Sie überlegt sich Formulierungen für das, was sie von Wertform und mystischem Charakter der Ware verstanden hat. Sie hat eine Basis für ihr Dasein in der Welt und unter den Menschen und fühlt sich allein in ihrem Bett, eingeschlossen in ihrem Zimmer. Sie stellt sich vor, spätabends, in einer warmen Frühlingsnacht, einer warmen Herbstnacht vom Naschmarkt oder vom Schottentor zu Fuß nach Hause in die Leopoldstadt zu gehen, mit Georg an ihrer Seite, nicht nur seinem Bild, sie redet mit ihm, bekommt Antworten und stellt sie sich nicht bloß vor, hört Sätze, Geschichten, Erklärungen, die sie sich nicht vorstellen, niemals vorwegnehmen kann; sie spürt, wie ihr wieder fehlt, was ihr immer gefehlt hat und was nun da wäre, aber schrecklich weit entfernt, mehr als ein Bild, mehr als ein Blick; mehr als ein Bild in der Ferne, ein vorgestellter Blick aus der Ferne. Sie hat Hände, die sinnlos auf ihrer sinnlos warmen Haut ruhen, es ist eine Berührung von gleichgültigen Dingen. Warum hat sie Georg gesagt, dass er keine Briefe schreiben soll; warum hält er sich daran. Warum liegt ihr noch daran, Dinge vor dem Mann zu verbergen, der ihr Vater ist. Sie holt sich ein Glas Wasser aus dem Badezimmer, durchquert mit nackten Füßen die Wüste ihres Zimmers, wünscht sich einen Blitz, der die von lauter falschen Zeichen erfüllte Villa, die eine Wüste ist, niederbrennt. Sie setzt sich an den Schreibtisch, schaltet die Lampe ein, erinnert sich an ihren Heimweg vom Berg, die graue, feste, endlose Landschaft, erinnert sich an einen Satz aus einem Kellertheaterstück, den Georg bei einem Spaziergang in Nußdorf, zwischen den Weinbergen über dem Fluss, zitiert hat, *den Hermannskogel sehen, und dann sterben*, sie hat gelacht, möchte mit Georg in einem Kellertheater, im ABC im Regenbogen, unter dem Arkadencafé sitzen, böse lachen, nach dem Theater nachts mit ihm heimgehen, unter dem Dach der

Sterne, schreibt nichts davon auf. Aus der Ferne braucht sie einen schrecklichen Ernst, um Georg nah sein zu können; einen Ernst, der nicht erlaubt, zu viel zu verraten. Sie stellt Fragen über Wert und Mehrwert und den Gang der Geschichte, nennt ihn nicht ihren Mann, nicht ihren Bruder (beim Aufwachen ist er da, nackt und warm), vermeidet kitschige Wörter wie Liebe, nennt ihn nie Liebster, so glaubt sie sich zumindest später zu erinnern. Sie schreibt, Georg, mein liebes Tier, ich zerraufe dein Haar und streichle dich, und überlegt, ob sie diese Wörter, auf die es keine Antwort gibt, stehen lassen wird, die Hälfte der Briefe, die sie in dem Sommermonat am See schreibt, zerreißt sie, weil sie ihr dumm erscheinen; in den Briefen, die sie abschickt und nie mehr wiederlesen wird können, steht nichts über die Frau ihres Vaters und ihre Schallplatten, kaum eine höhnische Bemerkung über ihren Vater; der Berg, der See, der Regen, die Musik verschwinden, all das ist unwichtig, das Buch liegt hinter ihr neben dem Bett, ihre weißen Schenkel drücken sich auf dem Sessel platt, das Denken, diese Form, diese Bewegung bringen einen zweiten Körper hervor. Diese Form, diese Bewegung, dieser Reichtum werden bleiben, auch wenn niemand mehr da ist, mit dem sie sie teilen kann; der Trost einer Welt, in der sie selbst nicht vorkommt.

Er kann immer wieder zurückkehren, ins Halbdunkel der Wörter, alles ist dort wie gestern, wie im letzten Jahr, wie vor zehn Jahren (wenn er vor zehn Jahren schon Bücher gelesen hätte), er kann auch dieselben Bücher immer wieder lesen; die Erinnerung ist nur die an ein anderes Leben, ein vages Jenseits, und hindert ihn nicht daran, den nächsten Satz, die nächste Seite, die neue Wendung der Handlung mit Spannung zu erwarten. Er ist nicht bloß er selbst, er ist der andere, in dessen Körper er die vorgeschriebenen Wendungen nachvollzieht; er leiht den vorgeschriebenen Sätzen, dem anderen seinen Körper; zwischen den Körpern entsteht die Spannung. Er mag es, wenn die Helden sterben, mit ihrem Raumschiff verglühen, hingerichtet werden, wenn er das Buch wiederliest, hat er das Ende vergessen und die Toten sind zurückgekehrt. Er erkennt Schritt für Schritt die Landschaft wieder, durch die er sich schon einmal bewegt, das fremde Leben, das er schon einmal gelebt hat. Das Ende kann nicht auslöschen, was davor war: das scheint ihm so schrecklich wie tröstlich. Dann sogar mehr als tröstlich, denn das endlos Wiederentdeckbare ist ja nicht bloß irgendein Leben, etwas Wirkliches, es ist in Sprache umgewandeltes, durch Sprache verwandeltes Leben; und es ist nicht sein Leben, bloß ihm Vor- und Nachgelebtes. Er selbst kann vergessen sein, sterben und fortsein, er kann nicht vergessen (die Sätze und Wendungen, die er immer wieder neu entdecken kann, ja, aber kein flüchtiges Gesicht, das ihn angrinst), aber er kann vergessen sein. Kann er sich vorstellen, um ihn wäre gar kein Raum mehr.

Die Straßen glühen in der Hitze, durch die Fensterscheibe dringt pures Licht, nicht irgendein Bild. Wenn er sich abends nach den Nachrichten zu seiner Großmutter vor den Fernseher setzt, ist es draußen noch beinah hell; in der Werbung für die Seife Atlantis liegt eine Frau mit brauner Haut, den Kopf mit dem langen Haar zurückgelegt, nackt in der Meeresbrandung und kehrt später, wenn er im Bett liegt und auf den Schlaf oder (noch viel weiter fort als der Schlaf) auf die Schlaflosigkeit wartet, wieder, dann ist er diese Frau und spürt am ganzen nackten Körper das Meer und die Blicke. Hunderttausende Blicke an jedem Abend zwischen den Nachrichten und dem Sport, an jedem Abend dieselben Wellen. Der Fernseher hat seinen Platz im Zentrum eines mahagonifarbenen Wandverbaus; gegenüber stehen eine Couch und zwei Fauteuils, der alte Kreisky, sagt die Großmutter, ist ein Schuldenmacher, das also ist ein Satz, den man über den alten Kreisky sagen kann, nachdem man die Nachrichten gesehen hat, er verlangt keine Erklärung, Antwort oder Ergänzung. Das Zimmer versinkt langsam im Schatten, sein Schatten und der Schatten der Großmutter verschmelzen mit den Schatten der Möbel, die blaue Lichtfläche des Fensters, die bunte Lichtfläche des Bildschirms bleiben. Die Großmutter steht ächzend auf, geht Schritt für Schritt in die Küche, er hört das Rascheln eines Plastiksäckchens, sie kommt mit einer Schüssel voller Kartoffelchips zurück, die sie auf den Tisch stellt; er wird seine von Salz und Fett klebrigen Finger immer wieder in die Schüssel tauchen, bringst du mir ein Cola, fragt er, in den Fauteuil gefläzt, die Großmutter steht ächzend auf, geht Schritt für Schritt in die Küche, er hört das Öffnen des Kühlschranks und der Kredenz, sie kommt zurück, stellt ein Glas und eine Literflasche Cola auf den Tisch, sie geht zum Wandverbau, öffnet mit einem kleinen goldenen Schlüssel die eingebaute Hausbar, holt eine Flasche Kirschlikör (Spitz Cherry Brandy) und ein winziges Kristallgläschen heraus, aus der sie sich in den nächsten zwei Stunden ab und zu nachschenken wird. Ein Stamperl, sagt sie, ist gut fürs Herz. Er schleckt seine von Salz und Fett klebrigen Finger ab, in seinem Zimmer wartet das Buch auf ihn, eine andere Welt, in die er zurückkehren kann, fünf quälend wirkliche Schritte durch die Wüste der Wohnung entfernt, er fühlt sich wohl in der Abend für Abend wiederholbaren Welt, in der er sich befindet und in der nichts von ihm verlangt wird, er möchte gelähmt sein. Der Quizmaster Rosenthal lacht mit traurigen Augen in die Kamera, springt in die Höhe und bleibt im Sprung stecken, der Rosenthal, sagt die Großmutter, ist trotzdem ein guter Mensch, kein Hasser, er weiß nicht genau, was sie damit meint, ein Hasser ist der Kreisky ja auch nicht, sagt die Großmutter, aber ich mag seine Nase nicht. Meingott, kann er ja nichts dafür, sagt sie dann. Diese Sätze gehören zu der Welt, die ihn umhüllt, Abend für Abend, den er als Schatten unter Schatten vor dem Fernseher

verbringt, wiederholbar, prägen sich ihm ein wie diese Welt sich ihm einprägt. Er verzieht während der Scherze des Showmasters das Gesicht zu einer Art von Lächeln, das gleich in seinem Gesicht verharren will; er erinnert sich an keinen der Scherze; die Gäste, langweilige Prominente, sind ihm vertraut, und er spielt im Kopf ihre langweiligen Spiele mit; nur bei Musikeinlagen geht er aufs Klo. Im Vorzimmer möchte er in die Luft springen und im Sprung steckenbleiben; am Klo macht er kein Licht und möchte seinen Kopf gegen die Wand schmettern: das wäre Musik. Dann kehrt er aber nur wieder ins Wohnzimmer zurück und versinkt immer tiefer in seinem Fauteuil, ein Schatten, ein warmer Gegenstand, der mit dem Schatten, dem warmen Gegenstand unter ihm, in der Abendhitze verschmilzt. Er fühlt sich wohl, er erinnert sich im Voraus, er wird sich wohlgefühlt haben, diese Abende (oder ist es nur ein einziger Abend) kehren immer wieder, mit allen Sätzen seiner Großmutter, die zu dem Abend gehören.
Seine Großmutter beginnt immer mehr zu reden oder laut zu denken; er hat gleichzeitig das Bedürfnis, dieses Reden, das ihn umarmen will, abzustellen und es nie aufhören zu lassen. Sie hat in der letzten Nacht von ihrem Fritzl, dem Papa geträumt. Sie hat gewusst, wie es ist; aber trotzdem … du bist da, hat sie zu ihm gesagt. Und dann warst du auch dabei, Andi, und bist am Fenster gestanden; und hast dich plötzlich umgedreht und ganz seltsam geschaut. Und neben dir ist noch ein anderer dagewesen, und der Fritzl hat gesagt … In der schrillen Stimme seiner Großmutter ist eine andere Stimme verborgen, gerade morgens und abends, und kommt immer deutlicher zum Vorschein, sie hat noch die Stimme, die sie im letzten Jahr, vor fünf Jahren hatte, aber diese Stimme kann in jedem Satz, in jedem einzelnen Wort zerbrechen; darunter liegt eine Müdigkeit, von der Andreas niemals gestehen wird, dass er sie erkennt; darunter liegt zugleich die Stimme einer jungen Frau, zu der ein ganz anderes Leben gehört, von dem er keine

Ahnung hat und niemals etwas wissen wird, die Stimme eines Kindes, das sich an sein Reden wie an sein Leben klammert. Vor dem Schlafengehen darf sie nicht vergessen, ihre Herztropfen einzunehmen; sie steht vor ihm auf, schaltet den Fernseher aus, er horcht auf ihre Geräusche aus der Küche; er wird ihr niemals sagen, dass er über sie wacht, über das Einnehmen ihrer Herztropfen, über ihren Herzschlag. Er putzt sich wirklich die Zähne; er liegt nackt auf seinem Bett, den Kopf zurückgelegt, die Türe ist unversperrt, vor dem offenen Fenster weht die Gardine, in dunklem Grün, ganz leicht im ganz leichten Wind, er schwitzt. Er ist eine Frau, die niemand ist als eine Frau, die jetzt gerade nackt in der Meeresbrandung, auf seinem Bett liegt, mit langem dunklem Haar, kleinen dunklen Brustwarzen. Aus dem Nebenzimmer hört er das Schnarchen seiner Großmutter, auf der Straße fährt ab und zu ein Auto vorbei. Die Frau ist niemand als eine Frau, die in der Meeresbrandung liegt, sie ist nichts als das Hierliegen, Sichtbarsein. Sie steht auf, langsam und gleichmütig, zeigt ihr Schamhaardreieck und ihr Gesicht, geht ein paar Schritte an Land, alle anderen sind auf der anderen Seite der Kamera, des Bildes, er ist auf der anderen Seite des Bildes und im Inneren des Bildes, er ist das Bild. Er steht auf und geht zum Fenster, hört auf, die Frau in der Meeresbrandung zu sein, sieht sich von der unversperrten Tür aus am Fenster stehen, hunderttausende Blicke, ein verhunderttausendfachter Blick; er schlüpft in seinen Pyjama, das Zimmer ist dunkel, der Engel über seinem Bett trägt einen Schnurrbart. Nachdem er wieder vom Klo zurückgekehrt ist, liegt er auf dem Bauch, ein Haufen von auseinanderstrebenden Knochen, die er durch den Gedankenstrom in seinem Kopf beieinanderhalten muss; oder auseinanderstreben lassen, während etwas anderes in ihm Zusammenhalt sucht. Er schaltet die Nachtkästchenlampe ein und liest noch ein paar Seiten; er liegt im Dunkel, das sich in Schatten zergliedert, das Schnarchen im anderen Zimmer ist gleichmäßig. Er ist leer und vergisst schon, was er eben gelesen hat; die Schatten antworten ihm nicht. Sirinov taucht auf, er sieht das Gesicht in jeder Einzelheit, die langen Haare, die runden Brillen und den freundlichen Blick, und er beginnt zu erklären, dass er keine Menschen braucht und dass die Gegenstände ihm genügen. Er sieht sich als ein Kind mit großen Augen, formlosem Gesicht, im gelben T-Shirt neben Sirinov mit seinen langen Haaren und runden Brillen in der Schulbank, auf einer Gehsteigkante sitzen und ihm erklären, dass die Vernunft und das wache Leben Betrug sind; seine Vorhaut juckt und brennt, er sagt, dass es gut ist, sich zu töten; er kann sich vorstellen, um ihn wäre kein Raum mehr, er wäre vergessen, die Gegenstände und die Sätze in den Büchern würden bleiben. Das Kind mit den großen Augen, dem formlosen Gesicht, im gelben T-Shirt, sitzt neben Rachid Sirinov, so als gehörten sie zusammen, aber zugleich würde Sirinov vor ihm stehen wie vor einem Abgrund, wenn er so mit ihm reden würde, alle würden vor dem schrecklichen Kind stehen wie vor einem Abgrund. Er hört sich mit einer ganz menschlichen und unverschnupften Stimme reden, hört die weiche Stimme Rachid Sirinovs, die ihm von ganz nah antworten würde, sieht sein nahes Gesicht in jeder Einzelheit, er stellt sich vor, er könnte ihm alles erzählen, beinah alles, das Finsterste und das ziemlich Lächerliche, hört Rachid und sich plötzlich zusammen lachen; er tut nicht nur, so wie sonst, als würde er lachen, er lacht wirklich. Er liegt mit geschlossenen Augen, geschlossenem Mund da und stellt sich vor, er würde wirklich lachen. Etwas kippt in seinem Innern; wahrscheinlich schläft er jetzt, er steht am Fenster, dreht sich um, neben ihm steht sein Bruder, es ist nicht Sirinov, es ist sein Bruder.

Wie ist diese Handtasche hinübergekommen, er erinnert sich an das Klicken der kleinen silbrigen Kügelchen, deren Aneinanderstreifen die Tasche öffnet, nur alte Frauen haben diese etwas zu großen schwarzen Handtaschen getragen. Immer wieder bleibt sie stehen, öffnet die Tasche, ein Klicken, scheint etwas darin zu suchen, schaut mit leerem Blick hoch, schließt die Tasche wieder, ein neues Klicken, geht weiter, dick und gebeugt, hört nicht auf dabei leise zu jammern. Immerhin hat sie diese Handtasche; und ein paar kleine wichtige Dinge können noch darin verblieben sein, andere haben nichts, brauchen vielleicht auch nichts, der dicke alte Mann in der weißen Feinrippunterhose, mit den kleinen Socken, den Sandalen mit breitem Riemen, tut aber nur so, als würde er allein die Sonne genießen und nicht die Blicke auf seinen behaarten weißen Altmännerkörper suchen, die Blicke gehen an ihm vorbei. Das Wasser des Kanals spiegelt den Himmel, nicht für alle. Einige Buben mit seltsam altmodischen Kinderfahrrädern, vielleicht verjüngt, ziehen Kreise über die Betonfläche des Vorkais, ein kleines Mädchen wirft seine Zöpfe über die Schulter. Eine alte Frau mit kurzgeschnittenem weißen Haar (er hat sie schon einmal gesehen) setzt mühsam Schritt für Schritt, an der Hand führt sie einen ganz nackten weißhäutigen Jungen, man weiß nicht, ob er geht oder ob er an ihrer Hand schwebt, vielleicht fehlt ein Stück seiner Schädeldecke, vielleicht eine ganze Hälfte seines Schädeldachs, aber das sieht man nicht, man sieht die schlanken Hüften, das sanft gekräuselte Schamhaar, seinen Blick, aus dem nichts herauszulesen ist. Das Wasser verdunkelt sich noch vor dem Himmel, die angeketteten Rettungszillen bei den Stufen scheinen untertauchen zu wollen, wenn er nur zuschauen, denken, beschreiben würde, wäre alles ganz einfach; Wolkenschichten schieben sich übereinander, der Himmel über der Stadt färbt sich gelblich. Die Häuser rücken näher an den Kanal heran, die altmodischen Kinderfahrräder ziehen weiter ihre Kreise, jetzt schon westlich der Rossauerbrücke, wo die Ufermauer endet und sich unter der Autostraße die Böschung mit Bänkchen, Wiesen und ein paar Büschen zum Wasser hinabneigt, gegenüber braust langgezogen eine silbrige U-Bahn unter den alten Stadtbahnbögen nach Heiligenstadt. Bald weiß man nicht, wo Wasser ist und wo Luft, die Stadt schließt sich um die Figuren und um ihn, den Beobachter, der Regen peitscht Wellen durch die Luft, über den Boden, den Wasserspiegel, die Straßen, die Laternen, die festgeschraubten Eisenbänke, die Häuser über ihren Kellern und Fundamenten wollen sich losreißen. Die alte Frau mit der Handtasche wackelt (aber schwebt sie nicht zugleich in ihrem Wackeln?) wie eine nasse Taube quer über den Gehweg und lässt sich auf einem Bänkchen nieder, die Handtasche stellt sie auf ihrem Schoß ab, sie öffnet sie mit einem Klick, es regnet hinein, wie es auf ihr zu einem Knoten zusammengebundenes Haar regnet, sie kramt darin herum, Stofftaschentücher, Medikamentenschachteln, Brillenetuis, Bonbons, kleine Plastikfläschchen mit völlig funktionslosen Herztropfen mögen darin sein, vielleicht ein alter Einkaufszettel, Fotos von Kindern, Enkeln, im Krieg gefallenem Ehemann. Diese Fotos wird kein Mensch mehr anschauen, kein Mensch würde jemanden darauf wiedererkennen. Der Regen läuft in ihren Kragen, füllt die Tasche an, sie holt eine Handvoll Dominosteine hervor und legt sie auf ihrem dunklen Rock aus, mit den Gesichtern nach unten, es entsteht keine Reihe und kein Muster, sondern ein loser Haufen. Die Tasche steht neben der alten Frau auf der Parkbank und füllt sich mit Wasser; die Finger der alten Frau wirken jetzt ganz zart, aber sie rühren so vorsichtig und hilflos an den nassen Steinen, als würden sie Schlafende, Tote, schlafende, tote Tiere anstupsen, um sie zu wecken. Man kann erwarten, dass diese Figur so wie jede Figur sich im Regen auflöst wie ein Stück Zucker. Am Ende der Insel aber, oben beim Nußdorfer Spitz, nah dem Wasserfall der Schleuse, unter den weite Schleifen ziehenden Brückenauffahrten der Autobahnen können die alte Frau mit dem kurzen weißen Haar und der nackte Junge den Kanal überqueren, das Ufer verlassen und in die Weinberge tauchen, die nackten Fußsohlen versinken, wie eigene Lebewesen, in der feuchten Erde, eine Freiheit, die zu einem gemeinsamen Lachen, zu einem tiefen, salzigsüßen Kuss drängt.

Es ist, als hätte sich der Geruch morgens auf den Straßen geändert, ein Duft nach frischem Brot, dem Benzin der Zweitaktmotoren, nach Fischen und Zwiebel; als wäre sie in einer anderen Stadt. Die Kulissen der Häuser sind klein, unscheinbar und aus Pappe, sie drücken und stören nicht, dazwischen öffnen sich weite Räume. Das scheppernde Blech der Colonia-Kübel morgens hat einen anderen Klang als im letzten Herbst und Winter; die Automobile, die sie vom Bett aus hört, können aus der Stadt hinaus brausen, die Pferdefuhrwerke mit ihren Bierfässern davongaloppieren. Die Stimmen der Händler vom Markt sind nur zarte bunte Ornamente; sie fühlt eine Zärtlichkeit den Leuten auf der Straße gegenüber, die alle so ausschauen, als wären sie schlecht erfunden. Es kann anders werden, sagt sie im Kopf zu den abgerissenen Figuren, die sich vor der israelitischen Volksküche Im Werd anstellen; und schämt sich zugleich für diesen Satz, dem nichts folgt. Kaum etwas hält sie in der Wohnung: aber sie ist auch nicht ungeduldig hier drin, die alten Möbel sind leicht geworden, es ist, als wäre sie selbst mit ihrer Schwere nicht mehr da, die Großmutter und sie sind beliebige Figuren geworden, die sich nach gewissen Regeln bewegen lassen, sie spielt mit diesen Figuren, der Figur, die sie selbst ist; Georg ist hier nicht bei ihr, aber es geht, so wie es nicht um sie selbst geht, auch nicht um Georg, ihr gestreicheltes Tier, ihren Mann, sondern um ein Drittes an ihrer Stelle; etwas anderes, das sie hervorgebracht haben, in dem sie leben können, seit sie es hervorgebracht haben; in dem sie immer leben, ob sie gerade zusammen sind oder nicht. Selbst diese Wohnung, die er nie betreten hat und nie betreten wird, wo er nicht einmal an der Tür geklopft oder geläutet hat, um sie abzuholen, ist verwandelt, die Luft hier drin, die er nie ein- oder ausgeatmet hat und nie ein- oder ausatmen wird, ist eine andere. So war es in den letzten Wochen vor der Reise, so ist es noch gleich nach der Rückkehr; hinter ihr lösen sich die durchlebten Tage samt ihrem Personal wie davontreibende Schollen, sie fühlt sich erwartet, fühlt die Gier der Erwartung.

Bei ihrem letzten Besuch im Arbeitszimmer ihres Vaters schien ihr der kleine Mann mit den eingekerbten Magenfalten und dem glänzenden Haar hinter der Wüste des Teppichs und der Rauchwolke noch weiter entfernt, beinah im Verschwinden, beinah schon gleichgültig geworden mit all seinen die Zukunft umzirkelnden Sätzen und geldansaugenden Aktivitäten hinter dem Schreibtisch hervor; irgendetwas, das er nicht deutlich machen will, hindert ihn in diesem Jahr daran, sie nach Wien zu begleiten und seine Mutter zu besuchen, ihr ist es nur recht; sie gibt im Salon der neuen Frau ihres Vaters (vielleicht will er sie nur weder mitnehmen noch alleinlassen) zum Abschied die Hand und dem erstaunten Mädchen ein Bussi auf die Wange, vom Rücksitz des Wagens aus, der mit überdrehtem Knattern sein Gewicht und das Gewicht ihrer Koffer zum Bahnhof hochschiebt, sieht sie hinter den Regenschlieren auf den Fensterscheiben schon keinen Ort mehr, nur das Verschwinden und die Erwartung, sie braucht sich nicht an das Haus, den Garten, den See zu erinnern, sobald sie in ihrem Erste-Klasse-Abteil am Fenster sitzt, sich eine Zigarette angezündet hat, die Beine übereinandergeschlagen, ist ihre Erinnerung in ihre Muskeln und Knochen, in ihr Rückgrat eingeschlossen, ein leiser Klang, eine warme dunkle Stimme; ein fremder Schatten oder eine Maserung, die die Erwartung nicht loswerden kann. Durchs Fenster sieht sie, hinter Linz, den breiten Fluss im Regen, stellt sich vor, wie das Land langsam unter Wasser gesetzt wird, die Windungen und kleinen Kanäle, in die sich der Fluss verlaufen kann, dazwischen Inseln mit dichten Wäldern, unterm Wasser verrottende, feuchte, versteinernde Baumstämme, durch deren Labyrinth unbekannte Unterwasserwesen gleiten, ihr fallen die Augen zu, als sie sie wieder öffnet, grinst sie ein Mann mit Schnurrbart und Melone an, sie schaut aus dem Fenster, auf die gelben Felder, die Hügel in der Ferne, erkennt nicht, wo sie gerade ist, ab und zu pfeift die Lokomotive. Der Mann mit Schnurrbart und Melone soll nicht wagen sie anzusprechen. Der Mann hustet, faltet das auf seinem Schoß liegende *Neue Wiener Journal* auf und beginnt zu lesen oder so zu tun, als würde er lesen. Sie stellt sich die Unterseite der Landschaft vor; sie stellt sich vor, dass man dem Mann seinen Anzug, die Weste, das Hemd vom Körper schneiden könnte, dann die Haut, die Wände im Innern wären verkohlt, dunkle Korridore, von Kellerlampen an der Decke beleuchtet, hinter einer Tür, die sie zufälligerweise öffnet, arbeitet eine Maschine völlig selbstständig vor sich hin, sie hört die schaufelnde Bewegung der Kolben; einen Moment lang stehen sie unter ihrem Blick von der Tür her still. Sie glaubt eine Hand an ihrer Kehle zu spüren: ein vollkommener Ekel, der in eine vollkommene Angst übergeht; bloß für einen Moment, den einen Moment des Stillstands, das Denken fließt im Ekel und in der Angst zusammen. Sie richtet sich sehr abrupt auf, hört die schaufelnde Bewegung der Kolben wieder, die Lokomotive zieht sie weiter fort, nach Hause oder hin zu ihrer Erwartung, zu Georg, das Denken zerfließt, so wie sie den Blick aus dem Fenster oder in ihr Buch richten kann, der Mann mit Schnurrbart und Melone schaut nicht von seiner Zeitung auf, seine Knie halten ordentlichen Abstand von den ihren. Es hat aufgehört zu regnen, der Fluss nördlich der Bahnstrecke ist unsichtbar, eine blaue und eine schwarze Linie, die auf der Landkarte nebeneinanderherlaufen, sie ist ein unsichtbarer sich unmerklich bewegender Punkt im Innern der schwarzen Linie. Durch Risse in der Wolkendecke gleißen weiße Lichtstreifen; pures Licht; so scheint sich der Himmel zu entfernen, der Druck nachzulassen; der Mann mit dem Schnurrbart auf der Sitzbank gegenüber zieht schnaubend Luft ein und zuckt ganz leicht mit den Knien, vielleicht erheitert ihn nur irgendeine Meldung in seiner Zeitung, sie kennt seinen fleischigen gerippten Brustkorb, wie wenige Schnitte reichen, um ihn in ein Stück Vieh zu verwandeln. Die Wälder werden dichter, ein breiter grüner Gürtel um die Insel der Stadt, der Zug schiebt sich, unter dem Band aus Rauch aus dem Schornstein der Lokomotive, sein Kiesbett ins Wiental hoch; sie erkennt den Bahnhof von Rekawinkel, die Luft, die durchs einen Spalt heruntergezogene Fenster strömt, wird wärmer. An diesem alten Bahnhofsgebäude wird sie immer wieder vorbeifahren; es wird windschief und verloren wirken, ein Überbleibsel einer anderen Zeit, sie wird es hassen und würde es vermissen, wenn es fehlte. Als der Zug im Westbahnhof einrollt, fühlt sie sich wacher denn je, sie stellt sich für einen Moment vor, sie würde die Koffer im Gepäckabteil zurücklassen, zu Fuß, nein, barfuß durch die Stadt laufen, in ihrem knielangen Kleid, fast immer bergab, durch die Mariahilferstraße, zwischen den Museen hindurch, die kopfsteingepflasterte Marc-Aurel-Straße hinunter und über die Brücke, nicht nach Hause, sondern zur Zirkusgasse, wo sie die Nase an die Auslagenscheibe drücken würde, oder zu einem Treffpunkt, der zufälligerweise und notwendig der richtige wäre, das Café Stefanie oder der Vorkai mit den flachen Stufen hinab in den Kanal, auf denen sie im Frühjahr gesessen sind, auf denen sie mit ihrer Zunge seine Lippen geöffnet hat. Der Mann mit dem Schnurrbart murmelt mit scheuem Blick eine Verabschiedung, als er die Abteiltür aufschiebt, für einen Moment fühlt sie sich schlecht. Der Himmel hat eine rötliche Farbe angenommen. Sie raucht vor der Bahnhofstreppe eine letzte Zigarette für den Tag, der Himmel nimmt eine unendlich weiche blaue Farbe an, in der die Häuser der Äußeren Mariahilferstraße nah und klar erscheinen und in der Vorstellung alles berührbar wird.

An der Wohnungstür begrüßt sie die Großmutter von weit entfernt: Ach, Kind, schön dass du wieder da bist; gerade noch, an der Tür wartend, die Schritte auf den Stiegen belauschend, das Rumpeln der Koffer beim Absetzen in jedem Stockwerk, hat sie sich näher geglaubt und wirklich mit ihr verbunden, Emilia kann es sehen; und die ungeheure Leere an der Stelle dieses Gefühls wäre nicht zu ertragen, würde die Entfernung sie nicht eben ertragbar machen und wäre die Großmutter nicht zu einer bloßen Spielfigur geworden. Sie kann die Wohnung in Besitz nehmen, mit all ihrem Gepäck, das leicht geworden ist, nicht für sich, für die Freiheit; sie fühlt sich souverän, als sie dem Chauffeur, der die Koffer hochgetragen hat, ein paar Groschen Trinkgeld in die Hand drückt; wie in einem Tanz weichen sie und die Großmutter einander aus, die Großmutter stellt nicht die Fragen, die sie stellen möchte, und sie erzählt nicht, was die Großmutter hören möchte. Dass er mich nicht einmal besucht, der Bub, wenn er schon einmal im Land ist, murmelt die alte Frau im Flur spätabends oder frühmorgens vor sich hin: nur so, ohne Verlangen nach Antwort, als wollte sie für einen Moment, dass man ihr beim Denken zuhört, dass ihr Denken ein Zeichen, wie einen Grabstein, in der Welt der anderen, wo nur Emilia ist, zurücklässt. Es ist dunkel in der Wohnung und Emilia steht im Hemd, mit nackten Beinen, an ihrer Zimmertür, wartet, bis die Großmutter den Flur verlassen hat; sie steht früh auf, selbst wenn es regnet, packt Bücher in ihre Tasche statt im Zimmer zu lesen, liegenzubleiben oder sich in den Fauteuil oder an den Schreibtisch zu setzen; in den nächsten Wochen, bis zum Schulbeginn, wird sie fast immer draußen sein oder in den Kaffeehäusern, Buchhandlungen, in den Straßen, wo es noch Leben gibt, die Kaffeehäuser, Theater, Buchhandlungen, Kinos sind zu dieser Zeit noch nicht geschlossen oder zerstört, es ist der einzige Sommer ihres Lebens, diese paar Wochen sind der einzige Sommer ihres Lebens: jeder Zigarettenkauf in der Trafik gibt ihr ein Glücksgefühl, immer wieder kehrt sie ins kleine Versteck zurück, das die Stufen vom Vorkai ins Wasser hinab bilden. Es wird jetzt schon früher dunkel, spätabends sind hier unten kaum Leute; sie spürt Georg an ihrer Seite, und sie gehen den Spazierweg entlang, bevor sie sich auf irgendeiner der Treppen niederlassen, sie schauen auf die langgezogenen leeren Metallgerippe der Fischmarktstände bei der Salztorbrücke, die braunen vierstöckigen Gründerzeitgebäude des Kais und der Donaustraße neigen sich von ihren gegenüberliegenden Ufern aus zu ihnen hinab. Sie erzählt Georg von der neuen Frau ihres Vaters, erzählt ihm jetzt von der Musik (*Rinconcito arrabalero*), die aus einer richtigen Stadt kommt, nicht aus dem vorgetäuschten Wien, und nicht nur sentimental ist, sondern auch beunruhigend, von den Spaziergängen am Berg, weil die Grenzen, die sie beim Briefeschreiben in ihrem Kopf vorgefunden hat, gleich wieder verschwunden sind; sie erzählt ihm sogar, dass die Sätze, die sie gelesen hat, für sie noch etwas anderes bedeuten als sie bedeuten, dass die Geschmeidigkeit in den Denkbewegungen der politischen Ökonomie für sie klarer und wichtiger ist als jede Agitation und Polemik; und sie möchte, dass er das singende Sprechen der neuen Frau ihres Vaters hört, dass er ihr Schamhaar durchs Negligée hindurch mit ihr sieht (oder will sie es mit seinen Augen, den Augen eines Mannes sehen), ich glaube, sie hätte dir gefallen, sagt sie und kitzelt ihn am Nacken. Im Nachhinein zieht sie ihn in den Ort hinein, der Garten, das Haus, der Berg, der See füllen sich mit Leben, sie erinnert sich an den Regen, spürt den warmen Abendwind, dann die Vormittagssonne auf ihrer Haut. Sie spürt ihre Finger an Georgs Nacken, spürt seine Haut noch, nichts als ein Stück Haut, unverbunden mit einem Körper: später ist da eine Leerstelle an ihrer Seite, sie wird glauben, ihn gar nie gesehen zu haben, sich nicht an ihn erinnern zu können. Dieser Mann und sie werden sein, was sie zusammen unternommen haben, nicht etwas Freies, Eigenes, davon Unabhängiges; sie und er sind, was sie unternommen hat, sobald er begann, ihr zu fehlen; ihre Gespräche und zuerst und später ihre Selbstgespräche folgen ihren Schritten durchs Haus, durch die Wohnung, über den Berg, den gemeinsam gelesenen Büchern, den Nachmittagsspaziergängen im Juni und im August am Fluss und in den Weinbergen, den gesehenen Filmen und Stücken, wie sollte ihre Erinnerung dahinter etwas Festes greifen können. Es braucht sie ja selbst nicht zu geben, nur an ihrer Stelle dieses Dritte.

Sie holt ihn im Café ab, und sie schauen sich im Imperialkino einen französischen Film an, der sie an einen Ort versetzt, an dem sie in Wirklichkeit niemals sein wird: wie ein Kästchen umhüllt die Kasbah von Algier Jean Gabin, den Gauner Pepe le Moko, mit seinem traurigen, schon aus einem Danach kommenden Blick und der Zigarette im Mund, beschützt ihn und sperrt ihn ein, sie hat noch nie ein Muster aus ineinander verzahnten weißen Treppen und Gassen gesehen wie dieses, noch nie die wie im Traum sich öffnenden Räume der Bars mit ihren schattenhaften Gittern und weißen Torbögen wahrgenommen wie hier, sie sieht sich, nicht als sich selbst, durch diese Fremde gehen, und zugleich verbindet sie das Licht von der Leinwand wie ein Netz mit dem Mann auf dem Kinosessel neben ihr, in dessen Hand sie die ihre legt; am Ende zieht sich der Quai in die Länge, der den Mann, Pepe Le Moko, und die Frau, für die er seinen Schutz und sein Gefängnis aufgeben will, zueinanderführen soll und der sie trennen wird, das Meer (sie sieht zum ersten Mal, am Rand des Bildes, das Meer, so als würde sie es selbst sehen) wird zur endgültigen Grenze, dort warten die Polizisten, Männer in hellen Uniformen, wie vom Schicksal hinbestellt, und das Danach, aus dem der Blick Pepe Le Mokos kommt, beginnt und hört nie mehr auf. Am Heimweg von dem versteckten Gässchen hinter dem Schwedenplatz, in dem das Kino liegt, scheinen die Stadtviertel sacht gegeneinander verschoben, immer sind sie auf derselben Seite des Kanals; hinter jeder Ecke kann sich ein menschenleerer unbekannter Platz öffnen. Sie steigen die Treppen neben der Ruprechtskirche hinab zum Hotel Metropol mit seinen Fähnchen und Wimpeln, klar war das einmal ein anderer Film, sagt Georg, aber dieses Sich-Suhlen im Traurigsein ist doch etwas sehr Bürgerliches. Und Algier ist doch nicht nur eine Kulisse und ein Traumbild, wo die Araber bloß als Statisten durch die Gegend laufen, ja, aber manchmal können einem doch auch Traumbilder etwas sagen, flüstert Emilia, ihre Lippen ganz nah an Georgs Ohrläppchen, sie stellt sich vor, dass das Traurigsein irgendwo eingesperrt werden kann, in Filmbildern, wo es endlos wiederholbar ist, außerhalb der Köpfe der Menschen, aber von den Menschen noch erkennbar, und diese Gassen im Film, sagt sie, sind doch mehr als nur eine Kulisse und ein Traumbild, Wien ist eine Kulisse: aber in diesem Moment ist das falsch, sie schauen von der Brücke aus auf das Wasser, das durch sein festgemauertes Bett nach Osten fließt, seine Hand streicht über ihr an der Schulter abgeschnittenes dunkles dichtes Haar, ihren Rücken, ein kleiner Schauer durchläuft sie; am nächsten Morgen ist diese Hand noch da, überall auf ihrem Körper, Sonnenstrahlen dringen durch einen Vorhangspalt, draußen riecht es nach Brot und Benzin, Fischen und Zwiebeln; sie riecht es hier drin, ist zugleich schon draußen. Der Fluss gräbt sich durch die Stadt bis ans Meer, die Straßen sind ein fester Boden, die ganze Stadt ist ihr Spielfeld.

Manchmal denkt er, warum eigentlich nicht, er hebt für eine Sekunde den Kopf, die Häuser sind graubraun, wie ist es, wenn er zwei Schritte zur Seite tritt: nicht zur Schule geht, sondern in eine Seitengasse biegt, in eine Straßenbahn steigt, weiterläuft; der Kanal ist nur ein paar Gassen entfernt, er kann die breite Autostraße überqueren, eine Treppe hinabsteigen, sich auf die Böschung am grünen Ufer setzen, der Himmel würde sich blaugrau über ihn breiten; irgendeine der Straßenbahnen, der O-Wagen, den er irgendwo im Häusergewirr, nach einem Weg, den er sich endlos lang vorstellt, fände, würde ihn zum Bahnhof fahren, dort könnte er sich blind durch die Menschenmenge wühlen (niemand würde ihn aus irgendeiner Menschenmenge heraus erkennen) und in den erstbesten Zug steigen, er spürt schon, wie der Zug anfährt (aber wie soll er in ein Abteil treten, wo schon andere Leute sitzen, wie soll er eine Fahrkarte kaufen, was soll er tun, wenn der Schaffner kommt: rot anlaufen, stammeln, im Boden versinken, am besten aus dem Fenster springen, er stellt sich vor, ihm würde mit jedem Schritt, den er von seiner Bahn abweicht, ein Kleidungsstück, ein Stück Haut, ein Finger oder ein Zahn abfallen, die befestigten Bahnen seiner Wege gehören zu ihm, anderswo ist er nichts: ohne seine Anspannung ist er nichts). Er weiß, dass er gerade an der Greißlerei vorbeigeht, hinter der großen Fensterscheibe stehen irgendwelche Nachbarinnen in dünnen Mänteln und mit Einkaufskörben in den Armen vor der Theke an, er zählt seine Schritte nicht mehr, der Weg ist längst ausgehöhlt und begehbar, schließt sich um ihn, die Passanten dürfen keine Gesichter haben. Er braucht zehn Minuten, biegt dreimal ums Eck, nach rechts, nach links, nach rechts, dann nochmal nach links; ein paar alte einstöckige Dorfhäuschen sind noch zwischen die Gründerzeitbauten und die Neubauten mit ihren Fensterlöchern gemischt, ein paar dicke Tauben stolpern zwischen den Beinen der Passanten herum, ein paar Schindeldächer mit Schornsteinen wachsen schräg in die Höhe: er sieht nur das Graubraun der Fassaden. Ein neues Klassenzimmer erwartet ihn, und dieselben Leute darin, schon zu einem Knäuel von Begrüßungen vermengt, nur zwei oder drei sind neu hinzugekommen und zwei oder drei fehlen, darunter Tröstl mit seinem Schwabbelbauch und das stille Mädchen, das mit dem Rücken zum Fenster saß, er weiß nicht, wo sie hingekommen sind, und es interessiert ihn nicht, er weiß, andere in seinem Alter gehen in die Lehre oder in irgendwelche Handelsschulen, das jetzt um ihn herum heißt Oberstufe. Er taucht in dem Ornament von Geräuschen und Gelächter, wie in einem sinnlosen Gesang, unter, setzt sich schweigend an einen Platz in der letzten Reihe. Rachid Sirinov dreht sich zu ihm um, seine Haare sind noch länger geworden, was ist das für eine Mode, sagt seine Großmutter, man kann Manderl und Weiberl nicht mehr unterscheiden. Er nickt lässig in Sirinovs freundliches Gesicht zurück und lächelt beinahe, warum soll er nicht lächeln wie alle anderen und reden wie alle anderen.

Am nächsten Tag in der großen Pause wird ihm Sirinov von seinen Ferien erzählen, Cora lehnt neben ihnen an einer Bank und hört zu, es stört ihn nicht, nur an seinen Mundwinkeln zuckt es ganz leicht und er spürt ein Zittern unter seinen Augenlidern. Er nickt ab und zu und sagt etwas wie *oh* oder *toll*; Cora Eisler spricht fast so wenig wie er, aber bei ihr scheint es ganz selbstverständlich, in Ordnung und gescheit; er denkt, wenn er die zwei, drei richtigen Sätze zu ihr sagen würde, die zwei, drei richtigen Fragen stellen, könnte er wissen, was sie denkt, und ahnen, wer sie ist und was es bedeutet, sie zu sein, er kennt die zwei drei richtigen Sätze, die zwei drei richtigen Fragen nicht und weiß nicht, wie er auf die andere Seite der Schranke kommen soll, dort, wo man Fragen stellen und Sätze sagen kann; er redet nicht wie alle anderen, aber es stört jetzt nicht, was sollte er von seinen Ferien zum Beispiel auch erzählen, er war nicht in Apulien so wie Sirinov und weiß nicht einmal genau, wo Apulien liegt, aber er sieht Sirinov in seiner Badehose zwischen Frauen in Bikinis, seiner Mutter, seiner Schwester, am Strand liegen und lesen, er sieht ihn ins Meer laufen, im Gegenlicht, er sieht seltsame kleine Dörfer, in denen die Hitze steht, mit gewundenen engen Gassen, ineinander verzahnten Gassen und Treppen, weißen Torbögen, schräg in die Höhe wachsenden Dächern, seltsame wie geträumte Dörfer, durch die er als ein anderer und ein anderer als er gehen kann, Sirinov oder ein geträumter Sirinov mit seiner geträumten Mutter und Schwester und ganz fremden neuen Freundinnen aus Ländern, die er gar nicht kennt und deren Sprachen er nicht versteht. Und was hast du gemacht, fragt Sirinov, er hat viel gelesen, sagt Andreas Bichler, *Molloy*, zum Beispiel, und *Die Angst des Tormanns beim Elfmeter*, er hört sich, mit zwei, drei Sekunden Verspätung sagen, was er eben gesagt hat, so als wäre er auf der anderen Seite der Schranke. Es soll einen Krimi geben, sagt Sirinov, in dem der Leser am Ende erkennt, dass er selbst der Mörder ist, Bichler kann sich das nicht vorstellen und will diesen Krimi gelesen haben, ein Mörder gewesen sein, im Inneren eines Buches: er lacht nur, fast gleichzeitig mit Cora Eisler. Er redet beinah wie alle anderen, aber er erzählt nicht wirklich alles, er erzählt nichts von seiner Großmutter, nichts von den Fernsehabenden und schämt sich dafür (auch wenn er jetzt gerade nicht weiß, dass er sich schämt). Er erklärt nicht, dass er keine Menschen braucht und dass Gegenstände ihm genügen, ihn mehr interessieren, nicht jetzt, er wird am Abend und nachts immer weiter reden, im Bett liegend, am ganzen Körper angespannt und sich selbst als Ganzes sichtbar; das wird er tun anstatt zu schlafen, er horcht nicht auf die Atemgeräusche aus dem Nebenzimmer, das Knarren des Bettes, das leise Schnarchen. Er spürt, dass es irgendein Wissen gibt, hinter den Sätzen Sirinovs und dem Schweigen Cora Eislers, dem er gerecht werden und sich angleichen muss, auch wenn er keine Ahnung hat, worin dieses Wissen besteht; er spürt, dass er schon in der großen Pause, lässig neben Sirinov und Cora Eisler dasitzend und sich wohlfühlend, gespürt hat, dass es dieses Wissen gibt; dass er am Nachmittag, hinter der ganzen Leichtigkeit seines Heimgehens über drei Straßenecken und zehn Minuten, seines Nagens am Mittagessen und gierigen Colatrinkens, seiner Leichtigkeit und Unruhe, während er auf dem Bett lag, das

Buch aufnahm und wieder weglegte, dieses Wissen gespürt hat; in seinem Kopf, sich selbst als Ganzes sichtbar, redet er ununterbrochen weiter, um sich diesem Wissen anzunähern, sich darin hineinzustülpen und dann wirklich, im Innern des Kreises, sprechen zu können und nicht mehr nur so zu tun, als würde er sprechen. Auch in der Wirklichkeit, nicht bloß in seinem Kopf nicht mehr nur so zu tun, als würde er sprechen. Beim Aufstehen, nach ein paar Viertelstunden nervösen Schlafes, hat er alles vergessen, was er in der Nacht gedacht hat, aber das Nachgefühl seines Denkens, die Leichtigkeit und Unruhe sind geblieben. Der Kakao schmeckt wie immer und bildet gleich eine dünne Haut aus, wie immer möchte er viel lieber schlafen, aber nicht in seinem Bett, sondern auf der Straße, auf einer Straße, die er nicht kennt, die von allen unnötigen Figuren, allen unnötigen Gebäuden gereinigt ist; wo es nur noch Fremde und Fremdes gibt; und er möchte im Schlaf zugleich wach sein. Andibub, ich wäre froh gewesen, wenn ich Matura hätte machen können, sagt seine Großmutter, was schaust du drein, wie wenn du geschlachtet werden sollst; Andreas denkt, er schaut doch drein wie immer, warum lügt sein Gesicht die Großmutter an, was wird es noch an Lügen über ihn erzählen (er kann sich sein Gesicht wegschneiden). Er schaut in seine Kakaotasse, macht einen winzigen Bissen von seinem Butterbrot, beginnt die Schlucke aus der Kakaotasse, die Bissen vom Butterbrot zu zählen. Er setzt sich auf seinen Platz in der letzten Bankreihe; er wird auf niemanden zugehen, sondern warten, bis jemand wieder auf ihn zugeht; im Physikunterricht ist nicht, wie er gehofft hat, von Wurmlöchern und Zeitschleifen die Rede, sondern nur von Hebelwirkungen und Kräfteparallelogrammen, er malt Kringel und Zeichen über die Formeln im Physikheft, ein Anarchisten-A, ein Hakenkreuz, in sich gedrehte Spiralen, einen RAF-Stern, Hammer und Sichel, einen RAF-Stern, ein Hakenkreuz, in sich gedrehte Spiralen. Ein lesbares Zeichen, ein wildes Zeichen soll ihn ersetzen. Er

wohnt in einem Haus unter dem Meer, einem kleinen gläsernen Kästchen, gegen das Fische mit ihren weichen Mäulern schwimmen, ein kleines gläsernes Kästchen aus Licht, in dem er allein ist, die immer gleichen Bewegungen wiederholt, seine Haut ist weiß und schwammig weich geworden, sein Haar wächst ihm über die Schultern, die Vorhaut ist von seinem Schwanz geschält. Bei seinen leichten, fast schwerelosen Bewegungen im Innern des Kästchens baumelt der Schwanz ganz leicht fast schwerelos im Rhythmus mit. Er wird beim Physiktest in drei Wochen keine der Fragen begreifen und ein leeres Blatt abgeben, aber das wird dann, in drei Wochen, schon längst egal sein.
An einem Samstag geht Sirinov neben ihm aus der Klasse und fragt ihn, ob er ins Kaffeehaus mitkommen will, es sind nur ein paar Schritte zum Markt an der Hauptstraße, Andreas kennt das Café dort gar nicht (was er nicht sagen darf), er läuft neben Sirinov her, während in der Küche das Rindfleisch im Kochtopf zerfällt und seine Großmutter immer wieder zwischen Herd und Fenster hin- und hergeht und sich ab und zu setzen muss, weil sie den Buben schon tot unter einem Lastwagen sieht oder auf der Polizeiwache, weil er werweißwas angestellt hat; er schweigt und fühlt eine Unruhe ohne jede Leichtigkeit. Sirinov öffnet die Glastür, sie setzen sich an einen Tisch beim Fenster, Sirinov hat die Rückwand hinter sich, er den offenen Raum, dafür schaut er aufs Fenster, wo Cora Eisler eben vorbeigeht, auf die Glastür zu, eine schöne junge Frau in Bluejeans und mit langem gelocktem Haar, die an einem Septembersamstag über die Straße geht: er könnte in ihren Schritten daheim sein. Eine Kellnerin kommt an den Tisch, er weiß nicht, ob er den Kopf heben soll und in ihre Augen schauen, während sie mit einem Bitteschön, die Herren (das bösartig ironisch für ihn klingt), zu ihm herunterschaut, er weiß nicht, was er bestellen soll, ein Cola, murmelt er schließlich und hofft, die zwanzig Schilling in seiner Geldbörse reichen für ein

Cola, er hofft, Cora Eisler kommt nicht herein oder sie sieht sie beide nicht, wenn sie hereinkommen sollte; er wünscht sich zugleich, Cora Eisler würde hereinkommen und sich an ihren Tisch setzen (aber nicht in dieser Wirklichkeit, sondern in einer anderen, wo er selbst Cora Eisler wäre, und zugleich ein beliebiger anderer, Sirinov, der neben Cora Eisler sitzt und weiß, wie ihre Küsse schmecken, wo alles selbstverständlich und leicht ist und jeder zugleich der andere). Sirinov lächelt schon zum Eingang hin, Bichler hebt nicht den Kopf. Servus. Es ist gar nicht so schlimm, sie reden über Atomkraftwerke. Er hofft, seine Großmutter tut nichts, ruft nicht in der Schule an, ruft nicht bei der Polizei an, läuft nicht, mit ihren kleinen wackelnden Schritten, die Straßen im Bezirk ab und fragt Passanten nach ihm. Später am Nachmittag gibt es eine Demonstration gegen das stillgelegte, wiederzubelebende Kraftwerk an der Donau, irgendwo in der fernen Innenstadt, wo Bichler alleine noch niemals gewesen ist (vor unendlich langer Zeit, in einem anderen Leben, ist er mit dem Auto, aus dem man später seine Eltern geschnitten hat, über die Ringstraße, vorbei an den prächtigen wie Spielzeugmonster im Kreis aufgestellten Bauten, am Rathaus mit der Wächterfigur in ihrer Rüstung, und über die jetzt gesperrte Kärntnerstraße hin zum Dom und dann an einer Hand, die es nicht mehr gibt, in den Dom hinein geführt worden). Will er nicht mitkommen, später treten auch irgendwelche Leute auf, und man muss doch ein Zeichen setzen, dass diese profitgierigen Verbrecher nicht alles mit uns machen können (und das wollen Sozialisten sein). Cora Eisler hat ein Cola bestellt so wie er; auf dem Silbertablett vor Sirinov steht eine Kaffeetasse mit weißer Schaumhaube und ein Glas Wasser, Schokosträusel lösen sich in der Schaumhaube auf. Sirinov wickelt ein kleines Schokoladenstückchen aus, das weich und beinah schon schmelzend auf der Untertasse gelegen hatte; Bichler nippt nur an seinem Cola und findet es zu warm, zu süß, zu wenig spritzig, ein Automatencola; er weiß nicht, ob er dabei ist, Hunger zu bekommen, oder ob ihm gerade schlecht wird. Er erinnert sich an die leicht wiederholbaren, aus zwei oder drei blind zusammenzufügenden Bausteinen geformten Sätze des Hasskolumnisten aus der Kronen-Zeitung über Berufsdemonstranten (Turnpatschenmarschierer); ist es nicht schön, die Wiederkehr der Floskeln zu beobachten, sie endlos wiederholen zu können, sein Denken durch Floskeln zu ersetzen; will er nicht heimkommen, daheimsein (während draußen alles zerstört ist). Es ist das Gleiche, sich in Landschaften zu versetzen, die traumdunkel und eisig wie das Weltall sind; und in der Hasskolumne durch immer wiederholte Floskeln *uns* und die *anderen* unterscheiden zu lernen und im Lesen einer von *uns* zu sein, also normal, also niemand. Er denkt, er könnte sich Verachtung verdienen, warum sollte er etwas erklären. Ein kleines leuchtendes Kästchen wächst am Meeresgrund, mit dünnen gläsernen Wänden. Er sagt nur, warum soll er gegen Atomkraftwerke sein, wenn das Leben sinnlos ist und es eine Methode gibt, zufällig alles auszulöschen. Er schaut in sein Colaglas, zählt bis drei, das ist nicht unbedingt eine politische Meinung, sagt Sirinov freundlich. Aber es klingt gut, sagt Cora Eisler. Bichler denkt später, während er den Atemzügen aus dem Nebenzimmer lauscht und über sie wacht, er hätte hinzufügen können, sinnlos, ekelhaft und (es übersteigt seine Kraft, das aufzuhalten) immer in qualvollem Sterben und in der Auslöschung mündend; aber jetzt denkt er gar nichts, er wird nur rot, weil Cora Eisler ihn anlächelt und weil er nicht weiß, ob sie den Satz eben ernst gemeint hat oder ironisch. Er möchte seine Fingernägel ausfahren, kleine Messer, die Gesichter zeichnen und zerschneiden. Und sein Colaglas wird nicht leerer, und es ist schon nach eins; er hat Kopfweh und spürt, wie sein Gesicht zerrinnt. Er denkt, jetzt stirbt vielleicht gerade seine Großmutter, Sirinov und Eisler reden über den Bundeskanzler Kreisky und sein Festhalten an Atomkraftwerken und an einer Idee des Fortschritts, sagt Sirinov, die so einfach überholt ist, auch ein Fortschritt, meint Cora, wenn die Idee des Fortschritts überholt ist, Sozialismus muss noch etwas radikal anderes sein, sagt Sirinov oder sagt Cora, sie reden ganz wie erwachsene Menschen und aus einem Wissen heraus, das ihm niemals zugänglich sein wird, das er nur nachahmen kann; er weiß nichts, was sagbar ist, er kann Wissen immer nur nachahmen. Bichler denkt, warum eigentlich nicht, er kann alles sagen, alles ist gleich wahr, solange es nur aus eindeutigen Sätzen besteht, wiederholbar ist. Ich mag den Kreisky auch nicht, mit seiner Nase, sagt er. Mit seiner Nase? fragt Cora. Seiner Judennase. Er spürt in dem Schweigen, das folgt, dass er töten kann, er könnte einfach aufstehen und gehen, mit jedem Schritt, den er geht, kann ihm ein Kleidungsstück, ein Stück Haut, ein Zahn oder ein Finger abfallen. Er bleibt sitzen. Wem plapperst du diesen Dreck nach, fragt Sirinov, deinen Eltern? Ja, sagt er. Sirinov und Cora Eisler reden ein paar Minuten lang miteinander weiter, ohne ihn anzuschauen, verabschieden sich nicht von ihm und schauen nicht zu ihm zurück, als sie zahlen und gehen, er hofft, seine zwanzig Schilling reichen aus, um das immer noch nicht ausgetrunkene Cola zu bezahlen, wartet lange, unendlich lange auf die Kellnerin, schaut nicht zu ihr hoch.

Hinter dem Bahnhof von Nußdorf stellen, ein paar Tage vor dem Wettersturz Anfang September, Emilia und Georg ihre Räder ab; auf dieser Höhe beginnt oder endet die Insel: das Flusswasser wird durch eine Schleuse in den Kanal geleitet, über die eine Brücke führt; sehr hoch oben auf den Brückenköpfen thronen bronzene Löwen und starren mit stolzem, leerem Blick ins Land hinaus. Hier beginnt oder endet eigentlich auch die Stadt, läuft in Weingärten und schmalen Dorfstraßen aus; die Trasse der Kaiser-Franz-Josephs-Bahn schneidet Nußdorf vom Fluss ab, auf der anderen Seite hebt sich hinter den

Auen ein flacher Hügel, viel später wird eine Autobahn auf breiten Betonstelzen hoch über den Köpfen der Radfahrer und Spaziergänger neben und über der Bahntrasse und dem Ufer entlangführen, sie wird sie noch sehen. Auf den Werbeschildern der Städtischen Versicherung neben der Bahnhofsuhr hat der breitschultrige Rathausmann in seiner Rüstung die Arme in die Hüften gestemmt; das Stadtwappen mit dem Kreuz unter ihm erscheint wie ein in den Boden gerammtes Schwert. Wenn am Wochenende der Fluss (gelbbraun geworden, mit Strömungswirbeln, in denen Trümmer und Äste mitgeschwemmt werden) Hochwasser herantreibt, wird es in dieser Gegend, wo die Straßen gleich ansteigen, nicht zu Überflutungen kommen; vielleicht ist vor Jahrhunderten, als es keine Bahntrasse, keine Häuser außer Fischerhüttchen, keine Schleusen und keine Uferbefestigung gab, das Wasser weiter hinaufgekommen, bis über ihre Köpfe, jetzt atmen sie. Sie laufen eine Zeit lang durch die krummen Gässchen der kleinen Vorstadt, dann entlang der Trasse der Zahnradbahn, die bis vor einigen Jahren Ausflügler zu den Spazierwegen und zu den Aussichtspunkten am Berg gebracht hat; wie kann es sein, denkt Emilia, dass sie die Nähe eines anderen Menschen, eines Menschenkörpers so intensiv spürt, dass ein anderer Mensch, ein Körper ihr so nah ist, ihrem Körper so nah, auch wenn sie sich gar nicht berühren; warme, fast sichtbare, fast glühende Schleier und Netze schließen sie aneinander, während sie zwischen den alten einstöckigen Häuschen mit den dicken weißen Mauern, den breiten Hoftoren, den am First geknickten Schindeldächern ihre Spur ziehen (als gäbe es eine Spur, als könnte sich, nach Jahrzehnten, jemand auf den Boden niederlassen, zwischen verwirrten Touristen, empörten Autofahrern, von Pensionistinnen mit Hunden angestarrt, das Ohr ans inzwischen oftmals aufgerissene und neu verlegte Straßenpflaster legen; als könnte er langsam einsinken ins Straßenpflaster, dort eine andere Welt finden). Sie riecht seine Kleidung und wird den Geruch immer in ihrer Nase behalten, die Haut, die jeden Punkt dieser Kleidung berührt; er dreht, während sie miteinander reden, den Kopf zu ihr hin, sie wird sein Gesicht, die Haarsträhne, die sich mit einem kleinen Schwung um sein Ohrläppchen dreht, die dunklen Pupillen nicht vergessen, denkt sie, und vergißt sie schon; sieht sie schon wie ein Bild, das sie festhalten muss, sie greift nach seiner Hand. Er weiß nicht, ob es nicht gescheit wäre wegzugehen, sagt Georg, das hier kann jeden Moment zusammenbrechen, und es werden jetzt nicht wir sein, die in die Höhe geschwemmt werden. Sag es nicht den anderen, vor allem nicht Peter, aber er hat manchmal das Gefühl, sie würden nur so tun, als würden sie handeln; es ist richtig, was sie tun, einfach weil es schlimm wäre, wenn gar niemand etwas tun würde, aber sie sind so wenige, und im Moment geht einfach jede Handlung ins Leere, während der Feind (und ich meine nicht unsere vaterländischen Kasperln hier) tun kann, was er will, und alles geht auf. Und die Leute sind apathisch, sie werden alles mit sich machen lassen und alles mitmachen … und wir bereiten uns vor und bereiten uns vor und wissen gar nicht worauf. Wir können lernen und lesen und Wissen ansammeln, aber dieses ganze Lernen und dieses Wissen und die Wahrheit nützt uns auf irgendwie absehbare Zeit überhaupt nichts und nützt unserer Sache nicht und nützt keiner Sache: als wäre da eine unsichtbare Grenze. Und Spanien … wie viel von sich selbst muss man hergeben, wegschneiden? Und was ist, wenn unter dem Entsetzlichen des Sterbens und Tötens das Notwendige und Richtige einfach verschwindet? Sie sucht nach einem Satz über das geschichtlich Notwendige, das sich am Ende doch durchsetzt, und die Vernunft hinter all dem Durcheinander von Lügen und Kämpfen und Gelähmtheit, und weiß zugleich, dass es keine passenden Sätze gibt. Jedes große geschichtliche Ereignis, sagt Dr. Steinitz, fordert seine Opfer, und es braucht nicht einmal besondere Ereignisse, es genügt der sogenannte normale Zeitverlauf. Wo würdest du denn hingehen, flüstert Emilia, nicht in Georgs Gesicht, sondern in die Spätsommerluft hinein, eine Brise aus Wörtern zwischen den dicken alten Mauern. Kleine weiße Wölkchen ziehen freundlich über den Himmel. Er zuckt die Achseln, werd ich mir das aussuchen können. In vier Jahren, wenn sie volljährig ist, wird sie Geld von ihrem Vater bekommen; sie könnte schon jetzt einen Brief an ihren Vater schreiben, ihn um einen Vorschuss bitten und darum, dass er sich für ein Visum einsetzt, sie würde es quälend finden, so einen Brief zu schreiben, kann sich kaum vorstellen, der kleine Mann am anderen Ende des Zimmers, dieses Zimmers am anderen Ende der Welt, hinter Rauchwolken und der Wüste eines Meeres, würde so einen Brief (der keinerlei Platz in der Ordnung seiner Geschäfte und Pläne hat) überhaupt beantworten; was würde sie selbst tun, so knapp vor der Matura, dableiben, was auch immer geschieht, und warten; Georg begleiten; alles aufgeben (Kind, du machst mir Sorgen, sagt die Großmutter, in sehr großer Entfernung, in so großer Entfernung, als wäre sie schon tot): ein Schlag müsste all die Hindernisse, den ganzen Dreck wegfegen können. Erst der Kommunismus wird eine Welt erschaffen, in der man leben kann wie ein Mensch: warum lässt sich dieser Satz jetzt nicht sagen und nur unter Anführungszeichen denken. Sie streicht mit den Fingern über die Haut seiner Unterarme.

Bei der Backsteinmauer des Friedhofs biegen sie in die Weinberge; der Kies knirscht unter den Absätzen ihrer Schuhe, ihr langer, etwas zu warmer Rock kratzt an ihren Beinen. Sie zündet sich eine Zigarette an und reicht sie an Georg weiter; schaut zu, wie seine Lippen an dem Papier saugen, auf dem die Spur ihrer Lippen vielleicht noch zu schmecken ist, dreht ihren Kopf nah zu dem seinen, atmet den Rauch ein, der aus seinem Mund, seinen Lungen dringt. Er ist jetzt unbeweglich und zugleich ganz leicht, sie ist so viel älter als er. Sie ist zwei Jahre jünger als er. Die Sonne lässt ihre nackten Gesichter hervortreten, als gäbe es sonst nichts auf der Welt, nur diese Haut, diese Nacktheit; sein Gesicht, sein Körper sagt ihr etwas, das mit seinen Wörtern nicht in Einklang kommen wird, sein Körper glaubt nicht an seine Wörter (auch wenn sie beide, Körper und Wörter, recht haben). Wenn sie sich umwenden, ist die Stadt verschwunden, weit hinter der Hügelkuppe sind am Horizont die Felder auf der anderen Seite des Flusses sichtbar, die sich bis zur Staatsgrenze ziehen, dazwischen ist nichts oder etwas Unbekanntes, das sie noch entdecken werden. Sie drückt etwas fester seine Hand, und sie steigen ein paar Schritte eine Böschung hinauf; dichte Stauden schützen sie vor den Blicken von Spaziergängern auf dem Weg unter ihnen; die Rebstöcke ziehen sich in geraden Reihen den Hang hoch. Er breitet seine Jacke in dem kleinen freibleibenden Streifen zwischen dem Gebüsch und den Weinstöcken auf die Erde; gleich spürt sie an ihrem ganzen Körper seine Umarmung. Der Raum dehnt sich endlos aus und ist zugleich auf diesen winzigen Flecken Erde zwischen dem Gebüsch und den Weinstöcken reduziert; ihre Zähne und ihre Zunge graben sich in seinen warmen, leicht feuchten Nacken, seine Hand schiebt ihren Rock hoch, sie spürt seine Finger an ihren Schenkeln, ihrem Schamhaar, zwischen ihren Schamlippen, und lacht auf, die Kasperln draußen sind ihr egal, es gibt sie nicht, sie können kommen und durchs Bild laufen, sie werden den Augenblick so wenig stören wie die Ameisen, die ihr über die Kleider und über die nackten Beine kriechen, die harte Erde unter Georgs zerdrückter Jacke (Erde ist Erde, keine fremde, keine Heimaterde); etwas Glitschiges, Warmes, wunderbar Dreckiges lässt den Unterschied von Innen und Außen verschwinden; der fremde Körper fließt als ganzes in ihren Körper hinein, so wie sie sich als ganzes in den fremden Körper hineinfließen fühlt, sie spürt zugleich, dass sie irgendeine andere sein könnte, wie sie spürt, dass er irgendein anderer sein könnte. Dann kommt erst der Schmerz. Was wäre, wenn sie jetzt schwanger würde, denkt sie nachher, während Georg sich abgewendet hat, um sich Blut und Sperma abzuwischen (sie würde ihm gern dabei zuschauen), vielleicht würde das alles ändern, alles klarmachen (oder nur weiter komplizieren), sie krümmt sich zusammen, bläst eine Ameise von ihrem Handrücken. Sie wird ein Kind haben, aber nicht jetzt, sondern in mehr als zwanzig Jahren, von einem Mann, der sie an ihren Vater erinnert und nichts als ein Stück Fleisch ist. Oben am Berg, auf der Terrasse vor dem neuen Restaurant, sitzen sie auf den Gartenstühlen, trinken gespritzten Weißwein und schauen auf die Stadt hinunter, die kleiner geworden ist, ein wucherndes, unregelmäßiges Muster, ein Fleck, der sich vom Dom am Rand des Blickfelds her bis zum Fluss hin ausdehnt; dort sind das Stadion und die Rotunde mit ihrer riesigen Kuppel zu erkennen. Es schaut aus, als würde die Stadt in kleinen Ringen anwachsen, sagt Georg, als hätte man vor Jahrhunderten einen Stein ins Wasser geworfen, der Steffl, sagt Emilia, mit Anführungszeichen in ihrer Stimme, man könnte ihn niederreißen und einen Funkturm an seiner Stelle errichten. Alles ist wie vorher, sie können über gleich welches Thema reden, alles sollte immer so weitergehen. Hinter dem Fluss und dem großen Gemeindebau bei der Reichsbrücke, den beim Bürgerkrieg vor drei Jahren das Bundesheer zerschossen hat, breiten sich die Auwälder des Überschwemmungsgebiets aus, dahinter nach Norden und Osten hin die flachen Felder; vor der Brücke liegt zwischen Schießplatz und Feuerwerksfabrik die Siedlung *Amerikalacke*, mit Hütten aus Holz, Pappe und Wellblech, ohne Strom- und Wasserleitungen, mit bei Regen knietief schlammigen Straßen, niemand geht hinein, der nicht da wohnt, sagt Georg, von den Leuten dort ist keiner mehr bei der Partei.

Am Freitag regnet es und ist so kalt, dass Emilia den Pullover aus dem Schrank kramen muss, es regnet, es regnet, es regnet, singt sie sich vor, während sie durch ihr Zimmer kreist oder am Fenster lehnt und auf den Abend wartet. Georg arbeitet jetzt tagsüber, als Lehrling in der Buchhandlung seines Vaters, es hat keinen Sinn, meint er, in dieser Zeit ein Studium anzufangen. Sie isst nicht zu Abend, geht zu Fuß über den Kanal und bis zum Schottenring, springt dort auf eine halbleere Straßenbahn auf und fährt zwei Stationen bis zur Universität, sie steigt aus und spürt den Regen auf ihrer Kopfhaut, spannt den Schirm nicht wieder auf, sondern läuft, wie vor Wochen am Land, nun allein über den Asphalt, am klobigen Kasten der Uni entlang, es sind nur ein paar Schritte, aber schon wieder scheinen sie, gleich jetzt im Moment, unendlich wiederholbar, nur ist noch ganz unklar, ob mit Schmerz oder mit Glück. In wie vielen anderen Leben wird sie dieses Unigebäude wieder sehen und wieder betreten; wie kann sie noch je durch den Regen laufen und in der Gegenwart verbleiben. An der nächsten Straßenecke wartet Georg unter den Arkaden auf sie, es ist nach halb neun, die anderen sind schon unten. Sie spürt seinen Kuss auf ihren regennassen Lippen kaum. Georg hat die Karten, sie steigen unter einem Torbogen hinter der Theke hindurch in den Keller hinab, Willkommen in den Katakomben, sagt Leo, der schon an einem kleinen Tischchen sitzt, zu ihr, und erzählt, dass er den Autor des Stückes kennt, der sich Fritz Feder nennt und in Wahrheit Jura heißt und seit ein paar Tagen verhaftet sein soll, niemand weiß so genau warum. Ein paar Dutzend Leute sitzen in dem Kellerraum herum, genau neunundvierzig, sagt Georg, sonst würde das Theater eine Lizenz brauchen; oder genauer gesagt achtundvierzig, wenn man den Staatspolizisten nicht mitrechnet (erkennst du ihn? Sie erkennt ihn, es ist ein Mann, der einen Staatspolizisten spielt, der einen Theaterbesucher spielt; ein Mann, der in Jura promoviert hat, jeden Sonntag in die Kirche geht und auf jeden kleinen Trick der Autoren und Darsteller reinfallen wird). Sie bestellt ein Glas Bier, schaut zu, wie Peter am Nebentisch den Kopf zu Ruth hinbeugt, um ihr etwas zuzuflüstern, und ist glücklich, gar nicht wissen zu wollen, was er ihr zuflüstern mag, Ruth lächelt. Nach der ersten Pause beginnt das eigentliche Stück. Emilia fühlt sich leicht benommen von ihrem Bier, ihr Bewusstsein ist klar, aber sie steht neben ihrem Bewusstsein: von der zweiten Szene des Stückes an ist das der richtige Ort, die Grenzen verschwimmen. Auf einem Domplatz tief unter dem Wasser liegt ein Matrose im Taucheranzug, ein Glockenläuten weckt ihn, wo bin ich, fragt er im Aufwachen, wie bin ich hierher geraten. Die Gesichter sind scharf und weiß beleuchtet, die Schatten auf den Wangen treten hervor, kennt sie nicht diese Art von Blick, diese leeren Blicke: einige Bettler und Senatoren, eine junge Lilie, ein Stadtschreiber, der weiß, was alle anderen vergessen haben, und nichts aus seinem Wissen machen kann oder will, so schauen Gespenster aus; sie hat den Eindruck, diese Menschen immer wieder auf der Straße zu treffen, selbst unter den Ozean versunken zu sein, in Vineta, nicht in Wien, an einem Ort, wo die Toten über Jahrhunderte so tun, als würden sie leben (ist sie jetzt dort, in der versunkenen Stadt, oder wird sie später, bald, dort umgehen, lernen dort umzugehen, wie der Matrose auf der Bühne es lernt). Sie weiß, dass Georg neben ihr sitzt, sie kann ab und zu einen Schluck aus ihrem Bierglas nehmen. Es sind Schauspieler, die auf den Brettern vorne im Licht miteinander reden und so tun als wären sie Menschen, die so tun als würden sie leben. Aber es wird nicht deklamiert, es werden bloß Sätze gesagt; die Grenze zwischen Bühne und Zuschauerraum erscheint ihr zugleich deutlicher und aufgehoben: als würde sie durch Glas auf eine andere Welt schauen und nicht wissen, welche Seite die wirkliche ist; was die Sätze bedeuten, die sie selbst und die Menschen um sie herum immerzu sagen und denken, wiederholen und vergessen, und wo diese Sätze ihren Halt haben; warum sitzen die Zuschauer still da, als wären sie an ihre Sitze gefesselt, und tun nichts als lachen, verhalten husten und am Ende klatschen und Bravo rufen, warum wissen sie alle genau, was sich für einen Zuschauer, in dieser Stunde zwischen der einen und der anderen Welt, gehört (sie selbst tut so, als würde sie es wissen). Keiner stirbt, die Zeit ist aufgehoben, keine Handlung, kein Satz hat eine Bedeutung, sobald er ausgesprochen ist, zerrinnt er schon, alles kann vergessen werden; wirklich ist nur das Meer über den Köpfen. Sie glaubt, schon einmal eine Unterwasserwelt wie diese geträumt zu haben, vielleicht mit fremden Augen: eine Hölle, ein Traum, ein Rückzugsort, eine Hölle, sie denkt an den Stich von Venedig in ihrem Zimmer und an das, was ihr Georg über Venedig und die Stadt aus Bäumen unter der Oberfläche erzählt hat. Sie trinkt nach dem Stück noch zwei oder drei Kaffees und mischt sich kaum ins Gespräch, sieht zu, wie die anderen langsam betrunkener werden, als sie es ist. Beim Hinaufgehen über die schmale Treppe ins Café unter den Arkaden fühlt sie den Abstand zu den anderen, sie fühlt jeden Schritt in ihren Beinen, ihrem Hintern, ihrem Rückgrat, sie fühlt sich, als wäre sie nackt. Sie möchte zu Fuß nach Hause gehen, klammert sich unter dem Schirm an Georgs Arm. Wir müssen unsere ganze Kraft dransetzen, sagt der Matrose, dass die Sturzflut nicht kommt, sie erkennt die leeren Straßen wieder, die Häuser, die alle so dastehen, als würden sie immer auf ihre Blicke warten wollen.

Er möchte sich für jeden Satz töten, den er jemals gesagt hat; jeder falsche Satz verdient den Tod; in seinem Mund wird jeder Satz falsch. Neben ihm sitzt Adamek, der sich nicht mehr um ihn und seine Eier kümmert, auf der anderen Seite ein Neuer, dessen Namen er nicht behalten hat und der wahrscheinlich schon bald wieder von der Schule ausgeschieden wird. Er wird auf niemanden zugehen und wartet nicht, dass jemand auf ihn zugeht; er hat alle Erklärungen und Rechtfertigungen in seinem Kopf, aber sie würden selbstverständlich falsch werden, sobald er versuchte, sie auszusprechen; den Kern, um den sich seine Lügen drehen, kann er nicht aussprechen. Was brächte es ihm, Sirinov und Cora Eisler zu sagen, dass ihm Kreisky und seine Nase völlig gleichgültig sind und dass er diese Nase, falls sie besonders sein sollte, sozusagen nie gesehen hat; dass er nur Wörter nimmt, die vorhanden sind, um sie vor die Angst zu stellen; vor die Leere der Dinge; je öfter wiederholt, desto besser; je härter, gemeiner, starrer, desto besser, dann kann niemand dahinterblicken: wie soll er gleichzeitig sagen, dass man doch nur dahinterblicken müsste, dann sähe man ihn, wie er eigentlich ist, und dass man um keinen Preis dahinterblicken darf und ihn sehen, wie er eigentlich ist. Die Wörter zeigen einen Abgrund an, ein Nichts, er ist nicht dieses Kind. Er ist ein starres Etwas, ein sirrendes Stück Metall, das von einer genau berechenbaren Spannung zusammengehalten wird. In fast zehn Jahren hat er diese Spannung zu erzeugen gelernt; seit einer Freitagnacht vor fast zehn Jahren, in der es plötzlich an der Tür geläutet hatte und er aus dem Schlaf geschreckt war, die fremden Stimmen gehört hatte, nicht aufgestanden war, aber aufrecht im Bett gesessen, gewusst hat, was ihm gleich jetzt oder morgen früh gesagt werden würde. Er sieht in der Pause Sirinov und Cora Eisler beieinander stehen und stellt sich vor, wie Cora Eisler die Decken zurücklegt, aus dem Bett steigt, Sirinov steht am Fenster, Cora Eisler ist nackt und kümmert sich nicht darum oder tut so, als würde sie sich nicht darum kümmern; er ist nackt und kümmert sich nicht darum oder tut so, als würde er sich nicht darum kümmern; er kann sich immer noch in Sirinov und Cora Eisler verwandeln, in Sirinov und Cora Eisler in den Momenten, in denen sie vergessen haben, wer sie sind. Er kann die Abstände festlegen: von hier aus siehst du mich an, von hier aus sehe ich dich an.

Er ist immer froh, wenn die Schule vorbei ist und er nach Hause gehen kann, manchmal starrt er jetzt den Passanten in die Augen, jungen Frauen, die ihren Blick gleich abwenden und die er niemals wiedererkennen würde, manchmal schaut er nach oben und sieht die grauen und grünen Drähte und

Kabel der Oberleitungen, ein Gespinst, das über der Stadt liegt, das man abnehmen könnte, um die Form anstelle der Stadt zu haben, noch weiter darüber ist der Himmel wieder meistens grau; er ist froh, dass ihn seine Großmutter erwartet, eine Decke über seinem Kopf, eine Tür, die er verschließen kann. Wenn fast alles von einem Menschen weggeschnitten ist (alles, was er von sich selbst weiß) und nur der Kern aus Zärtlichkeit und Angst, nur die leichte Körperwärme zurückgeblieben sind, kann er die Verbindung aufnehmen, wie zu einem anderen Gegenstand, er kann den Herzschlag stützen, steuern, kann in die vagen fremden Träume hinein mit plötzlich klarer und lauter Stimme sprechen. So kann er auch ins Innere seiner Großmutter blicken, wenn sie stillhält und nichts sagt; er schlüpft aus seinem Körper, durch die Wand hindurch ins Nebenzimmer und sagt, hör nicht auf zu atmen, leb weiter, leb weiter. Er wiederholt diese Sätze, bis er ihre Bedeutung vergessen hat, bis sie so automatisch wie Atemzüge und Herzschläge immer weiterlaufen; er weiß nicht mehr, ob das Ding in seinem Bett, das er selbst ist, schläft oder wacht. Er liegt an den Nachmittagen auf seinem Bett und liest, jeden Tag ein neues Buch, hört aus der Küche das Wunschkonzert von Radio Burgenland, übertönt es manchmal aus seinem eigenen Radio mit der *Ö3-Musicbox, Walk in Silence*, singt ein Mann mit dumpfer Stimme, der sich eben erhängt hat, abends hört er *Harte Währung, Pop für Fans*, leise gedreht, um die Nachbarn nicht zu verschrecken, ein leiser Lärm, der ihm den Kopf zerschmettert, so kann es für alle Zeit weitergehen. An einem Donnerstag, als er gegen zwei von der Schule heimkommt und weiß, dass seine Großmutter heute ein Hendl gebraten und Reis dazu gekocht hat, und es einmal weder Fettschwarten vom gekochten Rindfleisch noch Fettschwarten vom gekochten Schweinefleisch wegzuschneiden geben wird, sondern nur dicke gelbliche Haut, ein paar Knochen, ein paar schwarze Sehnen, sieht er vor dem Haus einen grünen Rettungswagen mit offener Hecktür stehen; er weiß gleich, dass er auf dieses Bild schon seit Jahren gewartet hat; dass er es immer vorausgesehen hat. Ein Polizeiauto ist schräg an der Hausecke geparkt, ein kleiner VW-Käfer mit Blaulicht auf dem Dach. Hier im Haus wohnen Dutzende Leute, die meisten sind alt, viele sind noch viel älter als seine Großmutter. Einige der alten Frauen schauen aus dem Fenster, die Haustür steht weit offen, er sieht den breiten Rücken der Hausmeisterin, die etwas zu einem Polizisten die Treppe hochschreit, einen Satz, den er gleich verstanden haben wird, jetzt schreckt er erst einmal vor dem Schritt durchs Haustor zurück: hier würde ihn das allerengste Gefängnis erwarten, die Nähe aller seiner Nachbarn, ihrer Körper in Kleiderschürzen, weiten grauen Pensionistenhosen und ärmellosen Pullovern, ihrer Stimmen, die ihm werweißwas erzählen, ihn Andi nennen, als wäre er ein beliebiges Kind, das Andi heißt und angesprochen werden kann; die Reaktionen, Antworten von ihm erwarten und ihn für verstockt, idiotisch und verdorben halten, wenn er keine Reaktionen zeigt und keine Antworten gibt. Er spürt Blicke, die ihn treffen, während er weitergeht, ohne sich umzuschauen, niemand redet ihn an, er biegt um die Ecke und wartet; überlegt, wohin er weiterlaufen, wo er sich verstecken könnte. Der Kanal ist nur ein paar Gassen entfernt, er kann, nach einem kleinen Umweg über zwei oder drei Häuserblocks, die breite Autostraße überqueren, eine Treppe hinabsteigen, sich auf die Böschung am grünen Ufer setzen, der Himmel würde sich blaugrau über ihn breiten; irgendeine der Straßenbahnen, der O-Wagen, den er irgendwo im Häusergewirr, nach einem Weg, den er sich endlos lang vorstellt, fände, beim Großmarkt oder in der Ungargasse, würde ihn zum Bahnhof fahren. Die Stimme der Hausmeisterin ist gleichmäßig laut, fast fröhlich in ihrer Bösartigkeit, so schreit sie die Kinder an, die versuchen, im Hof Fußball zu spielen, so erzählt sie Nachbarinnen wahre oder erfundene Geschichten über andere Nachbarinnen, die von Ferne zuhören können. So gehen Menschen miteinander um, er hasst nicht die Menschen, er hasst die Gesellschaft: alles, was jemand zu einem anderen über einen anderen sagen kann; er möchte sich für jeden Satz töten, den er selbst jemals gesagt hat. Er bleibt in Hörweite stehen, kaum von der Hausecke entfernt: Ein Enkel ist da, hat die Hausmeisterin zum Polizisten hochgerufen, ein kleiner Gestörter, er geht aber in die Mittelschule, ich weiß nicht, wo die das Geld herhaben. So ein armer Bub. Ein paar Passanten, die er nicht kennt, laufen an ihm vorbei, er lehnt an der Hausmauer und schaut ab und zu auf die Uhr, so als würde er auf jemanden warten. Er müsste pinkeln, krampft seine Schenkel zusammen, krümmt sich; warum dauert es so lange, er hört nichts als den gewöhnlichen Autoverkehr, endlich hört er das Zuschlagen der Hecktür, der VW-Käfer fährt davon, ohne Blaulicht und Sirene einzuschalten; nach ein paar Minuten (oder auf Minutenlänge gezogenen Sekunden) folgt ihm der Rettungswagen. Es ist immer noch zu früh zurückzugehen. Er entfernt sich noch ein paar Schritte weiter von seinem Haus oder dem, was sein Haus war, sieht ein offenes Haustor, drinnen riecht es nach Moder, nach Karfiol, ein Dämmerlicht herrscht, als wäre die Tageszeit eine andere. Die Tür zum schmalen Lichthof mit den Colonia-Kübeln ist versperrt, er geht die Kellertreppe hinunter, ohne Licht zu machen, öffnet den Reißverschluss seiner Hose und pinkelt, mit klopfendem Herzen, auf die Treppe, hört das Plätschern, ungeheuer laut, hört das Klopfen seines Herzens, findet es erregend, mit nacktem Schwanz in einem fremden Haus dazustehen, mit dem nackten Schwanz in seiner Hand, fast in der Öffentlichkeit, denkt, jemand aus der Ferne, jemand wie er, könnte ihn dabei wahrnehmen, so als würde er ihn filmen und sich in ihn verwandeln, in ihn, der nicht mehr er selbst ist; ein Jemand, der niemand Bestimmtes ist; dann schneidet ein Schmerz in seinen Gedanken, er denkt nur noch, alles ist egal, auch sein Körper ist egal, er kann jetzt tun oder nicht tun, was immer er will, es wird keine Bedeutung mehr haben, es gibt keinen Rahmen mehr dafür und keinen Punkt, auf den es sich beziehen würde. Er drückt sich an die Mauer, die wie aus Butter ist, kalte und körnige Butter; sie kann weich werden wie Butter, er könnte hineinsinken in die Wand, sein Geruch wäre nicht mehr herauszukennen aus den Gerüchen dieses fremden Hauses, seine Gestalt wäre eine zerfließende Zeichnung auf der Mauer, eine ins Innere der Mauer hineinfließende Zeichnung. Er hört Schritte auf der Treppe über ihm, rührt sich nicht, riecht den Gestank seines Urins; es sind Männerschritte, ein einzelner Mann, der das Haus verlässt; irgendwann folgt er ihm, es ist vier oder fünf Uhr nachmittags, er wartet nur kurz vor seiner Haustür, schließt sie auf, niemand begegnet ihm, nicht einmal die Hausmeisterin scheint an der Tür zu lauschen; auch die Wohnungsnachbarin wartet nicht auf ihn; er muss kein Siegel aufbrechen, um in die Wohnung zu kommen, ist für einen Moment überzeugt, gleich würde Oma auf ihn zustürzen und ihn, wie an dem Samstag vor zwei oder drei Wochen, fragen, wo er so lange geblieben ist, ihn umarmen und auf die Wangen küssen, mit feuchten, schmatzenden Lippen und stacheligem Kinn, den Geruch ausströmend, den er gleich riechen wird, was sie sich schon für Sorgen gemacht habe, welche Gedanken schon durch ihren Kopf geströmt seien, sie kann es gar nicht sagen. Er sieht die Hausschuhe der Großmutter sorgsam nebeneinandergestellt neben dem Schuhschrank im Vorraum, gleich bei der Eingangstür. Einige Zettel mit Maschinschrift, mit fremder Handschrift liegen auf dem Schuhschrank; Telefonnummern, die er anrufen soll. Jetzt setzt die Maschine ein: hör nicht auf zu atmen, leb weiter, leb weiter; er weiß nicht, ob er in die Vergangenheit hineinspricht, eigentlich müsste die Maschine die ganze Zeit gearbeitet haben, er weiß nicht, ob er in die Vergangenheit hineinsprechen kann. Er sieht sich in der Schulbank sitzen, leb weiter, leb weiter, sieht sich in die Augen einer Frau starren (die er wiedererkennen würde), leb weiter, sieht sich auf eine fremde Kellertreppe pinkeln, atme. Er zieht seine Turnschuhe aus und geht in die Küche; dort liegt, mit dicker gelblicher Haut und am weichen langen Hals zur Seite hängendem Kopf das Huhn, sonst ist der Kopf immer schon abgeschnitten und in den Müll gewandert, wenn er in die Küche kommt; der Bauch ist aufgeschnitten und die Eingeweide (er sieht die Finger seiner Großmutter blutig im offenen Brustkorb) ausgeräumt. Er denkt an das zarte weiße Hühnerfleisch und weiß mit dem toten Tier auf dem Küchentisch nichts anzufangen, es kann endlos hier liegen, Fliegen können kommen, sich durch die dicke gelbliche Haut bohren, das Fleisch zerfressen, er setzt sich auf einen Schemel und schaut das Huhn an, wartet. Oma, sagt er leise. Oma, Oma, Oma, Oma, Oma. Glaubt er nicht jetzt sich an den Morgen zu erinnern, an sein Bewusstsein an diesem Morgen, als er vom Frühstückstisch (ein bräunlicher Hautbelag im Inneren seiner Kakaotasse) aufstand und sie am Herd stehen sah, ihren gebeugten Rücken in der Blümchenschürze, das dünne graue kunstgewellte Haar: das ist das letzte Mal, dass er sie sieht? Oder hatte er jeden Morgen diesen Gedanken, diese Gewissheit; und hat jeden Tag damit verbracht, gegen die Gewissheit zu kämpfen; oder hätte jeden Tag damit verbringen sollen: eigentlich müsste die Maschine die ganze Zeit gearbeitet haben? Was hat er an diesem Vormittag getan und gedacht: im Moment, auf den es angekommen wäre. Es ist das Gleiche wie damals, vor fast zehn Jahren, als er aufrecht im Bett gesessen ist und die fremden Stimmen von der Tür her gehört hat, in einer anderen, größeren, moderneren Wohnung mit bunten Tapeten, an deren Muster er sich erinnert, besser als an die Gesichter. Er hat keine Ausrede. Schon damals hat er es im Vorhinein gewusst; nicht nur an diesem Freitag, an jedem Freitag oder Samstag, wenn sie wegfuhren und ihn mit einer Studentin, vor der er sich nicht im Pyjama zeigen wollte, alleinließen, er hat es vom

Bett aus gesehen, so klein er auch war, die breite nächtliche Straße in irgendeinem fremden Stadtviertel, und ist dann doch eingeschlafen, statt sich zu konzentrieren, und hat es nicht verhindert. Stattdessen hat er vorher immer schon mit seinen Buntstiften Autounfälle gemalt, brennende Autos, ineinandergestauchte, zerfetzte Karosserien, Bilder, wie sie in der Zeitung zu sehen sind, Granaten, die in Dächern einschlagen, Bomben, die Häuser planieren (all das wird geschehen, soll geschehen, hier, er hofft darauf). Alles, was er je getan hat, war falsch. Es läutet an der Tür, langanhaltend, schrill, immer wiederholt, er geht nicht hin. Er braucht nicht zu öffnen, sie werden sowieso reinkommen.

Von der Brücke aus ist zunächst nur eine dünne Rauchsäule zu sehen, Freitag mittags, gleich nach der Schule, in diesem Schuljahr, im nächsten Juni, soll sie die Matura machen, dann, heißt es, hat sie alle Möglichkeiten (alle Möglichkeiten, die eine Frau haben kann). Die Häuserzeile biegt sich dem Kanal entlang, vom Riesenrad überragt, rechts davon, im Osten, scheint es zu brennen; vielleicht ist sie eine der ersten der Passantinnen hier am Innenstadtkai, denen es auffällt, sie geht trotzdem noch in die Wollzeile und kauft, wie sie es vorhatte, ein paar Bücher, sie liest keine Romane mehr, braucht keine fernen Länder mehr, will von dem einen Buch her, das sie im Sommer gelesen und geträumt hat, die Denkgeschichte zurückverfolgen: einen festen Raum für ihr Denken haben, einen eigenen Raum; als sie wieder zum Kai kommt, ist das Sirenengeheul überall zu hören, die Rauchwolke schon nicht mehr zu übersehen; gleich wird die Aufregung die ganze Stadt erfasst haben. Zuerst ist das Glück immer deutlicher als die Angst: die Lust an einem Einbruch des Wirklichen. Sie geht in Richtung Urania, all die Gebäude stehen still unverletzt da, die Rauchwolke breitet sich vom Horizont her aus, an den Rändern schwefelgelb, dahinter dunkel, alle Blicke richten sich zum Prater hin; langsam drehen sich auch die Schritte von immer mehr Leuten in diese Richtung; eine kleine Strömung entsteht, Fahrräder, Autos überholen sie, Konvois von Einsatzwägen sind unterwegs, unten am Kanal käme sie schneller voran. Sie denkt daran, Georg zu holen, lässt es bleiben, es erscheint ihr irgendwie peinlich; sie glaubt nicht, dass es eine Bedeutung hat, was hier geschieht, es ist keine Revolution, es ist nicht der Ort für eine Revolution, nicht das Bild, auf das sie gewartet hat. Irgendwann hört sie zum ersten Mal das Wort Rotunde. Aus den vereinzelten Menschen wird eine Masse, die die Brücken verstopft; sie hat den Brandgeruch in ihrer Nase, ist schon eingeschlossen in die Bewegung der Masse, die versucht, dem Zentrum des Schauspiels gefahrlos nahe zu kommen. Die Waren sind Dinge, sagt sie sich vor, und daher widerstandslos gegen den Menschen, sie weiß nicht mehr, welchen Sinn dieser Satz hat und ob dieser Satz einen Sinn hat, aber sie braucht einen Satz, den sie sich vorsagen kann, um in der Menschenmenge nicht unterzugehen. Sie findet ihre Neugier ekelhaft, findet es ekelhaft mitzulaufen, und läuft doch mit; der Himmel verfinstert sich, sie geht mitten auf der Fahrbahn, vor den Cafés in der Praterstraße stehen Leute und schauen die Menge der Schaulustigen an, die sich durch die Seitengassen des Czerninviertels und über den Praterstern auf die Hauptallee zubewegen und doch bald von einer Absperrung gestoppt werden, sie befindet sich, mit all den anderen, hier schon direkt unter der dunklen Qualmwolke, die der Wind zur Stadt hin treibt, es ist warm, sie denkt, sie könnte im Inneren dieser Wolke, mit all den anderen, ersticken und sterben; vielleicht hat sie dieses Bewusstsein zum ersten Mal: von einem Moment zum andern können alle Gewissheiten zusammenstürzen. Irgendjemand behauptet zu wissen, wer die Rotunde angezündet haben muss; sie fühlt in sich eine Bereitschaft, alles zu glauben, was jemand sagt; und sie glaubt nichts davon und hasst die Wichtigtuer, die erklären, beschuldigen, einordnen; etwas anderes zählt, etwas Grundloses, Bedeutungsloses; etwas, von dem sie nie jemandem erzählen wird (das sie unter dem Satz, den sie sich wiederholt, verstecken kann). Sie sieht einen Mann mit geschorenem Kopf, barhäuptig, fast als würde er direkt aus dem Brandherd kommen, aber mit sauberen dunklen Kleidern, an ihr vorbeigehen, mit ruhigem Schritt und ohne nach links oder rechts zu schauen, sie glaubt, diesen Mann, diese Art zu gehen, diese rot verschorfte Kopfhaut, schon einmal gesehen zu haben, erinnert sich nicht, wann und wo. Das Dröhnen einer Propellermaschine, die dicht über die Köpfe der Menge hinwegfliegt, lässt sie den Blick nach oben wenden; die Menge kommt in der Hauptallee an einem Polizeikordon zu stehen; wo wirklich Gefahr ist, sind längst Polizei und Militär; sie kommt nicht weiter und will nicht mehr weiter: im Grund ist hier nichts zu sehen; das Stimmengewirr wird zu einem dumpfen Gedröhne, das den Lärm des Brandes ersetzen kann; irgendwann ist ein lauter Krach zu hören. Er sieht die Radfahrer um sich, die vielen Toten der nächsten Jahre, fühlt ein Fahrrad unter seinem Hintern, gleitet zwischen den Fußgängern hindurch. Es ist ein warmer, fast noch sommerlicher Tag, nahe am Praterstern lässt er das Rad (ein altmodisches Ding mit knirschenden Pedalen) fallen und geht zu Fuß weiter, die Rauchwolke über den Köpfen quillt in immer neuen grauen und schwarzen Wirbeln auf. Er schaut in die Gesichter der Frauen, wartet, ob eine aufschaut, ein Mädchen im langen Rock, mit kurzem, erst vor dem Sommer an den Schultern abgeschnittenem Haar (er weiß es), steht mit bleichem Gesicht da, ohne Freude, ohne Entsetzen, ohne Freude am Entsetzen, er glaubt nur ein Unbehagen in ihren Zügen zu erkennen, eine Unzugehörigkeit, geht an ihr vorbei; Pferde tänzeln, von den Polizisten in Zaum gehalten, er schiebt sich leicht durch die Menschenmenge hindurch, von keinem Blick, keiner Hand festgehalten, schiebt sich zwischen den Leibern der Pferde hindurch, die der Brandgeruch oder etwas anderes nervös macht. Die Menge (zwanzigtausend Leute, sagen die Zeitungen am nächsten Tag) bleibt zurück; hier sind nur noch Reporter, Polizisten, Feuerwehrleute, Soldaten, ein paar Politiker, die mit hohen Offizieren und mit Reportern reden, tief betroffen; hier ist nur das Feuer: die Flammen, die in den Holzverkleidungen der Eisenträger immer neue Nahrung finden, die große weißglühende Kuppel aus Stahl und Glas, hinter der Flammenwand und einem Nebel aus Wasserdampf und Löschschaum; ab und zu krachen Balken herab. Zwischen den Polizeikordons und dem brennenden Rest des Wahrzeichens liegt ein freies Feld, auf das Asche regnet, Fetzen verbrannten Papiers segeln; die wichtigen Leute, die hier herumlaufen, sich absprechen, Maßnahmen treffen, erscheinen ihm klein und stumm; sie öffnen den Mund, gestikulieren, er hört nicht, was sie sagen. Um halbdrei stürzt, in einem langanhaltenden Augenblick, mit gewaltigem Getöse die Kuppel ein: er sieht sie noch, leuchtend weiß, als ihre Trümmer schon, in einer schwarzen, die Sicht nehmenden Wolke, am Boden gelandet sind. Er kann bis in die Nacht hinein hierbleiben, das Glosen der Brandreste, immer wieder vom Wind angefacht, betrachten, die Menge verläuft sich, die Polizeimannschaften werden ausgetauscht, die Pferde traben durch die nächtliche Hauptallee davon, neue Polizeiwagen kommen ihnen entgegen. Er hockt sich hin, legt sich auf den Boden, auf die Asche, steht wieder auf, geht in den Auwald, von niemandem verfolgt, stolpert über Wurzeln, versinkt mit den Füßen im Laub, vergißt, wo er sich befindet. Er lässt seine Hose herunter, im Dunkeln, pinkelt gegen einen Baum, bleibt stehen.

Sie fühlt sich ausgeleert, als sie zurückgeht, obwohl sie weiß, dass sie am Abend Georg treffen wird; es ist nichts geschehen, sie wird ihn in den nächsten Monaten immer wieder treffen, fast jeden Tag, wird mit ihm schlafen, in einer Wohnung, die unbekannten Freunden von ihm gehört, ihn nackt zwischen den fremden Möbeln und Zeitungen herumlaufen, zum Waschbecken, zum Fenster gehen sehen, und dann immer wieder alleine nach Hause gehen, wo keine Spur von ihm auszumachen ist, warum ist es jetzt schon, als wäre er nicht da. Wenn er nicht da ist, schämt sie sich vor ihm, wenn er da ist, erscheint alles möglich und sagbar (aber das meiste braucht sie nicht zu sagen). Sie werden über den Brand reden, so wie alle; sie werden nichts vermissen, der Brand ist nur eine österreichische Katastrophe; der Ersatz für eine Katastrophe; keiner ist schuld, und es sterben Steine und Bilder anstatt der Menschen; am nächsten Tag wird sie darüber in der Zeitung lesen, über die Menschenmenge, deren Teil sie war und nicht war, irgendwo, auf den hinteren Seiten, auch eine andere kleine Meldung finden, über eine Emigrantentragödie in Prag, die Zeichnerin Gertrud Landsberger, der Philosoph und Professor der Technischen Hochschule Walter Dubislav; im gegenseitigen Einvernehmen, mit Messerstichen, tot aufgefunden. Hätte ihr Georg nichts von seinen Zweifeln erzählen, ihr Sicherheit vorspielen sollen? Aber hängt sie nicht schon nur umso mehr an dieser Abwesenheit; ist es nicht gerade deshalb unmöglich, ihn loszulassen, unmöglich, auch nur mit ihm zu streiten? Sie sieht sich mit ihm in Prag, in Buenos Aires oder Paris, in irgendeiner, einer anderen Stadt; wenn sie in der kleinen Wohnung in Wien, die unbekannten Freunden von ihm gehört, mit ihm schlafen wird, im Winter, wenn er oder sie nackt zwischen den fremden Möbeln, den Stößen von Zeitungen und Büchern herumlaufen, zum Waschbecken, zum Fenster gehen, sieht sie sie vom Feind beobachtet, beinah gesteuert, noch in ihrer Einigkeit.

4.

»... daß es im geeigneten Augenblick geboten sein kann, einen Strich zu ziehen. Und kein Wort mehr hinzuzufügen.«
»Vielleicht deshalb retten sie, was möglich ist: Fetzen im Herbstwind, entscheidende Fetzen von Filmen ...«

Ilse Aichinger, *Film und Verhängnis*

Man kann lange über die sandigen Wege laufen, zwischen ein paar Feldern, hohen Gräsern, kleinen Bächen (die sich bald in Kanäle verwandeln, bevor sie zugeschüttet werden), stößt da und dort auf einen Hof, eine Wirtschaft. Wenn es regnet, verwandeln sich die Wege in Schlamm, er wartet auf Regen, Wolkenschichten, die sich übereinanderschieben, das Donnergrollen, ein Beben, wie eine andere Musik. Hinter den Stadtmauern, ein paar am Ufer vertäuten Booten, vor Hochwasser sicher, schmiegen sich drüben die Häuser um den Dom, dort drin in den engen Gassen stinkt es nach Pferdemist, Pisse und Blut: hier in den Auwiesen kann man noch atmen (solange man auf den Schutz fester Räume verzichtet). Von einem großen burgartigen Gutshof, von Palisaden umgeben, in der Gegend der Schiffsgasse, ist bald nur noch der Name geblieben; ein Wirtshaus hält sich über ein paar Jahrhunderte. Reiter wirbeln auf den sandigen Wegen Staub auf; an den Ufern liegen, wo das dichte Gestrüpp gerodet ist, Fischernetze aus. An den Grenzen des Ghettos zieht sich ein Bach namens Anzug vom stadtnahen Donauarm zum Fahnenstangenwasser hinter dem Augarten, die Hollandstraße, die Leopoldsgasse entlang, später (jetzt) verrotten neben ins Leere laufenden Geleisen am verlassenen Bahnhofsgelände über dem mit Schotter und

Erde aufgefüllten Fahnenstangenwasser (am Stadtplan eine Leerstelle von der Größe eines ganzen Stadtviertels) Müllfässer, ein paar riesige Lastkräne und aufeinandergestapelte Container sind von der Mauer her noch zu sehen; eine junge Frau geht (vor zehn Jahren, jetzt) mit eckigen Schritten, ohne nach links oder rechts zu blicken, den schmalen Gehweg an der von Plakatwänden teils verdeckten alten Steinmauer mit den fensterförmigen mit Ziegeln zugemauerten Öffnungen entlang, neben einem Streifen mit hohem Gras, man geht hier nicht zu Fuß, er verbirgt sich vor der jungen Frau, beginnt ihr zu folgen, weiß nicht genau, auf welche Seite sie gehört. Ein Drahtzaun läuft als zusätzliche Sperre auf der Mauer entlang. Auf der vierspurigen Straße zieht der zum Abend hin dichter werdende Autoverkehr vorüber, Lastwägen und Tankfahrzeuge lassen den Boden erzittern. Neben einem immer weiter ausgebauten Kloster werden auf der dem Bürgerspital gehörenden Heide die aus der Stadt vertriebenen Menschen angesiedelt, die ein gelbes *Häubel* und einen auf die Kleidung aufgenähten gelben Fleck tragen müssen, die Donaufischer, die in der Nähe ihre Häuschen haben, wehren sich als gute Christenmenschen gegen die neuen Nachbarn, hundertzwanzig baufällige Häuser aus Lehm und Holz entstehen, schnell niederzubrennen, wenn die Bewohner verjagt oder getötet werden, ein paar bessere Häuser dazwischen, das Betreten der Stadt am anderen Ufer, hinter der Mauer und dem Tor mit dem Roten Thurm und der Mautstelle ist den Bewohnern verboten. Es stinkt nach Pferdemist, Pisse und Blut, vom Anzug fließt ein Bach, in dem Abfälle landen, zur Jägerzeile und zum Prater hin, durchs Ghetto hindurch, das immer wieder zerstört wird und immer wieder entsteht, die Häuser werden stabiler, wie es scheint, überall hier sind alte Flüsse, die Straßen hier sind Flüsse und werden es bleiben. Über das Kaiserwasser Am Tabor führt die Schlampete Brücke. Gleich beim Markt, auf den die Fenster der Wohnung von Emilia und später Dora Degen hinausgehen, steht vom siebzehnten Jahrhundert an ein Zucht- und Arbeitshaus; später ein Armenhaus für unheilbare, erwerbsunfähige und pflegebedürftige Frauen, mit einem Saal mit hundert Betten und mit einer einzigen Aufseherin, der Kommunismus, denkt Emilia, jetzt, siebzehn Jahre alt, wird diese Schande vor ihrer Haustür beenden. Manchmal, alle paar Jahrzehnte, muss man mit Booten durch die Jägerzeile oder die Taborstraße fahren, wenn das Wasser zurückgeht, stehen die Ertrunkenen aufrecht an den Fenstern ihrer Häuser, durch die Prater Hauptallee treiben Eisschollen, am Ende des Winters. Der schiffbare Flussarm nah der Stadtgrenze allerdings, an der Stelle, wo sich später der Karl-Marx-Hof (zu Emilias Zeit Heiligenstädter Hof) lange zwischen der Bahntrasse der Franz-Josefs-Bahn und den Straßenbahngeleisen des D-Wagens hinzieht, beim Fährdorf Urfar mit seinen Holzhüttchen, verwandelt sich im Lauf der Jahrhunderte in brackige Tümpel zwischen Gestrüpp und krumm wachsenden, die Wipfel ineinanderkrallenden Bäumen; die Tümpel können dann und wann zu Seen anschwellen, sich wieder mit dem Fluss verbinden. Er kommt aus dem Wasser, ein eckiges Wesen. Sein Anzug trocknet schnell, er setzt, zur Tarnung, einen Hut auf. Glocken läuten, die Gesichter der Passanten sind scharf und weiß beleuchtet, die Schatten auf den Wangen treten hervor. Sie atmen, keine Handlung, kein Satz hat eine Bedeutung; sobald er ausgesprochen ist, zerrinnt er schon, alles kann vergessen werden; weitergehen, nicht stehenbleiben, sagt er sich, auf den sandigen Wegen, dem Pflaster, dem Asphalt, manchmal steigt das Wasser über die Köpfe, trotzdem, nicht stehenbleiben, weitergehen, zurück, am Kanal entlang, der wie ein trübes einbetoniertes Rinnsal erscheint. Das ist nicht aus und vorbei, das kommt erst. Ein Mann mit gebräunten Wangen, Brille, einem Schnurrbart, unter dem Kinn schlaffer Haut, einem breitkrempigen Hut, tritt durch ein Schultor auf die Gasse, seine Socken und Hosenbeine, seine Schuhe werden nass und dreckig, während er zum Boot watet, er steigt hinein und rudert, die Leopoldsgasse entlang, hin zur Augartenmauer, zum Bahnhof, dahinter ist schon bald der Kai, auf der anderen Seite sind Felder, Hochhäuser, Badestrände, auf der anderen Seite ist freies Land. Hier dagegen gibt es jetzt, nach dem Schlaf, an den Wänden der Häuser Gedenktafeln, es gibt goldene Steine mit Namen, Daten, Verschickungsorten im Boden, neue Weinbars, Cafés, Architekturbüros, kleine Buchläden, vor den Cafés sitzen Männer im T-Shirt, Mädchen in kurzen Röcken oder in Jeans, es ist Frühling.

Sie wird jeden Tag aufstehen müssen, ihren Körper in Kleider hüllen, lange Röcke, die alles von ihr verdecken, ihre Zähne putzen, ein Frühstück hinabwürgen, das in ihrer Kehle verklumpt, oder einfach nur eine Tasse Kaffee trinken, um so tun zu können, als wäre sie wach, sie zählt die Sekunden; sie wird jeden Tag die Treppen hinabsteigen müssen, drei hohe Stockwerke, ein Mezzanin, die Spirale des Treppenhauses, die Hausmeisterin in ihren Geruch nach Essig hinein anlächeln, die, wie die anderen Hausparteien sagen, gar keine richtige Hausmeisterin ist, eine Frau mit nackten weißen Armen, schmalem Gesicht, in alle Richtungen zersträubtem borstigem schwarzem Haar, die bald ihre Dienstwohnung verloren haben, mit ihren drei oder vier Kindern umgesiedelt worden sein wird, und die keine Chance haben kann davonzukommen; sie wird hinaus auf den Platz gehen müssen, in den Sonnenschein: ein Bäckerjunge mit einem Brotkorb am Rücken wird sie angrinsen, der dünne Schneider Klemens Hrazdil in der Krummbaumgasse wird sie freundlich grüßen, und sie wird auf seine großen Tränensäcke und auf das SA-Abzeichen an seinem Revers starren und ihm nicht antworten; sie wird durchs Schultor gehen, ihre Schritte zählen, keinen Blick suchen, ein Drittel der Schülerinnen in der Maturaklasse wird an jedem

Tag fehlen (jetzt sind wir unter uns, sagt der Deutschlehrer), Margret, das Mädchen mit den Zöpfen, von dem sie ein paar Mal noch hören wird, bis sie, ohne Matura, verschwunden ist, Alicia, Dora, Frieda, Ilse, Berta, Jeanette, Magda, Luisa; die Hälfte der Lehrer wird ausgetauscht sein, der Katechet, den sie noch freiwillig aufsuchen könnte, die Französischlehrerin, Doktor Steinitz. Geschichte heißt nicht, all das ist aus und vorbei, sagt Doktor Steinitz, Geschichte heißt, das kommt erst. Sie ist allein in ihrem Kreis, die Dinge stoßen sie ab: ihr Bett, die Wände, das Treppenhaus, die Fassaden, die Straßen; alles fügt sich, alles trägt das Zeichen, sichtbar oder versteckt, ein Schandmal auf der Fresse. Es ist die Wirklichkeit, ohne ein Als-ob, ohne Beleuchtung (Schleier aus Licht); auch wenn alle andauernd lügen, jetzt, wo das Land keinen Namen mehr hat, schälen sich die Bilder los und die Wirklichkeit schaut hervor: sie will nichts und niemanden mehr anfassen, nichts und niemand mehr soll sie berühren, nichts und niemand hat einen Wert über den bloßen Augenschein hinaus.
Sie wird schon am ersten Tag vergeblich versuchen, die Telefonnummer anzurufen, wird ihren Zeigefinger für alle Zeit in der Wählscheibe spüren, die Nummer nie vergessen, sich im Vorraum, am neu eingeleiteten Apparat stehen sehen, nach Jahren, den Hörer am Ohr spüren und die Stille zwischen den Klingellauten hören, über dem Lärm von draußen, dem *Verrecke, verrecke*; auf die Straße gehen will sie an dem Märzwochenende nicht, sie spricht nicht mit ihrer Großmutter (sei doch nicht hysterisch, Kind, was braucht sich ein junges Mädchen um die große Politik zu kümmern), läuft von einem Zimmer ins andere und möchte den Kopf gegen jede Wand schlagen; erst sonntagnachts schleicht sie sich aus dem Haus (die kahlen Mauern der Marktstände, das Dach der Sterne) und geht in die Zirkusgasse, an die Rollläden der Buchhandlung ist mit großen Lettern *Ist in Dachau* gemalt, daneben ein Davidsstern. Sie können nicht alle mitgenommen haben, sie

wird zurückkehren,. immer wieder an eine Tür klopfen, die Stille hören, dann an die Türen der Nachbarn, die die Achseln zucken, nichts wissen, die sind eh im Ausland, die können sichs richten, sagt die eine, die habens mitgenommen, sagt der andere, fragen Sie mich nicht, sagt der Dritte, es ist traurig, sagt die Vierte, hier hat es Szenen gegeben; ja, wenn alles ordnungsgemäß abläuft, dann ist es mir recht, ja, aber was soll ich Ihnen sagen. Wir gehen nicht fort, sagt ein Vierter, ein kleiner Mann in einer grünen Weste, wir sind alte Leute, ja, den Buchhändler haben sie mitgenommen und seine Frau auch, die muss etwas gesagt haben, der junge Mann war nicht da, der ist schon in der Nacht zum Bahnhof (warum hat er nicht bei ihr geläutet), der wird wohl versucht haben, zur Grenze zu kommen. Sie drückt dem kleinen Mann in der grünen Weste die Hand und kommt sich schäbig dabei vor; seit wann ist es fast ein Geschenk, jemandem die Hand zu geben, sie läuft die Treppen herunter, so wie sie vor ein paar Monaten, als sie Georg einmal von seiner Wohnung abgeholt hat, die Treppen heruntergelaufen ist, steht auf der Straße; das Sonnenlicht schneidet die Räder eines Fuhrwerks, die glänzende Karosserie eines Automobils, den graubraunen Stein der Mauern aus, unzusammengehörige Dinge, es zeichnet Muster auf dem staubigen Parkettboden des Klassenzimmers, ihres Schlafzimmers.
Sie betritt keines der Kaffeehäuser mehr, einmal trifft sie Peter auf der Straße, groß, mit dicken Brillen und einer Hakenkreuzarmbinde, sie schaut an ihm vorbei, er hält sie auf. Ich habe ihn nicht verraten, behauptet er, flüsternd, mit herabgezogenen Mundwinkeln, so ernsthaft wie immer, und sucht ihren Blick, den sie ihm verweigert; sie dreht sich um und geht, man kann immer einfach weggehen, das ist fast nicht schlimmer als alles andere. Sie hätte ihn fragen können, wird sie später denken, wo sie Georg hingebracht haben; sie hätte seinen Einfluss suchen können, das wäre wohl gewesen, was man gescheit nennt. Ihre Gedanken drehen sich im Kreis, während sie in ih-

rem Bett liegt, in ihrem Schlafzimmer, dem Zimmer links von der Eingangstür, unter einer Steppdecke, in deren Bezug die Initialen der Großmutter, des Mädchennamens der Großmutter eingestickt sind, daliegt und auf das Einschlafen wartet; die Gedanken, beinah Bilder, spinnenartige kleine Figuren, Wesen aus Draht, mit Widerhaken an den Gliedern, laufen von einer Ecke ihres Kopfes in die andere, schlagen an jeder Ecke ihres Kopfes an; sie hört die Schläge, hört ihren Gedanken zu, statt zu schlafen; spürt, wie sich die Widerhaken in ihrer Hirnhaut verfangen, an der weichen Masse ihres Gehirnes zerren. Sie stellt sich vor, Peter zu töten, und weiß, es wäre im Einzelnen so sinnlos wie im Allgemeinen, er würde nicht einmal als Stellvertreter taugen; und sie weiß, sie könnte es nicht, sie hat keine Waffen, nicht jetzt, und könnte es nicht, auch wenn sie Waffen hätte. Sie schreibt einen Brief an ihren Vater, noch im März, im Mai kommt die Antwort, er freut sich, von ihr zu hören, sagt der Vater, aber die Situation im alten Heimatlande ist, seiner Einschätzung nach, nicht die schlechteste, und sie mag, so schwer es ihr auch fallen sollte, seiner Einschätzung und seiner Lebenserfahrung vertrauen. Er fragt sie nicht, was sie mit dem Gegenstand ihres Ersuchens verbindet (offen gesagt, möchte er es gar nicht wissen). Und er bedauert sehr, aber es gibt keinen Bedarf an kleinen jüdischen Kommunisten in Argentinien, man hat hier selbst genug davon und beobachtet das deutsche Vorgehen nicht ohne Sympathie.

Als sie zum letzten Mal das Haus in der Zirkusgasse betritt, in den zweiten Stock hochsteigt, an der Tür klopft, die Schritte im Korridor hört, schlurfende Schritte in Pantoffeln, fragt sie gar nichts mehr, sie starrt nur auf den Bademantel, die Pantoffeln der Frau, die in der Tür steht und sie mit hochgezogenen Augenbrauen anschaut, natürlich kann es ein Zufall sein, dass dieser Bademantel und diese Pantoffeln genauso aussehen wie der Bademantel und die Pantoffeln, die Georgs Mutter getragen hat, als Emilia vor ein paar Monaten oben angeläutet hat, um Georg abzuholen, was ist an einem Bademantel, an Pantoffeln schon Besonderes; wie schön, Sie auch einmal zu Gesicht zu bekommen, Emilia, sagt Georgs Mutter lächelnd und möchte sie auf einen Kaffee einladen, aber Emilia ist (egal wie freundlich diese erwachsene Frau lächelt) in Wahrheit froh, dass gleich Georg erscheint, dass sie keine Zeit haben, der Film, das Stück gleich beginnen werden, die anderen, Leo, Peter, Ruth, Peter, Ruth, Leo schon im Kaffeehaus warten. Emilia dreht sich um und läuft die Treppen herab, es ist ein sonniger Tag, draußen empfängt sie ein Geruch nach frischem Brot, nach dem Benzin von Zweitaktmotoren, nach Fisch und Zwiebel, als wäre sie in einer anderen Stadt (aber all das ist noch nicht geschehen). Sie wird in ihrem Bett liegen, auf den Schlaf warten, die Gedanken zerren an ihrer Hirnhaut, sie sieht Stiefel, die das Gesicht eines Jungen zertreten, verrecke, verrecke, das Mädchen zieht die Vorhänge auf, Guten Morgen, Fräulein Emilia, strahlt und putzt die Wohnung, ich bin froh, dass ich bei Ihnen (bei Eahna) bin; sie hört den Lehrern in der Schule nicht mehr zu und gibt bei Schularbeiten leere Blätter ab, die Großmutter wird sie beschwören, doch wenigstens die Matura zu machen, man hat ihr die teure Schule bezahlt, was soll aus ihr werden. Sie wird die Matura machen, nachts schlaflos daliegen, warten, jeden Tag aufstehen, ihren Körper in Kleider hüllen, die alles von ihr verdecken; sie wird das Haus in der Zirkusgasse sehen, menschenleer, die Treppen, die Korridore, die Türen, an die sie klopft, auf Schritte wartend, nur das Haus, keine Bewohner, zwischen Schlafen und Wachen, im Erdgeschoss die Buchhandlung, durch ein kleines viereckiges Loch in den Rollläden hindurch: die Büchertische, die Regale, das altmodische Pult mit dem Telefon, den Katalogen, den Rechnungsbüchern, der Staub kann sich darauf senken, das Haus, auf das Bomben fallen werden, kann sich als Staub darauf senken. Warum hat er nicht an der Tür geläutet, nicht einmal angerufen, in dieser Nacht; hat er ihr misstraut; warum schreibt er ihr nicht, wenn er schreiben kann; muss er ihr immer noch misstrauen, gehört sie plötzlich zu den anderen. Es wird fast acht Jahre dauern, bis sie sich sicher ist, dass sie ihn nie mehr sehen wird.

Manchmal weiß er, er hätte die Reihenfolge durcheinanderbringen müssen: als erster sterben, sich töten; andere mitnehmen, damit sie nicht in der Lage sind, ihn zu beweinen, bereden und begraben, ohne dass er darüber Kontrolle hat; mit einer Pistole in die Schule gehen und seine Schulkollegen Kopf für Kopf ins Visier nehmen, Adamek, Kernberger, Sirinov, Mona Maier, Cora Eisler, sie anblicken und auslöschen; ihre Leben wie kleine Kästchen verschließen. Dann wäre alles klar, wie in einem Film wären immer wieder dieselben Bilder von ihnen zu sehen; er hätte richtig töten und richtig sterben müssen, um sich die Erfahrung des Todes zu ersparen, des Zufalls, der seine Schuld ist. Er ist so allein, dass er schreien könnte (dann gewöhnt er sich daran); er hat alles versäumt, noch seinen Tod. Irgendwann ist er den Anstalten entkommen, den Zimmern mit weißen Wänden und den Gärten mit den Kieswegen und dem üppigen Grün vor den Fenstern, in die Ferne hinein, den Verhören, in denen er seine Leere erprobt, vor Ärzten, die so freundlich sind wie seine Lehrer, bevor er sie ans andere Ende ihrer Ordinationen vertreibt: er muss dafür nur kurz in den Kopf dieses Arztes schlüpfen (wie seltsam, einen Schnurrbart und schulterlanges Haar zu tragen), kann sich dann in einen Knopf an seinem weißen Kittel, seinen teuren Füllfederhalter, den Schreibtisch verwandeln. Er ist entkommen und frei; er kann nur noch zurückgehen. Alles ist völlig egal, nur ein Spiel; immer kann er sich an eine kahle Wand lehnen, die ihn aufnimmt, kann ein Buch aufschlagen und dichte Reihen von wiederholbaren Buchstaben darin vorfinden. An welchen Punkt müsste er zurückgehen, um seine

Großmutter in ihrem Leben zu verschließen; oder braucht es dafür nur die Wiederholung einiger Sätze, einiger Gesten. Er sieht sie auf dem Boden knien, ihre Hand mit dem Staubtuch streicht über den Wohnzimmertisch; er sieht sie Dominosteine auflegen, er riecht den Malzkaffee, den sie morgens trinkt, das gekochte Schweinefleisch, das feucht und grau an einer weißen Fettschwarte auf dem Teller zerfällt, kann sich nicht mehr davor ekeln. Er streift mit den Fingern über die glatte Mauer neben seinem Bett, sucht einen Ansatzpunkt für seine Nägel; alles ist egal, alles ist da; die unbekannten Menschen, die ihre zufälligen Leben leben, die manchmal, wie die Hand einer Kassierin an der Supermarktkasse seine Hand, zufällig das seine berühren, und die wieder verschwinden und zufällig sterben, sind aus dem Bild auszublenden; was im Bild ist, hat notwendig zu sein, zeitlos oder eher so von Zeit getränkt, dass es stillsteht; nur er selbst ist sich noch manchmal im Weg.
Er ist zweiundzwanzig oder zweiunddreißig Jahre alt, aus dieser Zeit gibt es keine Fotos von ihm, er schließt sich im Badezimmer ein, vor dem Spiegel, mit der Nagelschere in der Hand, und beginnt seine Fingernägel zu schneiden, möglichst kurz, immer noch ist ein Halbmond zu sehen, er schneidet noch tiefer, spürt kleine Wellen von Erregung durch seinen Körper laufen. Er schlüpft aus seiner Unterhose (ein weißer Slip, wie er sie als Kind getragen hat), wartet, ein paar Sekunden, öffnet die Tür, horcht, dreht die Absperrung zu, obwohl niemand in der Wohnung ist, niemand in der Wohnung sein kann. Er setzt sich auf den Badewannenrand, beginnt zu zählen, schaut auf das Blut an seinen Fingern und bekämpft die Lust, die Finger in den Mund zu nehmen und daran zu saugen. Er stellt sich Blicke in seinem Rücken vor, jemanden, der hinter ihm in der Wanne liegen würde. Wie du ausschaust, Andi, sagt seine Mutter in der Wanne hinter ihm, du bist schmutzig. Er will die Blicke ausradieren; seine Fingerspitzen schmerzen und kitzeln, er streckt sie von sich, krallt sie zusammen. Seine Groß-

mutter hat ihm die Fingernägel geschnitten, bis er zehn war, er spürt die Berührung ihrer Finger an seinen Händen, ihren vertrauten bitteren Atem in seinem Gesicht. Seine Kopfhaut kitzelt; die Gedanken und Bilder, die sich in sein Bewusstsein schleichen, sich durch seinen Kopf nagen, sind widerliche Insekten; Insekten, die die Form von Sätzen annehmen, sogar die Form von Zahlen, und doch Insekten bleiben. Er greift mit der linken Hand in sein Haar, reißt daran, schnippt mit der Nagelschere hinein, ein erstes kleines Büschel zarter blonder Härchen verstreut sich in der Waschmuschel und auf dem Fliesenboden des Badezimmers. Er muss konsequent sein, wenn er rein sein will; muss den totalen Schmerz suchen, wenn er die Erlösung möchte (er sollte sich die Haut von den Knochen schaben). Er schaut in den Spiegel, während er mit der kleinen Schere Zentimeter für Zentimeter seine Kopfhaut abgrast, und erkennt sich in dem Mann mit der großen rostigen Brille, dem eckigen Gesicht und den traurigen bleichen Augen, den er im Spiegel sieht, nicht wieder; er schneidet an seinem Kopf herum und schneidet zugleich an dem Bild herum, an dem fremden eckigen Männerkopf, der immer nackter, immer fleischiger, immer männlicher und zerstörter erscheint. Die Hautschicht unter seinen Haarwurzeln ist ganz zart und empfindlich. Hier reinzuschneiden tut nicht einfach weh und ist nicht einfach eine Verletzung: es zeigt, dass alles möglich ist, dass es keine Ordnung und keine Grenzen gibt, der Ekel kann alles überschwemmen, die Person, die er war, zur Auflösung bringen. Kleine Inseln von Haaren, flaumige Schatten bleiben auf seinem Schädel zurück, er schneidet weiter, entdeckt unter der blutigen Landschaft auf seiner Kopfhaut immer wieder Ansätze von Haaren, in seinem Nacken, wo die Haut weicher wird, nachgibt, er dreht sich, um den Nacken und den Hinterkopf des Mannes im Spiegel wahrnehmen zu können. Er schließt die Augen, der Blick trifft ihn von der Seite, zeigt

das verbliebene Bewusstsein an, darüber hinaus gibt es nichts mehr. Er öffnet die Augen, ist ein anderer.
Zu dieser Zeit, vor der Delogierung, beginnt er seine langen Spaziergänge; er hat kein Geld, er hat keine Zukunft, er lernt zu sehen, den Kopf zu heben, alle Entscheidungen, die er je getroffen hat oder die je für ihn getroffen worden sind, können rückgängig gemacht werden, nur die Straßenzüge, die Fassaden sind nicht zu verändern. Er versucht in seinem Kopf die Wege festzuhalten, Einzelheiten in seinen Kopf hinüberzuziehen; erst im Nachhinein weiß er, ob es ihm gelingt: was dann im Bild ist, ist richtig so, wie es ist, er kann Zärtlichkeit dafür empfinden, für jedes Detail: die Kieswege in den Gärten, das Licht auf den alten Mauern, ein warmes, rötlich-tiefes Licht (das Grau und die Nässe kommen anderswoher), die, wie auf einer Wasseroberfläche, auf den Blättern der Bäume und der Weinstöcke tanzenden Lichtflecken; dann kann er Zärtlichkeit für den blaugrauen Himmel, die grüne Böschung am Ufer (inmitten der Stadt beginnt die Stadt zu zerfransen) empfinden, so wie er jetzt Zärtlichkeit für den Geruch des Malzkaffees, der Putzmittel, des fetten Schweinefleisches in seiner Nase verspürt, für die Dominosteine, die Füllfeder in seinen Fingern (dem, was seine Finger waren), die vollgemalten Hefte, die irgendjemand vor langer Zeit in einen Altpapiercontainer geworfen haben muss. Jeder Schritt die Böschung hinunter, zum Ufer mit seinen Bänkchen und Wegen, ist ein Schritt im Inneren des Bildes, ein zerdehnter, in sich gedoppelter Blick; mit einer Leerstelle für das Glück in den Zwischenräumen. Jeder Schritt über einen Kiesweg des Gartens ist ein in sich gedoppelter, zerdehnter, Leerräume öffnender Blick. Er findet eine Haube im Kleiderschrank, für ein paar Wochen leistet sie ihm gute Dienste, er muss sie auch im Kinosaal nicht absetzen, ein warmer winziger Schmerz in seinem Rücken sagt ihm, dass er noch lebt; eines Nachts fühlt er sich vom Schatten des alten Kleiderschranks angezogen und fragt sich, was sich in

den entlegeneren Fächern befinden mag. Er trägt die am Klo neben dem Spülkasten zwischen ein paar Stapeln Zeitungen abgestellte Leiter ins Zimmer, klappt sie auf, der aufgewirbelte Staub kitzelt in seiner Nase, er steigt die drei Sprossen hinauf, schiebt seinen Arm tief ins oberste Fach des Schrankes und kann mit lockenden Bewegungen seiner Fingerspitzen langsam eine große runde Schachtel hervorholen, ein Schuhkarton mit alten Fotos fällt, von der runden Schachtel angestoßen, heraus, die Fotos verstreuen sich auf dem Boden, er lässt sie ein paar Tage lang hier liegen; von seinem Bett aus, wo er daliegt und Bier trinkt, ist, wenn die Sonne durchs Fenster hereinscheint und ein Muster auf den Parkettboden zeichnet, beinah nichts auf den Fotos zu erkennen: ein Himmel, der auch eine Wand sein kann, davor dunkle Felder, wahrscheinlich Menschen, es können auch Landschaften sein oder Gebäude. Er wird die Fotos in die Jackentasche stecken, bevor er die Wohnung endgültig verlässt (rechtzeitig, an einem Sommerabend, bevor sie kommen, um ihn zu holen), er glaubt, die Gefangenschaft ist zu Ende: seine Kopfhaut juckt, er kann den Passanten ins Gesicht schauen, die Gesichter unterscheiden, durch sie hindurch auf die Fassaden schauen, an denen Götter, Engel, nackte Frauenkörper kleben, am Kriegsministerium am Stubenring die Köpfe von Soldaten aller Völker des Imperiums, mit aufwändigen Schnurrbärten, an der Domfassade Grabplatten mit verlöschenden Inschriften und kleine Ungeheuer, er kann aufs dunkle Wasser des Kanals schauen, unter seiner Haube schwitzend, er nimmt sie ab. Nichts hat mehr etwas mit ihm zu tun, also ist es ein Nichts, ein Beinahnichts, was er rund um sich sieht, es ist fast nur Licht, je weniger es ist, desto deutlicher kann er es sehen. Kleine Stufen führen ins Wasser hinab; eine am Ufer vertäute Zille schwankt ganz leicht in der Strömung, die Unterseiten der Brücken sind beleuchtet. In seiner speckigen Umhängetasche mit dem kaputten Reißverschluss trägt er ein aus einem Wühlkistchen entnommenes Taschenbuch (Restposten ohne Preisbindung) und eine Dose mit zu warmem Bier, das zischend aus der Öffnung schäumen würde, wenn er sich irgendwohin setzte, auf ein Bänkchen, auf die Stufen, um zu trinken, zu warten, zu trinken. Dort sitzen die Toten und trinken Bier, sagt er laut und lacht, einige Radfahrer huschen hinter ihm vorbei. Es treibt ihn jetzt immer wieder zum Ufer des Kanals, früher hatte er dort nichts zu suchen, sein Bier soll eiskalt sein, ein Schauer soll durch seine Kehle laufen und sich bis zu den Zehenspitzen ausbreiten, die Welt soll sich drehen, immer schneller, sich verdrehen, bis sie sich in Lichtschleier verwandelt, bis über den Blick hinaus nichts mehr da ist. Oben, auf den Straßen, drüben in der Leopoldstadt, wo sich jetzt neue Stadtviertel für ihn öffnen, beantwortet keiner der wenigen Passanten seine Blicke, die Frauen wenden den Kopf nicht ab, beschleunigen nicht ihren Schritt. Er denkt, der Boden auf der Insel ist so weich, dass er bis zu den Knien einsinken könnte. Für Momente glaubt er, es ist nichts geschehen, er kann immer wieder zurückkehren; seine Blicke hinterlassen keine Spuren und es ist, als wäre er nicht da; dann meint er zu wissen, dass jeder Blick ein Eingriff in die Welt ist, eine Verletzung, die Narben hinterlässt (oder nichts als Schutt und Asche). Er hört auf, seine Beine zu spüren, ist noch einmal auf dem Rückweg auf die andere Seite der Stadt. Von dem Platz mit der U-Bahnstation aus (es ist ihm verboten, hier hinunterzugehen) ziehen sich in spitzem Winkel Straßenschluchten mit hohen Gründerzeitgebäuden in die Ferne; die Tischchen eines Cafés am Platz sind durch große Blumentröge aus Beton vor dem Verkehr geschützt. Er bleibt für ein paar Augenblicke stehen, als er einen jungen Mann rücklings, mit herabhängenden Beinen, in einem der Tröge liegen sieht. Sein Kopf ist nach hinten gefallen, der Mund steht offen; ein paar Schritte abseits spricht ein älterer Mann in ein Mobiltelefon (... sei es durch Alkohol, sei es durch die Hitze oder eine Kombination beider Faktoren ...); er hört dem älteren Mann zu und findet es gut und seltsam, dass er so langsam redet und jedes Wort abwägt; er denkt nur, so also kann man auch sprechen, selbst bei Notrufen. Zwei oder drei Jugendliche stehen da und starren auf den jungen Mann, der nicht zu atmen scheint; an den Tischen im Café hinter den Blumentrögen sitzen ein paar Leute, nicht mehr viele, und haben ihre Gläser mit Bier oder Gespritztem vor sich stehen, Zigaretten zwischen den Fingern, ihre Unterhaltungen sind nicht zu verstehen, vielleicht nicht einmal zu hören, Autos biegen von der Hauptstraße her in die in spitzem Winkel in die Ferne laufenden Straßenschluchten mit den hohen Gründerzeitgebäuden, die Tonkurve des Motorengeräusches, das Aufleuchten der Scheinwerfer, die Rücklichter, die sich entfernen, fast gleichzeitig in den beiden V-förmig auseinanderlaufenden Straßen, all das scheint ihm sehr deutlich. Er geht weiter, noch bevor Polizei oder Krankenwagen eintreffen, die Krankenwagen jetzt sind weiß und rot, die Polizeiautos längst keine VW-Käfer mehr; er geht ein Mal noch heim, dort wird er den Mantel, den er jetzt trägt, obwohl Sommer ist, nicht ablegen, ein Bier aus dem fast leeren Kühlschrank holen, eine Zeitlang am Küchentisch sitzenbleiben, aus dem Fenster schauen, dann ins Zimmer zurückgehen (er könnte einen Stuhl nehmen, auf den Schrank, das Bett krachen lassen, ihn gegen die Wände schleudern, einen Stuhl nach dem anderen, und zerschmettern, was zu zerschmettern ist); er wird die Fotos vom Boden aufsammeln und in die Jackentasche stecken, den Hut aufsetzen, der nicht verschmutzt und nicht verstaubt ist, hinter ihm schnappt die Tür ins Schloss. Er findet eine Schachtel Zigaretten in der Jackentasche und beginnt auf der Straße, im Rhythmus seiner Schritte durch die Nacht zu rauchen (vielleicht hat er die Verwandlung nicht bemerkt).

Sie warten eine Zeit lang auf den Dachböden, mit Stricken um den Hals, in den Kellern, den Lichthöfen, mit zerschlagenen Knochen, in den mit Leuchtgas gefüllten Wohnungen (jemand reißt das Fenster auf), oder zur Seite gesunken und blutüberströmt auf einem Bänkchen im Stadtpark, nahe dem dünnen Wienfluss in seinem gemauerten Bett, neben dem die Stadtbahn (später die U4) dahinbraust, oder am Grund eines Sees, aneinandergebunden, noch betrunken, vom Wein, vom Tanz und den Küssen, noch erstaunt über den Moment des Flugs, den Aufprall und die Kälte des Wassers, das sich in ihre Kleider saugt, die Blicke einander zugewandt; bald nur noch durch Schleier aus Licht aneinandergebunden; wie in dem Film Erich von Stroheims in der verrottenden Kutsche in Nußdorf zwischen dem Fluss und den Weinbergen die Wirtstochter und der Prinz Niki, dieser Prinz mit seinem traurigen Blick, den Fransen, die von seinem Helm hängen wie von einer Lampe, der engen weißen Hose, den glänzenden bis übers Knie hinaufreichenden Lederstiefeln. Sie warten schon ziemlich gleichgültig, verblassend, mit bösem Grinsen, manche einfach am Küchentisch oder gelähmt und verhungert in ihren Sesseln, die Straßenzüge, die Fassaden sind nicht zu verändern.

Vor den Glastüren der Hoteleingänge halten die Limousinen und die Kutschen, ein Page öffnet die Wagentüren, sie werden ans Licht gezerrt, während sie sich doch schon ans Dunkel gewöhnt hatten, und antworten mit ihrem bösen Grinsen. Auch wenn sie an andere Orte versetzt sind, sie bleiben doch eingeschlossen in den Rahmen des Bildes; sie haben die Stadt nicht verlassen, das Hotel kann das Imperial bei der Oper sein oder das Metropol beim Kanal, *Leopoldine Altmann=Josef Buchinger; Peter Marschall=Adelheid Groß; Rosa Ehrlich=Max Mörtel; Erika P.=Adolf Prechtel; Fritz Bichler=Petra Bichler; Katharina Prettschuh=Max Reiter;* alle ohne Rang und Titel; *Prinz Niki von Wildenliebe-Rauffenburg=Mitzi Schrammel*; ein Finger hackt die Namen in einen Laptop, der Beobachter, in seinem nassen Anzug, zieht an seiner Zigarette, den Hut tief ins Gesicht gezogen, eine Taube flattert nah am Boden über die Straße, fliegt knapp über den Autodächern zum Geländer hin, er spürt, mit einem Beben des Zwerchfells, den weiten Bogen, den sie, plötzlich hoch über dem Wasser, mit ausgebreiteten Schwingen zieht.

All das ist noch nicht geschehen, aber es ist zugleich viel zu spät, sie wird schlaflos daliegen, sich in ihrem Bett aufrichten und nach der Zigarettenschachtel auf dem Nachtkästchen greifen, die Glut ihrer Zigarette im dunklen Zimmer betrachten, sie wird am Küchentisch sitzen, zurückgelehnt, aufs Fenster schauen (ihre Blicke prallen an der Scheibe ab) und eine Zigarette nach der anderen rauchen, von ihrer vor sich her und doch nur noch in sich hinein redenden Großmutter aus immer größerer Entfernung gemahnt, ein Mädchen, das raucht wie ein Schlot, was macht das Mädchen aus seinem Leben, es hat doch alle Möglichkeiten; ein Grauen geht für Emilia von diesen Sätzen aus, auf die sie nie antworten wird, bis zum Tod der Großmutter nicht (und sie wird diesem Tod nicht mit ihrem eigenen Tod zuvorkommen; sie wird sich nicht töten und niemand wird sie töten), es ist unmöglich, über irgendetwas, das ihr wichtig ist, mit der Großmutter (oder mit jemand anderem) zu sprechen. Sie geht kaum noch ins Kino, ein deutsches Mädchen raucht nicht, heißt es in den Propagandadurchsagen, ab und zu läuft eine amerikanische Komödie (sie lacht nicht). Die Großmutter hält die Wohnung und die Möbel zusammen, die ohne ihre Gegenwart zu Staub zerfallen würden; ihr erscheint diese stumme Anstrengung sinnlos und zugleich zehrt sie davon, wie sie vom Lesen der schon davor versteckten und der wenigen nicht verbotenen lesbaren Bücher zehrt. Die Wohnung hält sie in ihrem Leben (hält sie fest); die Bücher und das Denken halten sie (halten sie fest); alle äußerlichen Bewegungen (der Rest ihres Lebens) scheinen ihr kaum noch wirklich, es rinnt vor ihren Augen dahin, ohne dass es sie angreifen kann oder möchte. Sobald es sich nicht mehr vermeiden lässt, etwas zu tun, wird sie in einer Fabrik arbeiten, um nicht auf die Universität gehen zu müssen, sie wird in einem Fabriksbüro Schriftstücke ordnen, Zahlen überprüfen, kein privates Wort mit ihrem Chef und den Kolleginnen wechseln und sich fragen, auf welcher Seite die Arbeiterinnen stehen (an ihren Gesichtern ist nichts abzulesen, die Gespräche, die sie mithört, scheinen ihr nur einem Mechanismus des Sprechens und der Gewaltausübung durch das Sprechen zu folgen, sie beobachtet die Mechanismen). Sie träumt davon, ihr Leben in eine Serie von einfachen Handgriffen aufzulösen, wird lange Spaziergänge machen, die nur die Wiederholungen anderer Spaziergänge sind und selbst endlos wiederholbar, warum kommt sie nie von hier weg, die Straßen sind jeden Tag da, immer dieselben, mit immer denselben Fassaden und demselben Geruch nach Kohle und Karfiol, der aus den Haustoren strömt, der Augarten ist immer noch der Augarten, auch wenn Panzerfahrzeuge die Beete niederwalzen, Baracken und Schienenstränge die Wiesen zerstören und riesige Betonbunker in den Himmel wachsen und den Blick zum Kahlenberg und aus der Stadt hinaus verstellen; wenn sie den Menschen aus den Sammelwohnungen im Nachbarhaus, mit dem Stern am Mantel, begegnet, versucht sie zu lächeln und findet ihr Lächeln erbärmlich und schief, seit wann ist es fast ein Geschenk zu lächeln, fast eine Gnade (wenn auch nur für sie selbst und für das unvorstellbare Danach, an das sie ihr Lächeln richtet, eher als an die fast schon Toten). All das ist jeden Tag da, alle scheinen sich daran zu gewöhnen, selbst die Menschen, die ermordet werden, scheinen sich ans Ermordetwerden zu gewöhnen, sie weiß, dass sie ermordet werden, auch wenn es niemand sonst wissen will, sie muss darum kämpfen, sich nicht auch daran zu gewöhnen. Dann wird sie die Bomben herbeisehnen, die alle anderen fürchten, sie wird im Keller hocken, dumpfe Einschläge hören, warten, dass die Wände über ihr einstürzen, von einem Moment zum anderen kann alles zusammenstürzen. Sie schließt die Augen und stellt sich vor, in der Oberwelt ist nichts mehr da, sie wird, hinter den Nachbarn, hinter ihrer Großmutter her, die Treppen hinaufsteigen, zuerst geblendet, als sie ins Freie tritt, und die ganze Stadt, mit allen Wahrzeichen, allen Straßenzügen, all den Kulissen einer gefälschten Erinnerung, ist in eine Wüste aus Schutt und Asche unter einem fernen Nichts von Himmel verwandelt, sie stellt sich den grellen Sonnenschein draußen vor, den Sonnenschein einer anderen Jahreszeit, eines anderen Kontinents, einen frischen Geruch nach Kräutern und Meer, sie wird nicht aufhören zu gehen, während die Gruppe von Kellerleuten sich langsam zerstreut, die anderen langsam unsichtbar werden, wird über Schutt und Sand gehen als würde sie fortgleiten, weitergeschwemmt, mit dem Fluss, über die Grenzen. Die Stadt oben, die nur aus verlogenen Zeichen besteht, wäre ganz leicht aufzulösen. Wirklich sind nur noch die Keller, das Netz von Korridoren und Treppen, von eisengefassten Grubenlampen grell beleuchtet, in den Seitengängen und Nischen warten die Schatten und das Dunkel: sie stellt sich die Erweiterung, beinah ins Unendliche, vor, die anderen Seiten der Wände, während sie dahockt, im Dunst lang getragener Kleider, schäbiger Mäntel, die über Nachthemden geworfen sind, sie schließt die Ohren vor den Gesprächen, die nur die unterirdischen Wiederholungen der Gespräche an den Wasserstellen, am Markt, beim Greißler sind, dem Kindergeschrei, wartet auf den Lärm der Einschläge, den Lärm eines Einschlags; sie wird die Russen herbeisehnen, die alle anderen (fast alle anderen) fürchten, sie ruft sie, sie werden kommen, und alles wird weitergehen, fast wie bisher. Sie ist ein wacher Mensch, sie wird studieren, ihre Großmutter wird sterben, sie ist nicht dabei: sie hört die Nachricht, und es dauert ein paar Tage, bis sie das Grauen spürt. Dann sitzt es in ihrem Magen, nah an der Stelle, wo man das Herz vermutet, und zugleich überall, wohin sie ihre Schritte setzt, in den Tagen und Nächten, in die sie hineinschaut: eine Leere an der Stelle ungesagter Sätze, ein Leben lang gesammelter und verfestigter, aber nie erzählter Geschichten; sie spürt die Großmutter noch lange in der Wohnung, sieht sie an der Tür lauschen und zurückweichen, immer weiter zurück, mit offenem Mund, den keine Kraft in ihrem Körper mehr schließen kann; sie sieht den Körper, den sie unbeweglich und begraben weiß, die Leere dehnt sich aus, sie läuft durch die Wohnung, von einem Zimmer ins andere, auf der einen und der anderen Seite der Wände liegt dieselbe Welt, sie sitzt am Fenster und schaut auf den Markt, kleine Figuren ziehen ihre Kreise, machen ihre Züge, ein Mann mit einem beigen Hut geht unten auf der Straße vorbei, die Leopoldsgasse hoch, sie kann sein Gesicht nicht erkennen, es kann nicht sein, dass sie ihn wiedererkennt. All das sind Dinge, über die sie nicht sprechen kann und niemals mit jemandem sprechen wird. Sie hat Gegenstände, für die ihre Sprache da ist; das Sprechen, das Schreiben hat ein Ziel; solange die Ordnung in ihrem Kopf unverletzt ist und das Denken immer weiterläuft, meint sie manchmal, ist alles andere egal: sie braucht niemanden, sie ist frei. Es ist sie, die fortgegangen ist, schon vor Jahren, mit sechzehn, auch wenn sie nie aus dieser Wohnung ausgezogen ist und niemals umziehen wird, ins Zimmer, in dem das dunkle Bett und die alten Kleiderschränke ihrer Großmutter gestanden hatten, wächst ein Arbeitszimmer voller Zeitschriften, Bücher und Papiere hinein, so wichtig, denkt sie, ist Wohnen ihr nicht. Sie beschließt nur noch an die Zukunft zu glauben, keine Vergangenheit zu haben; sie hat keine Eltern, keine Großmutter, hat vor dem Krieg nicht gelebt; sie träumt nichts, das Denken genügt ihr; die Begriffe, die sich selbst erfinden und dennoch das Wirkliche fassen, fast Handlungen sind, Teil einer Arbeit, die das Handeln vorbereitet. Die Spiralen der Astlöcher im Holz des alten Kastens in

ihrem Kinderzimmer drehen sich schwarz vor ihren Augen, angeblich zeigen sie die Tiefe der Zeit an, es ist nur ein Muster an der Oberfläche und hat keine Bedeutung. Sie wird immer mehr verreisen, ihre Freunde und Gleichgesinnten, alle jünger als sie, werden sie ein wenig zu sehr an Peter, Leo, Ruth erinnern, an sie selbst in einem anderen Leben; ein ausgestrichenes Erinnern, von dem nur das Misstrauen den Weg ins Bewusstsein findet, sie darf ihr Misstrauen nie versiegen lassen. Ihr Körper wird nicht altern, sie lässt ihre Haare wieder lang wachsen und bindet sie, wenn nötig, zu einem Zopf zusammen, keine erwachsene Frau richtet sich her wie sie, würde ihre Großmutter sagen und werden zueinander ihre Nachbarn sagen, die sie, um die Form zu wahren, im Treppenhaus grüßt, sie ist die spinnerte Frau Doktor aus dem dritten Stock, das Kummerl, der möcht ich nicht bei der Nacht begegnen, würde, wenn sie nicht da ist, einer der Hausparteien die rotwangige Hausmeisterin, der sie nicht in der Nacht begegnen wollen würde, zuschreien. Grüssigott, Frau Dokter, heißt es mit breitem Lächeln, sobald man sie sieht, es riecht nach Kohle und Karfiol, die Wände greifen sich an wie Butter, und sie kann mit ihren Handflächen darin versinken.
Sie wird eine Tochter bekommen, mit vierzig, sie Dora nennen, ihr nie von der Vergangenheit erzählen, die nicht vergangen und nicht erzählbar ist, sie schaut in ein schmales Gesicht, auf einen offenen Mund, spürt die nackte haarige Brust auf ihrer nackten Brust, das Gewicht dieses Körpers, der Kopf biegt sich zurück, ihre Beine sind um Hüften geschlungen, deren Bewegung sie spürt, es scheint ihr wie eine Maschine, deren Teil sie ist, sie sieht das Muttermal über Georgs linker Augenbraue, sie sieht die eingekerbten Magenfalten ihres Vaters. Mach mich tot, hört sie sich sagen, fick mich, hol mich rüber, aber sie weiß nicht, welche Stimme hier in ihr hochkommt. Der Zigarettengeschmack in ihrem Mund, der Zigarettengeschmack aus dem Mund des Mannes, der immer wieder ihren Mund küsst,

wird überdeckt von einem anderen Geruch, scharf und herb, in den ihr eigener Geruch hineinsickert, ihr eigener Geruch wird ihr so fremd wie der Männerkörper über ihr, der eben zum Körper des Vaters ihrer Tochter wird. Sie streichelt das Haar des Mannes, bevor sie ihn von ihrer Brust wegschiebt, geht zum Fenster, möchte atmen, öffnet das Fenster, zündet sich eine Zigarette an; sie spürt die Blicke auf ihrem Rücken, im Halbdunkel des Zimmers, spürt die Feuchtigkeit an ihren Schenkeln. Die Kleidungsstücke am Boden bekommen etwas Geleeartiges und wirken wie Lebewesen, mit der Haut von Fischen, Schlangen, Fröschen; für Momente glaubt sie, es ist das Zimmer, das sie anschaut, sie festhält mit seinen weichen Wänden und seinem Menschengeruch, das etwas von ihr weiß, das sie nie wissen wird und nie wissen will, sie glaubt, sie wird aus der Nacktheit, die sie spürt, nie mehr herauskommen. Sobald sie alleine ist, findet sie ihren Atem wieder, sie ist frei und für sich und keinem Rechenschaft schuldig, jeder Mann ist nur einer von vielen, kann sie nur von Ferne berühren und ihr nichts nehmen, was auch immer er für ein Bild von ihr mitzunehmen glaubt.

Bevor ihre Tochter zur Welt kommt, räumt sie das alte Kinderzimmer auf, wirft alle Möbel hinaus, ihr altes Bett mit den Giebeln und Säulchen, den alten Schrank aus rötlichem dunklem Holz, sie dreht noch einmal den kleinen Schlüssel um und öffnet die knarrende Doppeltür; hier hängen noch jahrzehntealte Kleider und Schlafröcke, so wichtig ist ihr Wohnen nicht, in einem versteckten Fach, ganz oben, hinter einem Stoß von Pullovern und Unterkleidern, findet sich noch ein Stapel von Heften, die sie während der Zeit des Schlafes und der Lähmung, nach der Arbeit in der Fabrik, nach den Nächten im Keller geschrieben haben wird, auf Französisch und Spanisch, als würde das zur Tarnung und als Geheimschrift taugen: klare Sätze, wie sie in ihrer Sprache, in der Sprache der wirklichen Menschen um sie herum gar nicht mehr zu sagen gewesen sein werden, gar nicht zu sagen sein werden, gar nicht zu sagen sind, Briefe an jemanden, der diese Briefe niemals gelesen haben wird, niemals gelesen hat, niemals liest. Sie wird die Schulhefte, wie ein Kind, das Tagebuch schreibt, versteckt haben; nicht nur vor den Behörden, auch vor der Großmutter, die kein Französisch und kein Spanisch versteht. Sie wirft einen Blick auf die Seiten, kann diese Hefte nicht wiederlesen, stopft sie mit mottenzerfressenen Kleidern zusammen in einen Müllsack, sie wird unten im Hof den schweren Deckel des Colonia-Kübels aufschieben und den großen schwarzen Müllsack in die Tiefe plumpsen lassen, der Schrank wird in Einzelteile zerlegt neben dem Colonia-Kübel stehen und auf die Müllabfuhr warten, ihre Tochter wird als ein Mensch aufwachsen, ohne Zwang und Gewalt und Gespenster (gleich scheint noch einmal ihre Zeit zu kommen, so als würde sie nicht nur ein Jahr gelebt haben, weniger als ein Jahr, in einem kleinen Kreis aus flirrendem Licht und in der Erwartung einer Zukunft, die nicht bevorsteht).

Über den Massengräbern im Augarten, zwischen den alten Flüssen, wachsen, von den leeren Kästen der Bunker bewacht, Wiesen, Bäume und Beete, eine fette Frau mit dicken Brillen und vorgeschobenem Kinn, gewichtsverlagernd mühsamem Gang, schiebt sich über den Kies, ihre Augen treiben, egal, was sie zu denken scheint oder was sie sagen würde, könnte sie sprechen, abwesend durch das Glasmeer, sie trägt flache, braune, klobige Männerschuhe, die auf den Treppen ein klopfendes Geräusch, auf dem Kies ein schleppendes Geräusch hinterlassen. Sie kann sich auf ein Bänkchen setzen, zu einer anderen alten Frau, sie sind Nachbarinnen oder sind es gewesen, in einem anderen Bezirk, drüben auf der anderen Seite des Kanals, alle sind sie Nachbarn gewesen, sie müssten miteinander reden, so wie sie immer miteinander geredet haben,

Grüssi, Frau Bichler würde sie sagen, könnte sie sprechen, wie geht es Ihnen (wia gehts Eahna), die gebeugte Frau mit dem Handtäschchen auf dem Schoß würde aufschauen, Ja, grüssi, was soll ich Ihnen sagen, man solltert nicht alt werden. Es beginnt zu regnen, in die offene Handtasche hinein, die gebeugte Frau könnte vor sich hinreden, ohne dass jemand neben ihr auf dem Bänkchen sitzt, sie könnte aufschauen, ohne einen Blick zu treffen, es ist nicht recht, wenn die Jungen vor den Alten sterben, man solltert nicht alt werden. Die fette Frau mit den dicken Brillen könnte vor sich hinreden, auf einem anderen Bänkchen, Ja mei, wie mir jung waren, haben mir arbeiten müssen, jetzt können wir spazierengehen und am Bankerl sitzen, mir haben ja nichts gehabt vom Jungsein, mir kleinen Leut, erst die Arbeitslosenzeit, dann der Krieg, die Jungen können gscheit daherreden, nix als reden könnens, ned arbeiten. Den reichen Leut ihren Dreck wegputzen, des haben mir können als Junge. Ein großer klobiger Mann kommt vom Ufer her, mit einem Ausholen seines Armes könnte er alles wegfegen, die Haut unter den Fetzen seiner Kleider ist weiß und schwammig. Einer seiner Füße ist nackt, der andere dick mit einem Lappen umwickelt, er tritt auf, als würde er einen Stock (ein Schwert) in die Erde rammen, hinkt auf seinen Fersen voran, die nackten Zehen krümmen sich, grau und schwarz, dreckverkrustet, erst können die Nägel verkohlen und abfallen, dann die Füße, dann das ganze Bein. Der Mann geht geradeaus weiter, als sein Weg in eine Rasenfläche mündet, bleibt neben einem Blumenbeet stehen und lässt seine farblose weite Hose bis zu den Knien hinabsinken, schaut an sich hinunter und erscheint plötzlich unbestimmt wie ein kleines Kind, er hebt mit dem Mittelfinger seinen winzigen Penis an und drückt ihn zwischen zwei Fingern zusammen. Die Menschen versuchen, nicht zu ihm hinzusehen. Er schaut auf den Mann und denkt, das bin jetzt ich. Er denkt, er hätte ja gar nichts dagegen, wenn man ihn, bei den Beinen beginnend oder gleich beim Kopf, in kleine Stücke zerschneiden und dann zu Brei zerstampfen würde. Seine Mutter streichelt ihm noch die Stirn und ist inzwischen viel jünger als er selbst, sein Bruder schaut zu und lacht (er könnte wieder schlafen, er könnte weitergehen und schlafen).

Er ist nicht dort, wo er ist, fällt von Blick zu Blick auseinander. Hinter den Barockfassaden, den Fassaden der Gründerzeitgebäude am Neuen Markt, am Fleischmarkt, mit den Giebeln, Erkern und Fensterkreuzen verzweigt sich das Netz von Gängen, mit ihren Linoleum-, ihren Kachelböden, den weichen Wänden wie aus Butter, von Treppen und Treppenhäusern, Aufzugsschächten und Rohren, von grob verputzten Kellerkorridoren, mit von schwarzen Eisengittern umfassten Lampen, von Zimmern und Salons; eine Erweiterung beinah ins Unendliche hin (er schaut durch die Mauern hindurch, jeder Blick ist ein Eingriff). Manchmal glaubt er zurückzukehren, er wohnt dann in einem großen weißen Gebäude, das einen Garten umschließt, schwebt in einer Blase von Wohlgefühl, die sich, von einer Stelle in seinem Unterleib aus, die er nicht genau bestimmen kann, von einem Geschlecht unterhalb seines Geschlechts aus, unterhalb von allem, was er oder ein anderer berühren kann, ausbreitet. In den Treppenhäusern, mit ihrem ganz leichten Essigduft, begegnet er niemandem, die Wände in seinem Zimmer sind weiß und glatt, aus seinem Fenster schaut er in den Garten. Es scheint, dass gleich seine Mutter, viel jünger als er selbst, aus dem Badezimmer kommen könnte, mit einer langen blonden, fast weißen Perücke über ihrem langen schwarzen Haar, sie liegt noch in der Wanne, und er kann das Plätschern des Wassers hören, er hofft, sie wird nackt aus dem Badezimmer treten, wartet lange, es scheint, in den anderen Zimmern wohnen seine Brüder und die Mädchen (aber er liegt im Bett, in seinem Kinderpyjama, und kann sich nicht rühren und zu ihnen gehen und weiß nicht, ob man ihn sehen kann, er ist nicht gealtert, trägt seinen Kinderpyjama).

Die Tür zum Badezimmer ist nur angelehnt, die Frau kommt heraus, im weiten über dem Bauch offenen Bademantel, den sie wie ein Cape an ihrem Hals zusammenhält; sie schaut ihn nicht an, er spürt den Raum um sich, das leere Bett in dem Raum, der sein Zimmer war. Er sieht das Gesicht, den weißen Bauch, das dunkle Schamhaardreieck, er erkennt, dass es gar keine Frau ist, das ist ganz klar, er bringt nur Stellvertreter hervor, Stellvertreter, die ihn nicht einmal sehen, die ihn nicht berühren, sie schaut an sich hinunter und drückt ihren winzigen Penis zwischen zwei Fingern zusammen. Dann erwacht er und geht hinaus, aus den anderen Zimmern hört er das Lachen. Das Treppenhaus riecht ganz leicht nach Essig, die Stadt ist nicht mehr da. Er schaut auf die Menschen am Fluss, jeder von einer kleinen Blase umschlossen, auf sein Spiegelbild, das, während er sich zurückbeugt, aus dem Wasser zu steigen scheint, mit verzerrtem Gesicht; er ist der Retter, er berührt niemanden, was er ansieht, ist nicht mehr das, was es ist, als würde er es mit seinem Blick, ohne selbst sichtbar zu sein, zerstören: das Gute ist, dass er seine Wunden nicht mehr spürt, aus sich hinausgeschnitten hat, wie er sein Denken aus sich hinausgeschnitten hat; man kann seine Angst und Traurigkeit in ein kleines Kästchen einsperren, außerhalb seines Kopfes, sie auf eine flache Leinwand legen, man kann sie auf beliebige andere übertragen, betrachten und genießen, man kann sogar den eigenen Tod auf beliebige andere übertragen, betrachten und genießen und ihn, wie das Ende eines Buches, wieder vergessen. Vielleicht macht es keinen Unterschied mehr, ob er lebt oder tot ist.

Er bleibt vor der dunklen Fensterscheibe eines verlassenen Lokals stehen und denkt, jetzt wäre der Moment; er steht vor der hellerleuchteten Fensterscheibe eines vollgestopften Lokals, konzentriert sich auf einen Tisch, eine über eine Stuhllehne gehängte Jeansjacke, das lange dunkle Haar der Frau, die zu der Jeansjacke gehört, glaubt sie zu erkennen, beginnt ihre Bewegungen zu steuern: den Griff zu ihrem Bierglas, ihre Hand, die Haarsträhnen zurückschiebt, eine leichte Wendung ihres Kopfes (leicht genug, um ihren Blick nicht anzuziehen), ein Übereinanderschlagen ihrer Beine, ein Auflachen (er lacht lautlos auf). Jetzt soll sie den Kopf in den Nacken legen, als wäre niemand mehr da, als wäre sie allein in ihrem Körper: ein leichtes, weiches Ziehen in ihren Nackenmuskeln, in ihrem Rücken. Er spürt die Hinterbacken, die auf der Sitzfläche ruhen, die breitgedrückten Schenkel, die Schenkel einer Frau. Immer sitzen andere Menschen mit an ihrem Tisch, Männer und Frauen, richtige Menschen, es könnte möglich sein, das zu vergessen; er könnte sie so weit steuern, dass sie den Kopf hebt und ihn sieht, er könnte sie, wenn sie weiß, wer sie ist (das heißt, vergessen hat, wer sie ist, ihren Namen und ihre Geschichte vergessen hat und nur noch ein Körper ist), aus dem Lokal herausziehen, in die Blase hinein, die er bewohnt (wenn man es noch wohnen nennen will). Wenn nur sie da wäre, niemand sonst, dann wäre es möglich und schon geschehen (wenn nur Cora da wäre, kein Dritter, keine anderen)(wenn nur Rachid da wäre, an seiner Stelle, kein Dritter, keine anderen)(nur Rachid, nur sein Bruder)(vielleicht braucht es ihn gar nicht, nur dieses Alleinsein), sie wendet ihren Blick nicht zur Scheibe, es ist zu früh. Man muss immer engere Ausschnitte erzeugen. Die Frau aus dem Lokal herauszulocken (sie herauszuziehen) wäre so, als würde er eine Filmfigur, mit ihrer ganzen kleinen, in der Handlung gefangenen Denkwelt und ihrem unbezweifelbaren Körper, von der Leinwand herunterholen, sie, von seiner unsichtbaren Hand, dem Schatten seines Armes in ihrem Rücken aus einigen Zentimetern Abstand geleitet, erste unsichere Schritte auf dem Boden der wirklichen Welt setzen sehen; so etwas ist immer zu erwarten, zumindest vor Kinoleinwänden. Die Frau hebt den Kopf, für einen Moment hat sie den Faden des Gesprächs verloren, das nur noch als unbestimmter Lärm um sie herum schwingt; sie könnte sich umdrehen und zum Fenster schauen statt in die Gesichter ihrer Freunde, sie könnte aufstehen, ihre Jacke nehmen und stumm hinausgehen, mit eckigen Schritten, wie ein Automat. Ein Bild aus ihrer Schulzeit (an die sie sich selten und ungern erinnert) kommt ihr in den Sinn, ein Junge namens Rachid, der sich am Gang in einer eigentümlich weichen Bewegung um sie schlingt, während sie an der Wand lehnt, bereit, in die Wand zurückzusinken, sich küssen zu lassen, einen fremden Atem zu trinken; oder ist es er, der an der Wand lehnt, während sie sich um ihn dreht. Das Bild Rachids (den sie seit fünfzehn Jahren nicht gesehen hat) ist an den Rändern undeutlich, verschwimmt mit dem Bild eines stillen Jungen, dessen Namen sie vergessen hat, sie lehnt an der Wand, spürt einen Körper und den Blick aus einem anderen Körper, aus der Entfernung, der stille Junge schien in einer seltsamen Entfernung gefangen; sein Blick völlig leer; sie spürt einen Kuss und einen völlig leeren Blick. Sie greift zu ihrem Bierglas, schiebt eine Haarsträhne zurück, holt eine Zigarette aus ihrer Tasche, legt die Beine übereinander. Einmal hat es am Rand ihres Lebens einen Jungen gegeben, der den Eindruck machte, wenn er schon einmal etwas sagte, nie das zu sagen, was er eigentlich sagen wollte, eher das Gegenteil, einen Jungen, der eingesperrt wirkte und zugleich nackt. Jemanden, der völlig leere Blicke auf sie warf. Sie erinnert sich nicht, dass er einmal etwas wirklich Wichtiges oder Widerliches gesagt hätte, für einen Moment findet sie grauenhaft, wie viele Leben das ihre am Rand berühren, ohne dass irgendetwas von diesen Leben, ein Geruch, an ihren Fingern zurückbleibt, wie viele Leben das ihre am Rand berührt, ohne dass irgendetwas von ihrem Leben an den Fingern der anderen zurückbleibt, sie hebt noch einmal den Kopf, dreht sich um, es ist niemand mehr da, zu spät, denkt sie und lacht.

Emilia Degen wird am Küchentisch sitzen, eine Idee, vage körperlich, eine in ihrem Innern ständig den Ort wechselnde kleine Pein nagt an ihr, während sie aufs Fenster, auf den Schrank starrt, das Frühstücksgeschirr vor sich auf dem Tisch, daneben Papiere, auf die sie nicht schaut und deren Sinn sie kaum noch versteht (und der Sinn dieser Papiere wird über Jahrzehnte hinweg ihr Leben ausgemacht haben). Es läutet an der Tür, zwei klare, von einander abgesetzte und doch wie durch einen zarten Faden zusammengebundene Glockentöne, das Läuten hat nun, danach, schon in der Wiederholung, die von der Deutlichkeit und Notwendigkeit eines Traumes sein muss, nichts Bedrohliches; nach kurzem Schreck begreift sie das: alles Schlimme, das geschehen kann, ist schon geschehen. Es gibt das Deutliche, das Notwendige, auch wenn das Wirkliche sich verläuft: das Läuten wiederholt sich, zwei klare, von einander abgesetzte und doch wie durch einen zarten Faden zusammengebundene Glockentöne, ein vertrauter, fast vergessener Klang. Sie öffnet die Tür, lässt sie offen stehen. Sie lehnt neben dem Fenster, hält den Atem an, schaut zurück in ihr Zimmer, das beinah so aussieht, wie es früher ausgesehen hat. Georg sitzt an ihrer Bettkante, das Gesicht abgewandt. Jeder Muskel an seinem Körper ist deutlich, die dunklen Brustwarzen, die gekräuselten Härchen, die sich vom Nabel abwärts ziehen und dichter werden. Er hält den Kopf leicht zur Seite geneigt und scheint noch nicht ganz wach. Sie möchte seine Stimme hören, aber sie kann ihn nicht ansprechen. Alle Möbel und alle Gegenstände des Zimmers sollen von jetzt an zu dem Mann auf ihrem Bett gehören, das Bett mit seinen Giebeln und Kapitellen, der alte Kleiderschrank mit seinen unzähligen Fächern und die in diesen Fächern versteckten Hefte (aber das ist noch nicht geschehen), die Teppiche, Stühle, Vorhänge, der Stich von Venedig an der Wand, die muffige Luft im Innern des Schrankes und die frische Luft, die durchs Fenster strömt (eine Brise, die vom Fluss, vom Garten hereinweht und die

Vorhänge bewegt, fast Meeresluft). Das Bettzeug hinter ihm ist zusammengeknautscht, sie streicht mit dem Blick über seine Schulter, formt sie neu, sie versucht nicht, seinen Blick zu lenken, sieht ihn von ihrem Bett aufstehen, und es scheint ihr, als wäre er erst jetzt wirklich nackt, würde sich, so wie er sich bewegt, immer weiter entkleiden, sie schlüpft in seiner Bewegung unter, entkleidet sich in seiner Gestalt. Sie sieht ihn mit herabhängenden Armen zum Schrank gehen und formt seinen Körper neu (sie hat nicht gewusst, dass sie sich so genau an ihn erinnert, ihn so deutlich gesehen hat, so deutlich sehen kann, sie hätte dieses Bild nicht einfach herbeirufen können). Im Zimmer riecht es nach Kaffee und Zigaretten, aufgeschlagene Bücher, Papiere, Zeitschriften liegen neben dem Bett am Boden, am Tisch neben der Schreibmaschine; ihre Schreibmaschine ist da; ihre Sätze (die ins Nichts verpuffen werden) warten auf jemanden, der sie lesen kann. Warum spürt er nicht dieses Zittern in der Luft, sie wundert sich, dass sie die Verzögerung erträgt, geht auf ihn zu und nimmt seine Hand. Der Parkettboden knirscht unter ihren Schritten; im L-förmigen Vorraum ist es finster, sie schließt die Wohnungstür hinter sich, ihre Füße in Tennisschuhen, seine nackten Füße nehmen Stufe für Stufe, die drei Stockwerke hinab auf der geschwungenen Treppe, an den hinter den Türen lauschenden Nachbarn vorbei; draußen riecht es nach Fisch und Zwiebeln, mit jedem Schritt gewinnt er an Kraft. Sie spürt die Wärme in seinen Fingern. Kleine Krater öffnen sich in den Fahrbahnen, daneben verlassene Baumaschinen, aber das Netz der Straßen ist noch dasselbe, sogar die Gebäude am Platz mit dem Markt und beinah bis zum Wasser hin sind noch dieselben, dann rutscht der Blick aber an der glatten Fassade eines Luxushotels ab und bleibt an den Fensterkästen des Raiffeisenhochhauses hängen. Sie überqueren die breite sich zur Brücke hin anhebende Straße, mit sehr leichten Körpern, und steigen zum Wasser hinunter, sie stellt sich das Kitzeln an den Fußsohlen vor, beinah ein Schmerz, den Schmutz, der sich an die Fersen heftet, die Verletzlichkeit der Haut: mit einem Lustgefühl. Drüben ist die Spitze des Doms mit einem grünen Netz verhüllt, auf einer aufgeschütteten Sandfläche sitzen in Liegestühlen Frauen in Bikinis und sonnen sich; weiter oben, wo die Ufermauer endet und sich unter der Autostraße die Böschung mit Bänkchen, Wiesen und ein paar Büschen zum Wasser hinabneigt, sind ab und zu Badetücher ausgelegt, jemand liegt auf dem Bauch und liest, neben ihm schnüffelt ein Hund über die Wiese (beginnt plötzlich nervös zu bellen). Es ist eine Lust, über den Schmerz, die Verletzlichkeit hinwegzuschweben, von ihr aus aufzusteigen; auf den Bänkchen sitzen dünne alte Jugoslawen (sie hat sich dieses Wort nie abgewöhnt) und rauchen, eine alte Frau liest die Kronen-Zeitung, Mütter mit Kindern tratschen über die Kinderwägen hinweg, da ist niemand, der wiedererkennbar, niemand, der gefährlich wäre: die Radfahrer und Jogger beachten sie nicht, die alte Frau (jünger als sie nun ist oder wäre) schaut nicht von der Zeitung auf; vielleicht sind sie zu weit entfernt, um nach Menschen auszusehen. Gegenüber braust langgezogen eine silbrige U-Bahn unter den alten Stadtbahnbögen nach Heiligenstadt. Hier führen keine Treppen mehr ins Wasser hinunter, aber ab und zu sind Rettungszillen ans Ufer angedockt. Ihr Rücken fühlt sich an, als wäre die Wirbelsäule durch ein Gebilde aus Eisen und Draht ersetzt; Haarsträhnen, Sonnenstrahlen kitzeln sie in der Stirn. Wo die Insel immer schmaler wird und die Bebauung endet, neben den Bahngeleisen, gehen sie über die Brücke, sie schaut auf den plötzlich breiten ruhigen Fluss, die Löwen über ihrem Kopf folgen ihrem Blick. Die Autobahn wird von fünfzehn Meter hohen Betonstelzen, wie ausgestreckten Armen, hochgehalten, sie verschwinden in ihrem Schatten, gehen durch die Unterführung der Bahntrasse, vom Bahnhofsvorplatz führt der Weg hoch durch die Gässchen der Ortschaft in die Weinberge. Wie kann es sein, denkt Emilia, dass sie die

Nähe eines anderen Menschen, eines Menschenkörpers so intensiv spürt, dass ein anderer Mensch, ein Körper ihr so nah ist, ihrem Körper so nah; warme, fast sichtbare, fast glühende Schleier und Netze schließen sie aneinander, während sie zwischen den alten einstöckigen Häuschen mit den dicken weißen Mauern, den breiten Hoftoren, den am First geknickten Schindeldächern ihre Spur ziehen, sie könnten sich flach auf den Boden legen, der blasse nackte Mann an ihrer Hand und sie, die Arme ineinanderkrallen, die Köpfe an ihren dünnen Hälsen zueinanderbiegen, könnten sich am Boden wälzen, im Straßenstaub, ineinandergeflochtene Drahtstücke, Gegenstände unter Gegenständen, im weichen Asphalt versinken. Sie darf nicht die Spannung verlieren (die Kontrolle über seinen Atem, seinen Herzschlag), alles fällt sonst auseinander. Es geht nur darum: diesen Moment zu wiederholen, in dem sie gelebt haben, in dem sie gelebt hat, den Moment, der ein Leben rechtfertigt (so ist auch alles zu retten, was sie noch denken, schreiben wird, es fängt erst an: hat einen Fixpunkt, an den es sich richtet, jemanden, für den sie denkt: von dessen Denken sie ausgeht, mit dem sie redet, weiterredet, dem sie erzählen wird, was geschieht, egal wo sie ist und egal wo er ist)(aber wer setzt den Plural: als wäre der andere, Georg, ein Teil von ihr, als könnte sie für ihn sprechen: ab wann kann man für jemand anderen sprechen: ohne aufzuhören, so lang danach, eine Antwort zu erwarten: als könnte die Antwort aus der eigenen Sprache, der eigenen Stimme fremd, heraustauchen: hat sie denn selbst noch eine Sprache, eine Stimme, so lang danach, in diesem Jahrhundert, das nicht mehr das ihre ist: wer spricht für sie). Sie sehnt sich nach einer Zigarette, die sie, frisch angezündet, nach einem tiefen Lungenzug, an ihn weiterreichen würde, die Sonne lässt ihre nackten Gesichter hervortreten, als gäbe es sonst nichts mehr auf der Welt: nur diese Haut, diese Nacktheit, diesen kleinen täuschenden Lichtkreis; eine Spirale um seine dunklen Pupillen, in die ihr Spiegelbild getaucht ist.

Die Kasperln draußen existieren nicht, sie hört von ganz nah seinen Atem, seinen Herzschlag, schmeckt den Zigarettengeschmack seines Speichels. Etwas Glitschiges, Warmes, wunderbar Dreckiges lässt den Unterschied von Innen und Außen verschwimmen, es macht ihr nichts aus, im Freien zu liegen, zwischen Sträuchern, hohem Gras, Weinstöcken mit sich an den Rändern rot verfärbenden Blättern, während es langsam Nacht und wieder Morgen wird. Ihre Hand liegt flach auf der Erde, die nichts als Erde ist. Gleich unter ihnen senkt sich die Böschung zum Ufer hinab, Bäume formen einen Torbogen, dazwischen wölbt sich ein schmaler Gang, mit ein paar Büscheln von hellem Gras, die aus der feuchten Erde herauswachsen. Sie dehnt und streckt sich, ihre Sehnen spannen sich, ihre Schulterblätter schneiden in die Muskeln, sie spürt den Körper neben sich, schaut auf den See, der sich bleigrau zum Horizont zieht, wo die Berge im Wolkendunst verschwinden. Niemand wird diesen Garten betreten, sie sieht Georg die Böschung hinuntersteigen, Schritt für Schritt ins Wasser gehen, das sehr langsam tiefer wird, ihr aufgerichteter Oberkörper wirft einen langen Schatten auf die jetzt spiegelnde und glitzernde Oberfläche, sie schaut auf seinen Rücken, seinen schmalen weißen Hintern, schaut auf den Himmel, die graue Wolkendecke, denkt, mit einem glücklichen Schmerz, dieser Moment wird nicht wiederkommen. Sie wird die Namen vergessen, Georg, dann Dora, und nur noch das Loch an der Stelle der Namen spüren; der Moment wird nicht wiederkommen, der Moment ist da und zugleich durch den Schmerz der Verdopplung von der Gegenwart getrennt. Sie spürt die weiche, sandige Erde, den Druck kleiner Steinchen, das Kratzen von Grashalmen und Reisig auf ihrem nackten Rücken und ihren Schultern, die Sonne schiebt sich zwischen den Wolken hervor und dreht sich, in einem Kreis von Lichtern, im Innern ihrer Augenlider, in Rot- und Orangetönen, einem warmen Dunkelblau, einem gleißend hellen Weiß (man muss den Ausschnitt immer enger

ziehen, wenn der Kreis nicht mehr zu verlassen ist, wird es kaum noch zu merken sein).
Blütenpollen bedecken wie winzige Staubkörnchen die stille Wasserfläche; in ihrem Spiegel löst sich eine flache braungraue Landschaft in ihre Farben auf. Sie könnte den Nacken durchstrecken, mit weit geöffneten Augen, aufhören zu atmen, vergessen, wer sie gewesen ist, das Loch an der Stelle des Vergessenen vergessen, den Schmerz und die Leere des Schmerzes vergessen, das Geheimnis dieser Leere. Sie hebt den Kopf, sieht einen Mann, den sie schon einmal (in irgendeiner anderen Zeit) gesehen hat, etwas abseits von der Stelle, wo die Bäume einen Torbogen formen, mit tropfenden Kleidern aus dem Wasser steigen und langsam, als wäre er auf der Suche nach Fleisch, auf sie zukommen. Er wohnt in einem Haus mit weißen Wänden und einem Garten mit Kieswegen, die sich unendlich verzweigen und in die Ferne ziehen; er wohnt in einem Haus unterm Meer mit gläsernen Wänden, an die Fische anschwimmen, im grellen Licht, dort ist er nackt, bleichhäutig, haarlos. Er will nicht mehr aufhören zu gehen. Er kann unter Wasser atmen, unter Wasser laufen, den Korridor zwischen den feuchten Stämmen hindurch; er kann sich jeden Tag an alles erinnern und jeden Tag den vorherigen Tag vergessen, träumt, dass keiner mehr stirbt, und wird immer neue Tote herstellen, immer neue Figuren, die an seiner Stelle sterben, bis er sie wieder verlässt, ein Kind, das vom Tod träumt; nur sein Hunger wird bleiben. Eine Faust bohrt sich in Emilias Magen, ihre Brust; jemand reißt an ihrem Herzen, mit nackten Fingern, dann wird sie überschwemmt. Die Stadt ist nicht mehr da, nur dieser Garten mit dem Gewässer und den Mauern eines einzelnen weißen Gebäudes rund um das Gewässer, auf der einen und auf der anderen Seite des Wasserspiegels ist dieselbe Welt, sie spürt eine Lust in ihren Körper sickern, in jede einzelne Faser, spürt ein Beben in jeder einzelnen Faser, wie sie es nie zuvor erfahren hat. Sie flüstert leise ins Wasser hinein

und weiß nicht, was sie flüstert, kann ihre Stimme nicht von den Stimmen der Wellen unterscheiden, ihr Mund füllt sich mit Wasser.
Dieser andere denkt, er ist aufgewacht. Er kann aus dem Bild steigen, immer wieder aufwachen: ist biegsam wie ein Gebilde aus Draht oder Wörtern, kann emporschnellen und lachen; kann immer wieder aufgeben, zurücksinken, einen Schmerz, einen anderen Schmerz, ein anderes Lachen entdecken, an seinem zufälligen Punkt in der Geschichte, knapp draußen, knapp daneben. Er ist nicht dieses Kind, dieser Bruder, der alles verdreht, alles falsch macht, zerstört, was er angreift, was er angriff. Oder brauchst du das Leben nicht; nur diesen einen Punkt, an dem du Nein sagst, zu allem, was noch kommt; und Nein; und Nein –